文《ぶん》豪《ごう》ノ怪《かい》談《だん》 ジュニア・セレクション

夢《ゆめ》

夏《なつ》目《め》漱《そう》石《せき》・芥《あくた》川《がわ》龍《りゅう》之《の》介《すけ》ほか

東《ひがし》 雅《まさ》夫《お》 編《へん》
山《やま》科《しな》理《り》絵《え》 絵《え》

目《もく》次《じ》

夢《ゆめ》十《じゅう》夜《や》

夏《なつ》目《め》漱《そう》石《せき》

第《だい》一《いち》夜《や》

こんな夢《ゆめ》を見《み》た。

腕組《うでぐ》みをして枕元《まくらもと》に座《すわ》っていると、あおむきに寝《ね》た女《おんな》が、静《しず》かな声《こえ》でもう死《し》にますという。女《おんな》は長《なが》い髪《かみ》を枕《まくら》にしいて、輪廓《りんかく》の柔《やわ》らかな瓜実顔《うりざねがお》*をその中《なか》に横《よこ》たえている。まっ白《しろ》な頬《ほお》の底《そこ》に温《あたた》かい血《ち》の色《いろ》がほどよくさして、唇《くちびる》の色《いろ》はむろん赤《あか》い。とうてい死《し》にそうには見《み》えない。しかし女《おんな》は静《しず》かな声《こえ》で、もう死《し》にますとはっきりいった。自分《じぶん》もたしかにこれは死《し》ぬなと思《おも》った。そこで、そうかね、もう死《し》ぬのかね、と上《うえ》からのぞきこむようにして聞《き》いてみた。死《し》にますとも、といいながら、女《おんな》はぱっちりと眼《め》を開《あ》けた。大《おお》きなうるおいのある眼《め》で、長《なが》いまつげに包《つつ》まれた中《なか》は、ただ一面《いちめん》にまっ黒《くろ》であった。そのまっ黒《くろ》なひとみの奥《おく》に、自分《じぶん》の姿《すがた》があざやかに浮《う》かんでいる。

自分《じぶん》は透《す》きとおるほど深《ふか》く見《み》えるこの黒眼《くろめ》のつやをながめて、これでも死《し》ぬのかと思《おも》った。それで、ねんごろに枕《まくら》のそばへ口《くち》をつけて、死《し》ぬんじゃなかろうね、大丈夫《だいじょうぶ》だろうね、とまた聞《き》きかえした。すると女《おんな》は黒《くろ》い眼《め》を眠《ねむ》そうにみはったまま、やっぱり静《しず》かな声《こえ》で、でも、死《し》ぬんですもの、しかたがないわといった。

じゃ、私《わたし》の顔《かお》が見《み》えるかいと一心《いっしん》に聞《き》くと、見《み》えるかいって、そら、そこに、写《うつ》ってるじゃありませんかと、にこりと笑《わら》ってみせた。自分《じぶん》は黙《だま》って、顔《かお》を枕《まくら》からはなした。腕組《うでぐ》みをしながら、どうしても死《し》ぬのかなと思《おも》った。

しばらくして、女《おんな》がまたこういった。

「死《し》んだら、埋《う》めてください。大《おお》きな真珠貝《しんじゅがい》で穴《あな》を掘《ほ》って。そうして天《てん》から落《お》ちてくる星《ほし》の破片《かけ》*を墓標《はかじるし》に置《お》いてください。そうして墓《はか》の傍《そば》に待《ま》っていてください。また逢《あ》いにきますから」

瓜実顔《うりざねがお》　ウリ科植物《かしょくぶつ》の種子《しゅし》に似《に》た色白《いろじろ》・中高《なかだか》でほっそりした顔《かお》。この作品《さくひん》の植物幻想的《しょくぶつげんそうてき》な展開《てんかい》を早《はや》くも暗示《あんじ》している。

星《ほし》の破片《かけ》　隕石《いんせき》のこと。宿命《しゅくめい》の恋《こい》と星《ほし》の破片《はへん》——アニメ映画《えいが》『君《きみ》の名《な》は。』（新海誠監督《しんかいまことかんとく》）に登場《とうじょう》するティアマト彗星《すいせい》のエピソードを想起《そうき》してみよう。

自分《じぶん》は、いつ逢《あ》いにくるかねと聞《き》いた。

「日《ひ》が出《で》るでしょう。それから日《ひ》が沈《しず》むでしょう。それからまた出《で》るでしょう、そうしてまた沈《しず》むでしょう。——赤《あか》い日《ひ》が東《ひがし》から西《にし》へ、東《ひがし》から西《にし》へと落《お》ちてゆくうちに、——あなた、待《ま》っていられますか」

自分《じぶん》は黙《だま》ってうなずいた。女《おんな》は静《しず》かな調子《ちょうし》をいちだん張《は》りあげて、

「百年《ひゃくねん》待《ま》*っていてください」と思《おも》いきった声《こえ》でいった。

「百年《ひゃくねん》、私《わたくし》の墓《はか》のそばに座《すわ》って待《ま》っていてください。きっと逢《あ》いにきますから」

自分《じぶん》はただ待《ま》っていると答《こた》えた。すると、黒《くろ》いひとみのなかにあざやかに見《み》えた自分《じぶん》の姿《すがた》が、ぼうっと崩《くず》れてきた。静《しず》かな水《みず》が動《うご》いて写《うつ》る影《かげ》を乱《みだ》したように、流《なが》れだしたと思《おも》ったら、女《おんな》の眼《め》がぱちりと閉《と》じた。長《なが》いまつげの間《あいだ》から涙《なみだ》が頬《ほお》へたれた。——もう死《し》んでいた。

自分《じぶん》はそれから庭《にわ》へ下《お》りて、真珠貝《しんじゅがい》で穴《あな》を掘《ほ》った。真珠貝《しんじゅがい》は大《おお》きななめらかな縁《ふち》のするどい貝《かい》であった。土《つち》をすくうたびに、貝《かい》の裏《うら》に月《つき》の光《ひかり》がさしてきらきらした。湿《しめ》った土《つち》の

匂《におい》もした。穴《あな》はしばらくして掘《ほ》れた。女《おんな》をその中《なか》へ入《い》れた。そうして柔《やわ》らかい土《つち》を、上《うえ》からそっとかけた。かけるたびに真珠貝《しんじゅがい》の裏《うら》に月《つき》の光《ひかり》がさした。

それから星《ほし》の破片《かけ》の落《お》ちたのを拾《ひろ》ってきて、かろく土《つち》の上《うえ》へ乗《の》せた。星《ほし》の破片《かけ》は丸《まる》かった。長《なが》い間《あいだ》大空《おおぞら》を落《お》ちている間《ま》に、角《かど》が取《と》れてなめらかになったんだろうと思《おも》った。抱《だ》きあげて土《つち》の上《うえ》へ置《お》くうちに、自分《じぶん》の胸《むね》と手《て》が少《すこ》し暖《あたたか》くなった。

自分《じぶん》は苔《こけ》の上《うえ》に座《すわ》った。これから百年《ひゃくねん》の間《あいだ》こうして待《ま》っているんだなと考《かんが》えながら、腕《うで》組《ぐ》みをして、丸《まる》い墓石《はかいし》を眺《なが》めていた。そのうちに、女《おんな》のいった通《とお》り日《ひ》が東《ひがし》から出《で》た。大《おお》きな赤《あか》い日《ひ》であった。それがまた女《おんな》のいった通《とお》り、やがて西《にし》へ落《お》ちた。赤《あか》いまんまでのっと*落《お》ちていった。一《ひと》つと自分《じぶん》は勘定《かんじょう》した。

しばらくするとまた唐紅《からくれない》の天道《てんとう》*がのそりと上《のぼ》ってきた。そうして黙《だま》って沈《しず》んでしまった。

百年《ひゃくねん》　「第三夜《だいさんや》」に登場《とうじょう》する子供《こども》のセリフ（23頁《ぺーじ》参照《さんしょう》）と響《ひび》き交《か》わしていることに留意《りゅうい》。

のっと　ぬっと。日《ひ》の出《で》・日《ひ》の入《い》りの様子《ようす》を形容《けいよう》するときなどに用《もち》いられる。松尾芭蕉《まつおばしょう》の俳句《はいく》に「梅《うめ》が香《か》にのつと日《ひ》の出《で》る山路《やまじ》かな」。

唐紅《からくれない》**の天道**《てんとう》　深《ふか》い紅色《べにいろ》に輝《かがや》く太陽《たいよう》。

二《ふた》つとまた勘定《かんじょう》した。

自分《じぶん》はこういう風《ふう》に一《ひと》つ二《ふた》つと勘定《かんじょう》して行《い》くうちに、赤《あか》い日《ひ》をいくつ見《み》たか分《わか》らない。勘定《かんじょう》しても、勘定《かんじょう》しても、しつくせないほど赤《あか》い日《ひ》が頭《あたま》の上《うえ》を通《とお》りこして行《い》った。それでも百年《ひゃくねん》がまだ来《こ》ない。しまいには、苔《こけ》の生《は》えた丸《まる》い石《いし》を眺《なが》めて、自分《じぶん》は女《おんな》にだまされたのではなかろうかと思《おも》いだした。

すると石《いし》の下《した》からはすに自分《じぶん》の方《ほう》へ向《む》いて青《あお》い茎《くき》が伸《の》びてきた。見《み》る間《ま》に長《なが》くなってちょうど自分《じぶん》の胸《むね》のあたりまで来《き》てとまった。と思《おも》うと、すらりとゆらぐ茎《くき》の頂《いただき》に、こころもち首《くび》を傾《かたぶ》けていた細長《ほそなが》い一輪《いちりん》の蕾《つぼみ》が、ふっくらと弁《はなびら》を開《ひら》いた。真白《まっしろ》な百合《ゆり》が鼻《はな》の先《さき》で骨《ほね》にこたえる*ほど匂《にお》った。そこへはるかの上《うえ》から、ぽたりと露《つゆ》が落《お》ちたので、花《はな》は自分《じぶん》の重《おも》みでふらふらと動《うご》いた。自分《じぶん》は首《くび》を前《まえ》へ出《だ》して冷《つめ》たい露《つゆ》のしたたる、白《しろ》い花弁《はなびら》に接吻《せっぷん》した。自分《じぶん》が百合《ゆり》から顔《かお》をはなす拍子《ひょうし》に思《おも》わず、遠《とお》い空《そら》を見《み》たら、暁《あかつき》の星《ほし》*がたった一《ひと》つまたたいていた。

骨《ほね》にこたえる　強《つよ》く心《こころ》に感《かん》じる。

暁《あかつき》の星《ほし》　明《あ》け方《がた》、東《ひがし》の空《そら》に見《み》える金星《きんせい》のこと。

「百年《ひゃくねん》はもう来《き》ていたんだな」とこの時始《ときはじ》めて気《き》がついた。

第《だい》二《に》夜《や》

こんな夢《ゆめ》を見《み》た。

和尚《おしょう》の室《しつ》を退《さ》がって、廊下伝《ろうかづた》いに自分《じぶん》の部屋《へや》へ帰《かえ》ると行灯《あんどう》*がぼんやり点《とも》っている。片膝《かたひざ》を座蒲団《ざぶとん》の上《うえ》について、灯心《とうしん》をかき立《た》てたとき、花《はな》のような丁子《ちょうじ》*がぱたりと朱塗《しゅぬり》の台《だい》に落《お》ちた。同時《どうじ》に部屋《へや》がぱっと明《あ》かるくなった。

襖《ふすま》の画《え》は蕪村《ぶそん》*の筆《ふで》である。黒《くろ》い柳《やなぎ》を濃《こ》く薄《うす》く、遠近《おちこち》とかいて、寒《さ》むそうな漁夫《ぎょふ》が笠《かさ》を傾《かたぶ》けて土手《どて》の上《うえ》を通《とお》る。床《とこ》には海中文珠《かいちゅうもんじゅ》*の軸《じく》がかかっている。焚《た》きのこした線香《せんこう》が暗《くら》い方《ほう》でいまだに臭《にお》っている。広《ひろ》い寺《てら》だから森閑《しんかん》として、人気《ひとけ》がない。黒《くろ》い天井《てんじょう》にさす丸行灯《まるあんどう》の丸《まる》い影《かげ》が、あおむく途端《とたん》に生《い》きてるように見《み》えた。

立膝《たてひざ》をしたまま、左《ひだり》の手《て》で座蒲団《ざぶとん》をめくって、右《みぎ》を差《さ》しこんで見《み》ると、思《おも》った所《ところ》に、ちゃんとあった。あれば安心《あんしん》*だから、蒲団《ふとん》をもとのごとく直《なお》して、その上《うえ》にどっかり座《すわ》った。お前《まえ》は侍《さむらい》である。侍《さむらい》なら悟《さと》れぬはずはなかろうと和尚《おしょう》がいった。そういつまでも悟《さと》れぬところをもって見《み》ると、お前《まえ》は侍《さむらい》ではあるまいといった。人間《にんげん》の屑《くず》じゃといった。ははあ怒《おこ》ったなといって笑《わら》った。くやしければ悟《さと》った証拠《しょうこ》を持《も》ってこいといってぷいと向《む》こうをむいた。怪《け》しからん。

隣《となり》の広間《ひろま》の床《とこ》にすえてある置時計《おきどけい》が次《つぎ》の刻《とき》を打《う》つまでには、きっと悟《さと》ってみせる。悟《さと》った上《うえ》で、今夜《こんや》また入室《にゅうしつ》*する。そうして和尚《おしょう》の首《くび》と悟《さと》りと引替《ひきかえ》にしてやる。悟《さと》らなければ、

行灯《あんどう》　「あんどん」ともいう。木製《もくせい》の枠《わく》に和紙《わし》を貼《は》り、中《なか》の油皿《あぶらざら》に浸《ひた》した灯心《とうしん》に火《ひ》をともす照明器具《しょうめいきぐ》。電灯《でんとう》が普及《ふきゅう》するまで広《ひろ》く用《もち》いられた。

丁子《ちょうじ》　「丁子頭《ちょうじがしら》」の略《りゃく》。灯心《とうしん》のもえさしの頭《あたま》にできる塊《かたまり》。形《かたち》が丁子《ちょうじ》という植物《しょくぶつ》の実《み》に似《に》ていることから。

蕪村《ぶそん》　与謝蕪村《よさぶそん》（一七一六〜一七八三）江戸中期《えどちゅうき》の俳人《はいじん》、画家《がか》。代表句《だいひょうく》に「菜《な》の花《はな》や月《つき》は東《ひがし》に日《ひ》は西《にし》に」など。おばけずきでも知《し》られ『蕪村妖怪絵巻《ぶそんようかいえまき》』を遺《のこ》した。この物語《ものがたり》で言及《げんきゅう》されている絵《え》は「柳陰漁夫図《りゅういんぎょふず》」だろう。

海中文珠《かいちゅうもんじゅ》　文珠《もんじゅ》は普通《ふつう》「文殊《もんじゅ》」と表記《ひょうき》。獅子《しし》にまたがった文殊菩薩《もんじゅぼさつ》が、雲《くも》に乗《の》って海原《うなばら》を渡《わた》りゆく光景《こうけい》を描《えが》いた宗教画《しゅうきょうが》。「渡海文殊《とかいもんじゅ》」とも。

あれば安心《あんしん》　なにが座布団《ざぶとん》の下《した》にあるのかは、わざと言及《げんきゅう》されず、次頁《じぺーじ》で明《あ》かされる。語《かた》り手《て》の焦燥《しょうそう》と不安《ふあん》と困惑《こんわく》を暗示《あんじ》。

入室《にゅうしつ》　禅《ぜん》の用語《ようご》で、「入室独参《にゅうしつどくさん》」とも。師僧《しそう》の室《しつ》に入《はい》って、公案《こうあん》（参禅者《さんぜんしゃ》に課《か》される問題《もんだい》）に答《こた》えたり、疑問《ぎもん》をただすこと。

和尚《おしょう》の命《いのち》が取《と》れない。どうしても悟《さと》らなければならない。自分《じぶん》は侍《さむらい》である。もし悟《さと》れなければ自刃《じじん》する*。侍《さむらい》がはずかしめられて、生《い》きているわけには行《ゆ》かない。奇麗《きれい》に死《し》んでしまう。

こう考《かんが》えた時《とき》、自分《じぶん》の手《て》はまた思《おも》わず布団《ふとん》の下《した》へ入《はい》った。そうして朱鞘《しゅざや》の短刀《たんとう》を引《ひ》きずりだした。ぐっと束《つか》を握《にぎ》って、赤《あか》い鞘《さや》を向《むこ》うへ払《はら》ったら、冷《つめ》たい刃《は》が一度《いちど》に暗《くら》い部屋《へや》で光《ひか》った。凄《すご》いものが手元《てもと》から、すうすうと逃《に》げていくように思《おも》われる。そうして、ことごとく切先《きっさき》へ集《あつ》まって、殺気《さっき》を一点《いってん》にこめている。自分《じぶん》はこの鋭《するど》い刃《は》が、無念《むねん》にも針《はり》の頭《あたま》のように縮《ちぢ》められて、九寸五分《くすんごぶ》*の先《さき》へ来《き》てやむをえずとがってるのを見《み》て、たちまちぐさりとやりたくなった。身体《からだ》の血《ち》が右《みぎ》の手首《てくび》の方《ほう》へ流《なが》れてきて、握《にぎ》っている束《つか》がにちゃにちゃする。唇《くちびる》がふるえた。

短刀《たんとう》を鞘《さや》へおさめて右脇《みぎわき》へ引《ひ》きつけておいて、それから全伽《ぜんが》*を組《く》んだ。――趙州《じょうしゅう》曰《いわ》く無《む》と。*無《む》とは何《なん》だ。糞坊主《くそぼうず》めと歯《は》がみをした。

奥歯《おくば》を強《つよ》くかみしめたので、鼻《はな》から熱《あつ》い息《いき》が荒《あら》く出《で》る。こめかみが釣《つ》って痛《いた》い。眼《め》は普《ふ》通《つう》の倍《ばい》も大《おお》きく開《あ》けてやった。

懸物《かけもの》*が見《み》える。行灯《あんどう》が見《み》える。畳《たたみ》が見《み》える。和尚《おしょう》の薬缶頭《やかんあたま》がありありと見《み》える。鰐口《わにぐち》*を開《あ》いてあざ笑《わら》った声《こえ》まで聞《きこ》える。怪《け》しからん坊主《ぼうず》だ。どうしてもあの薬缶《やかん》を首《くび》にしなくてはならん。悟《さと》ってやる。無《む》だ、無《む》だと舌《した》の根《ね》で念《ねん》じた。無《む》だというのにやっぱり線香《せんこう》の香《におい》がした。なんだ線香《せんこう》のくせに。

自分《じぶん》はいきなり拳骨《げんこつ》を固《かた》めて自分《じぶん》の頭《あたま》をいやというほどなぐった。そうして奥歯《おくば》をぎりぎりとかんだ。両腋《りょうわき》から汗《あせ》が出《で》る。背中《せなか》が棒《ぼう》のようになった。膝《ひざ》の接目《つぎめ》が急《きゅう》に痛《いた》くなった。膝《ひざ》が折《お》れたってどうあるものかと思《おも》った。けれども痛《いた》い。苦《くる》しい。無《む》はなかなか出《で》てこな

自刃《じじん》 刃物《はもの》で自分《じぶん》の命《いのち》を絶《た》つこと。

九寸五分《くすんごぶ》 尺貫法《しゃっかんほう》の単位《たんい》。約《やく》二八センチメートル。

全伽《ぜんが》 伽《が》は普通《ふつう》「跏《が》」と表記《ひょうき》。座禅《ざぜん》で、両足《りょうあし》を組《く》み違《ちが》えて床《ゆか》に尻《しり》を据《す》える座《すわ》り方《かた》。腰《こし》かけて片足《かたあし》を組《く》む「半伽《はんが》」に対《たい》していう。

趙州曰《じょうしゅういわ》く無《む》と 中国《ちゅうごく》の禅僧《ぜんそう》・趙州《じょうしゅう》和尚《おしょう》（七七八〜八九七）の言葉《ことば》。犬《いぬ》には仏性《ぶっしょう》（仏《ほとけ》となる資質《ししつ》）が有《あ》るか無《な》いかと問《と》うた僧《そう》に、趙州《じょうしゅう》はあえて「無《な》い」と答《こた》えた。禅書《ぜんしょ》『無門関《むもんかん》』の有名《ゆうめい》なくだり。

懸物《かけもの》 床《とこ》の間《ま》などにかける書画《しょが》の掛軸《かけじく》・掛幅《かけふく》のこと。

鰐口《わにぐち》 横《よこ》に広《ひろ》い口《くち》と、寺院《じいん》の軒下《のきした》に吊《つ》るす金属製《きんぞくせい》の音響具《おんきょうぐ》の両方《りょうほう》の意《い》を掛《か》けた形容《けいよう》。作中《さくちゅう》には姿《すがた》を現《あら》わさない和尚《おしょう》の、どこか妖怪《ようかい》めいた存在感《そんざいかん》を巧《たく》みに表《あら》わしている。

い。出《で》てくると思《おも》うとすぐ痛《いた》くなる。腹《はら》が立《た》つ。無念《むねん》になる。非常《ひじょう》にくやしくなる。涙《なみだ》がほろほろ出《で》る。ひと思《おも》いに身《み》を巨巌《おおいわ》の上《うえ》にぶつけて、骨《ほね》も肉《にく》もめちゃめちゃに砕《くだ》いてしまいたくなる。

それでも我慢《がまん》してじっと座《すわ》っていた。たえがたいほど切《せつ》ないものを胸《むね》にいれて忍《しの》んでいた。その切《せつ》ないものが身体中《からだじゅう》の筋肉《きんにく》を下《した》から持《も》ちあげて、毛穴《けあな》から外《そと》へ吹《ふ》きでよう吹《ふ》きでようと焦《あせ》るけれども、どこも一面《いちめん》にふさがって、まるで出口《でぐち》がないような残刻極《ざんこくきわ》まる状態《じょうたい》であった。

そのうちに頭《あたま》が変《へん》になった。行灯《あんどう》も蕪村《ぶそん》の画《え》も、畳《たたみ》も、違棚《ちがいだな》も有《あ》って無《な》いような、無《な》くって有《あ》るように見《み》えた。といって無《む》はちっとも現前《げんぜん》しない。*ただ好加減《いいかげん》に座《すわ》っていたようである。ところへ忽然《こつぜん》*隣座敷《となりざしき》の時計《とけい》がチーンと鳴《な》りはじめた。

はっと思《おも》った。右《みぎ》の手《て》をすぐ短刀《たんとう》にかけた。時計《とけい》が二《ふた》つ目《め》をチーンと打《う》った。

第《だい》三《さん》夜《や》

こんな夢《ゆめ》を見《み》た。

六《むっ》つになる子供《こども》を負《お》ってる。たしかに自分《じぶん》の子《こ》である。ただ不思議《ふしぎ》なことにはいつの間《ま》にか眼《め》が潰《つぶ》れて、青坊主《あおぼうず》*になっている。自分《じぶん》がお前《まえ》の眼《め》はいつ潰《つぶ》れたのかいと聞《き》くと、なに昔《むかし》からさと答《こた》えた。声《こえ》は子供《こども》の声《こえ》に相違《そうい》ないが、言葉《ことば》つきはまるで大人《おとな》である。しかも対等《たいとう》だ。

左右《さゆう》は青田《あおた》*である。路《みち》は細《ほそ》い。鷺《さぎ》の影《かげ》が時々《ときどき》闇《やみ》にさす。

「田《た》んぼへかかったね」と背中《せなか》でいった。

「どうして解《わか》る」と顔《かお》を後《うし》ろへ振《ふ》りむけるようにして聞《き》いたら、

現前《げんぜん》しない　目《め》の前《まえ》に現《あら》われない。

忽然《こつぜん》　たちまち。突然《とつぜん》に。

青坊主《あおぼうず》　ここでは、青々《あおあお》と剃《そ》り上《あ》げた坊主頭《ぼうずあたま》の意《い》だが、坊主《ぼうず》の姿《すがた》をした妖怪《ようかい》の名称《めいしょう》でもあることに留意《りゅうい》。

青田《あおた》　稲《いね》が生育《せいいく》して青々《あおあお》とした水田《すいでん》。夏《なつ》の季語《きご》。

「だって鷺《さぎ》が鳴《な》くじゃないか」と答《こた》えた。

すると鷺《さぎ》がはたして二声《ふたこえ》ほど鳴《な》いた。

自分《じぶん》は我子《わがこ》ながら少《すこ》し怖《こわ》くなった。こんなものを背負《しょ》っていては、この先《さき》どうなるか分《わか》らない。どこかうっちゃる*所《ところ》はなかろうかと向《む》こうを見《み》ると闇《やみ》の中《なか》に大《おお》きな森《もり》が見《み》えた。あすこならばと考《かんが》えだす途端《とたん》に、背中《せなか》で、

「ふふん」という声《こえ》がした。

「なにを笑《わら》うんだ」

子供《こども》は返事《へんじ》をしなかった。ただ

「お父《とっ》さん、重《おも》いかい」と聞《き》いた。

「重《おも》かあない」と答《こた》えると

「今《いま》に重《おも》くなるよ」といった。

うっちゃる　投《な》げ捨《す》てる。放《ほう》り出《だ》す。

自分《じぶん》は黙《だま》って森《もり》を目標《めじるし》にあるいて行《い》った。田《た》の中《なか》の路《みち》が不規則《ふきそく》にうねってなかなか思《おも》うように出《で》られない。しばらくすると二股《ふたまた》になった。自分《じぶん》は股《また》の根《ね》に立《た》って、ちょっと休《やす》んだ。

「石《いし》が立《た》ってるはずだがな」と小僧《こぞう》がいった。

なるほど八寸角《はっすんかく》*の石《いし》が腰《こし》ほどの高《たか》さに立《た》っている。表《おもて》には左《ひだ》り日ケ窪《ひがくぼ》*、右堀田原《みぎほったはら》*とある。闇《やみ》だのに赤《あか》い字《じ》があきらかに見《み》えた。赤《あか》い字《じ》は井守《いもり》の腹《はら》のような色《いろ》であった。

「左《ひだり》が好《よ》いだろう」と小僧《こぞう》が命令《めいれい》した。左《ひだり》を見《み》るとさっきの森《もり》が闇《やみ》の影《かげ》を、高《たか》い空《そら》から自《じ》分《ぶん》らの頭《あたま》の上《うえ》へ投《な》げかけていた。自分《じぶん》はちょっと躊躇《ちゅうちょ》した。

「遠慮《えんりょ》しないでもいい」と小僧《こぞう》がまたいった。自分《じぶん》はしかたなしに森《もり》の方《ほう》へ歩《ある》きだした。腹《はら》の中《なか》では、よく盲目《めくら》のくせになんでも知《し》ってるなと考《かんが》えながら一筋道《ひとすじみち》を森《もり》へ近《ちか》づいてくると、背中《せなか》で、「どうも盲目《めくら》は不自由《ふじゆう》でいけないね」といった。

「だから負《おぶ》ってやるからいいじゃないか」

「負《お》ぶってもらってすまないが、どうも人《ひと》に馬鹿《ばか》にされていけない。親《おや》にまで馬鹿《ばか》にされるからいけない」

なんだかいやになった。早《はや》く森《もり》へ行《い》って捨《す》ててしまおうと思《おも》って急《いそ》いだ。

「もう少《すこ》し行《い》くと解《わか》る。――ちょうどこんな晩《ばん》*だったな」と背中《せなか》で独言《ひとりごと》のようにいっている。

「なにが」ときわどい声《こえ》を出《だ》して聞《き》いた。

「なにがって、知《し》ってるじゃないか」と子供《こども》はあざけるように答《こた》えた。するとなんだか知《し》ってるような気《き》がしだした。けれどもはっきりとは分《わか》らない。ただこんな晩《ばん》であったように思《おも》える。そうしてもう少《すこ》し行《い》けば分《わか》るように思《おも》える。分《わか》っては大変《たいへん》だから、分《わか》らないう

こんな晩《ばん》　六部《ろくぶ》（廻国巡礼《かいこくじゅんれい》の僧《そう》）を殺《ころ》して金品《きんぴん》を奪《うば》った農夫《のうふ》の子供《こども》が、六部《ろくぶ》の生《う》まれ変《か》わりで、「お前《まえ》がおれを殺《ころ》したのは、こんな晩《ばん》だったな」と話《はな》しかけるという「六部殺《ろくぶごろ》し」の民間伝承《みんかんでんしょう》の別称《べっしょう》。漱石《そうせき》とは奇縁《きえん》で結《むす》ばれた小泉八雲《こいずみやくも》の「持田《もちだ》の百姓《ひゃくしょう》」（『知《し》られぬ日本《にほん》の面影《おもかげ》』所収《しょしゅう》）や落語《らくご》の「もう半分《はんぶん》」も、同系統《どうけいとう》の物語《ものがたり》である。

八寸角《はっすんかく》　約《やく》二四センチメートル四方《しほう》。

日ケ窪《ひがくぼ》　港区麻布《みなとくあざぶ》の旧地名《きゅうちめい》。「日下窪《ひがくぼ》」とも。現在《げんざい》の六本木《ろっぽんぎ》ヒルズに程近《ほどちか》い界隈《かいわい》。ちなみに、この一帯《いったい》には「麻布七不思議《あざぶななふしぎ》」の伝承《でんしょう》があった。

堀田原《ほったはら》　明治期《めいじき》、北日下窪町《きたひがくぼちょう》に華族《かぞく》・堀田氏《ほったし》の屋敷跡《やしきあと》があり、その付近《ふきん》を堀田原《ほったはら》と称《しょう》した可能性《かのうせい》があるとする説《せつ》や、台東区浅草《たいとうくあさくさ》寿町《ことぶきちょう》の旧地名《きゅうちめい》とする説《せつ》がある。

ちに早《はや》く捨《す》ててしまって、安心《あんしん》しなくってはならないように思《おも》える。自分《じぶん》はますます足《あし》を早《はや》めた。

雨《あめ》はさっきから降《ふ》っている。路《みち》はだんだん暗《くら》くなる。ほとんど夢中《むちゅう》である。ただ背中《せなか》に小《ちい》さい小僧《こぞう》がくっついていて、その小僧《こぞう》が自分《じぶん》の過去《かこ》、現在《げんざい》、未来《みらい》をことごとく照《てら》して、寸分《すんぶん》の事実《じじつ》＊も洩《も》らさない鏡《かがみ》のように光《ひか》っている。しかもそれが自分《じぶん》の子《こ》である。そうして盲目《めくら》である。自分《じぶん》はたまらなくなった。

「ここだ、ここだ。ちょうどその杉《すぎ》の根《ね》のところだ」

雨《あめ》の中《なか》で小僧《こぞう》の声《こえ》ははっきり聞《きこ》えた。自分《じぶん》は覚《おぼ》えずとまった。いつしか森《もり》の中《なか》へ入《はい》っていた。一間《いっけん》＊ばかり先《さき》にある黒《くろ》いものはたしかに小僧《こぞう》のいう通《とお》り杉《すぎ》の木《き》と見《み》えた。

「お父《とっ》さん、その杉《すぎ》の根《ね》のところだったね」

「うん、そうだ」と思《おも》わず答《こた》えてしまった。

「文化五年《ぶんかごねん》＊辰年《たつどし》だろう」

なるほど文化五年辰年《ぶんかごねんたつどし》らしく思《おも》われた。

「お前《まえ》がおれを殺《ころ》したのは今《いま》からちょうど百年前《ひゃくねんまえ》だね」

自分《じぶん》はこの言葉《ことば》を聞《き》くや否《いな》や、今《いま》から百年前文化五年《ひゃくねんまえぶんかごねん》の辰年《たつどし》のこんな闇《やみ》の晩《ばん》に、この杉《すぎ》の根《ね》で、一人《ひとり》の盲目《めくら》を殺《ころ》したという自覚《じかく》が、忽然《こつぜん》として頭《あたま》の中《なか》に起《おこ》った。おれは人殺《ひとごろし》であったんだなと始《はじ》めて気《き》がついた途端《とたん》に、背中《せなか》の子《こ》が急《きゅう》に石地蔵《いしじぞう》のように重《おも》くなった。*

第《だい》四《よん》夜《や》

広《ひろ》い土間《どま》のまんなかに涼《すず》み台《だい》のようなものをすえて、その周囲《まわり》に小《ちい》さい床几《しょうぎ》*が並《なら》べてある。台《だい》は黒光《くろびか》りに光《ひか》っている。片隅《かたすみ》には四角《しかく》な膳《ぜん》を前《まえ》に置《お》いて爺《じい》さんが一人《ひとり》で酒《さけ》を飲《の》んで

寸分《すんぶん》の事実《じじつ》　ほんの少《すこ》しの事実《じじつ》。

一間《いっけん》　土地《とち》や建物《たてもの》などに用《もち》いる長《なが》さの単位《たんい》。一間《いっけん》は約《やく》一・八一八メートル。

文化五年《ぶんかごねん》　一八〇八年《ねん》。上田秋成《うえだあきなり》『春雨物語《はるさめものがたり》』、曲亭馬琴《きょくていばきん》『頼豪阿闍梨怪鼠伝《らいごうあじゃりかいそでん》』、柳亭種彦《りゅうていたねひこ》『近世怪談霜夜星《きんせいかいだんしもよのほし》』、山東京伝《さんとうきょうでん》『糸車九尾狐《いとぐるまきゅうびのきつね》』、鶴屋南北《つるやなんぼく》『彩入御伽艸《いろえいりおとぎぞうし》』初演《しょえん》など、江戸怪《えどかい》談文芸《だんぶんげい》が隆盛《りゅうせい》を極《きわ》めた年《とし》でもある。

石地蔵《いしじぞう》のように重《おも》く　抱《かか》えさせられた赤子《あかご》が石《いし》のように重《おも》くなる怪異《かいい》は、姑獲鳥《うぶめ》などの妖怪《ようかい》の一特色《いちとくしょく》とされている。水木《みずき》しげるの漫画《まんが》『ゲゲゲの鬼太郎《きたろう》』シリーズに登場《とうじょう》する「子泣《こな》き爺《じじい》」も、この系統《けいとう》である。

床几《しょうぎ》　折《お》りたたみ式《しき》の腰掛《こしかけ》。

いる。肴《さかな》は煮《に》しめらしい。*

爺《じい》さんは酒《さけ》の加減《かげん》でなかなか赤《あか》くなっている。その上顔中《うえかおじゅう》つやつやして皺《しわ》というほどのものはどこにも見当《みあた》らない。ただ白《しろ》い髯《ひげ》をありたけ生《は》やしているから年寄《としより》ということだけはわかる。自分《じぶん》は子供《こども》ながら、この爺《じい》さんの年《とし》はいくつなんだろうと思《おも》った。ところへ裏《うら》の筧《かけい》*から手桶《ておけ》に水《みず》をくんできた神《かみ》さんが、前垂《まえだれ》で手《て》をふきながら、

「お爺《じい》さんはいくつかね」と聞《き》いた。爺《じい》さんは頬張《ほおば》った煮《に》しめを呑《の》みこんで、

「いくつか忘《わす》れたよ」と澄《す》ましていた。神《かみ》さんはふいた手《て》を、細《ほそ》い帯《おび》の間《あいだ》にはさんで横《よこ》から爺《じい》さんの顔《かお》を見《み》て立《た》っていた。爺《じい》さんは茶碗《ちゃわん》のような大《おお》きなもので酒《さけ》をぐいと飲《の》んで、そうして、ふうと長《なが》い息《いき》を白《しろ》い髯《ひげ》の間《あいだ》から吹《ふ》きだした。すると神《かみ》さんが、

「お爺《じい》さんの家《うち》はどこかね」と聞《き》いた。爺《じい》さんは長《なが》い息《いき》を途中《とちゅう》で切《き》って、

「臍《へそ》の奥《おく》だよ」といった。神《かみ》さんは手《て》を細《ほそ》い帯《おび》の間《あいだ》につっこんだまま、

「どこへ行《ゆ》くかね」とまた聞《き》いた。すると爺《じい》さんが、また茶碗《ちゃわん》のような大《おお》きなもので熱《あつ》い酒《さけ》をぐいと飲《の》んで前《まえ》のような息《いき》をふうと吹《ふ》いて、

「あっちへ行《い》くよ」といった。

「まっすぐかい」と神《かみ》さんが聞《き》いた時《とき》、ふうと吹《ふ》いた息《いき》が、障子《しょうじ》を通《とお》りこして柳《やなぎ》の下《した》を抜《ぬ》けて、河原《かわら》の方《ほう》へまっすぐに行《い》った。

爺《じい》さんが表《おもて》へ出《で》た。自分《じぶん》も後《あと》から出《で》た。爺《じい》さんの腰《こし》に小《ちい》さい瓢簞《ひょうたん》*がぶら下《さ》がっている。肩《かた》から四角《しかく》な箱《はこ》を腋《わき》の下《した》へ釣《つ》るしている。浅黄《あさぎ》の股引《ももひき》をはいて、浅黄《あさぎ》の袖無《そでな》しを着《き》ている。足袋《たび》だけが黄色《きいろ》い。なんだか皮《かわ》で作《つく》った足袋《たび》のように見《み》えた。

爺《じい》さんがまっすぐに柳《やなぎ》の下《した》まで来《き》た。柳《やなぎ》の下《した》に子供《こども》が三《さん》、四人《よにん》いた。爺《じい》さんは笑《わら》いながら腰《こし》から浅黄《あさぎ》の手拭《てぬぐい》を出《だ》した。それを肝心綯《かんじんより》*のように細長《ほそなが》く綯《よ》った。そうして地面《じびた》の真中《まんなか》に置《お》いた。それから手拭《てぬぐい》の周囲《まわり》に、大《おお》きな丸《まる》い輪《わ》を描《か》いた。しまいに肩《かた》にかけた箱《はこ》の中《なか》か

煮《に》しめ　肉《にく》や野菜《やさい》を醬油《しょうゆ》でよく煮込《にこ》んだ料理《りょうり》。
筧《かけい》　竹《たけ》や木《き》を刳《く》りぬいて地上《ちじょう》に敷設《ふせつ》し、水《みず》を通《とお》す装置《そうち》。
瓢簞《ひょうたん》　ウリ科《か》の蔓性植物《つるせいしょくぶつ》の実《み》を刳《く》りぬいて作《つく》られた容器《ようき》。ここでは仙人《せんにん》もしくは幻術師《げんじゅつし》めいた老人《ろうじん》の正体《しょうたい》を暗示《あんじ》するかのような小道具《こどうぐ》。
肝心綯《かんじんより》　「観世紙縒《かんぜこより》」のなまり。紙《かみ》を細長《ほそなが》く切《き》って縒《よ》ったもの。

ら真鍮《しんちゅう》*でこしらえた飴屋《あめや》の笛《ふえ》*を出《だ》した。

「今《いま》にその手拭《てぬぐい》が蛇《へび》になるから、見《み》ておろう。見《み》ておろう」と繰返《くりかえ》していった。子供《こども》は一生懸命《いっしょうけんめい》に手拭《てぬぐい》を見《み》ていた。自分《じぶん》も見《み》ていた。

「見《み》ておろう、見《み》ておろう、好《よ》いか」といいながら爺《じい》さんが笛《ふえ》を吹《ふ》いて、輪《わ》の上《うえ》をぐるぐる回《まわ》りだした。自分《じぶん》は手拭《てぬぐい》ばかり見《み》ていた。けれども手拭《てぬぐい》は一向《いっこう》動《うご》かなかった。

爺《じい》さんは笛《ふえ》をぴいぴい吹《ふ》いた。そうして輪《わ》の上《うえ》をなんべんも回《まわ》った。草鞋《わらじ》を爪立《つまだ》てるように、抜足《ぬきあし》*をするように、手拭《てぬぐい》に遠慮《えんりょ》をするように、回《まわ》った。怖《こわ》そうにも見《み》えた。面白《おもしろ》そうにもあった。

やがて爺《じい》さんは笛《ふえ》をぴたりとやめた。そうして、肩《かた》にかけた箱《はこ》の口《くち》を開《あ》けて、手拭《てぬぐい》の首《くび》を、ちょいとつまんで、ぽっと放《ほう》りこんだ。

「こうしておくと、箱《はこ》の中《なか》で蛇《へび》になる。*今《いま》に見《み》せてやる。今《いま》に見《み》せてやる」といいながら、爺《じい》さんがまっすぐに歩《ある》きだした。柳《やなぎ》の下《した》を抜《ぬ》けて、細《ほそ》い路《みち》をまっすぐに下《お》りていった。自分《じぶん》は蛇《へび》が見《み》たいから、細《ほそ》い道《みち》をどこまでも追《つ》いていった。爺《じい》さんは時々《ときどき》「今《いま》になる」とい

ったり、「蛇《へび》になる」といったりして歩《ある》いていく。しまいには、

「今《いま》になる、蛇《へび》になる、
　きっとなる、笛《ふえ》が鳴《な》る、」

と唄《うた》いながら、とうとう河《かわ》の岸《きし》へ出《で》た。橋《はし》も舟《ふね》もないから、ここで休《やす》んで箱《はこ》の中《なか》の蛇《へび》を見《み》せるだろうと思《おも》っていると、爺《じい》さんはざぶざぶ河《かわ》の中《なか》へ入《はい》りだした。始《はじ》めは膝《ひざ》ぐらいの深《ふか》さであったが、だんだん腰《こし》から、胸《むね》の方《ほう》まで水《みず》につかって見《み》えなくなる。それでも爺《じい》さんは

「深《ふか》くなる、夜《よる》になる、
　まっすぐになる」

蛇《へび》になる　紐《ひも》の類《たぐい》が蛇《へび》と化《か》す例《れい》としては、根岸鎮衛《ねぎしやすもり》の随筆《ずいひつ》『耳嚢《みみぶくろ》』所収《しょしゅう》の「悪気人《あくきひと》を逐《お》う事《こと》」や田中貢太郎《たなかこうたろう》の怪談実話《かいだんじつわ》「這《は》って来《く》る紐《ひも》」、葛飾北斎《かつしかほくさい》の浮世絵《うきよえ》『百物語《ひゃくものがたり》』の「執念《しゅうねん》」など。なお、漱石《そうせき》には、草原《そうげん》の蛇《へび》が人語《じんご》を漏《も》らす「蛇《へび》」（『永日小品《えいじつしょうひん》』所収《しょしゅう》）という薄気味悪《うすきみわる》い小品《しょうひん》もある。

真鍮《しんちゅう》　銅《どう》と亜鉛《あえん》の合金《ごうきん》。加工《かこう》しやすいため鋳物《いもの》や器具《きぐ》の部品《ぶひん》などに使《つか》われる。

飴屋《あめや》の笛《ふえ》　路上《ろじょう》で飴《あめ》を売《う》る行商人《ぎょうしょうにん》が、人寄《ひとよ》せのために吹《ふ》き鳴《な》らす笛《ふえ》。石川啄木《いしかわたくぼく》の歌集《かしゅう》『一握《いちあく》の砂《すな》』に「飴売《あめうり》のチャルメラ聴《き》けば／うしなひし／をさなき心《こころ》ひろへるごとし」。

抜足《ぬきあし》　足《あし》を抜《ぬ》きあげるようにして、音《おと》を立《た》てないように歩《ある》くこと。

と唄《うた》いながら、どこまでもまっすぐに歩《ある》いていった。そうして髯《ひげ》も顔《かお》も頭《あたま》も頭巾《ずきん》もまるで見《み》えなくなってしまった。

自分《じぶん》は爺《じい》さんが向岸《むこうぎし》へ上《あ》がった時《とき》に、蛇《へび》を見《み》せるだろうと思《おも》って、蘆《あし》の鳴《な》るところ*に立《た》って、たった一人《ひとり》いつまでも待《ま》っていた。けれども爺《じい》さんは、とうとう上《あ》がってこなかった。

第《だい》五《ご》夜《や》

こんな夢《ゆめ》を見《み》た。

なんでもよほど古《ふる》いことで、神代《かみよ》*に近《ちか》い昔《むかし》と思《おも》われるが、自分《じぶん》が軍《いくさ》をして運悪《うんわる》く敗北《まけ》たために、生擒《いけどり》になって、敵《てき》の大将《たいしょう》の前《まえ》に引《ひ》きすえられた。

その頃《ころ》の人《ひと》はみんな背《せ》が高《たか》かった。そうして、みんな長《なが》い髯《ひげ》を生《は》やしていた。革《かわ》の帯《おび》をしめて、それへ棒《ぼう》のような剣《つるぎ》を釣《つ》るしていた。弓《ゆみ》は藤蔓《ふじづる》の太《ふと》いのをそのまま用《もち》いたように見《み》えた。漆《うるし》もぬってなければ磨《みが》きもかけてない。きわめて素朴《そぼく》なものであった。

敵《てき》の大将《たいしょう》は、弓《ゆみ》の真中《まんなか》を右《みぎ》の手《て》でにぎって、その弓《ゆみ》を草《くさ》の上《うえ》へついて、酒甕《さかがめ》をふせたようなものの上《うえ》に腰《こし》をかけていた。その顔《かお》を見《み》ると、鼻《はな》の上《うえ》で、左右《さゆう》の眉《まゆ》が太《ふと》くつながっている。そのころ髪剃《かみそり》*というものはむろんなかった。

自分《じぶん》は虜《とりこ》だから、腰《こし》をかけるわけにゆかない。草《くさ》の上《うえ》に胡坐《あぐら》をかいていた。足《あし》には大《おお》きな藁沓《わらぐつ》をはいていた。この時代《じだい》の藁沓《わらぐつ》は深《ふか》いものであった。立《た》つと膝頭《ひざがしら》まで来《き》た。その端《はし》のところは藁《わら》を少《すこ》し編《あ》み残《のこ》して、房《ふさ》のように下《さ》げて、歩《ある》くとばらばら動《うご》くようにして、飾《かざ》りとしていた。

大将《たいしょう》は篝火《かがりび》で自分《じぶん》の顔《かお》を見《み》て、死《し》ぬか生《い》きるかと聞《き》いた。これはその頃《ころ》の習慣《しゅうかん》で、捕虜《とりこ》にはだれでも一応《いちおう》はこう聞《き》いたものである。生《い》きると答《こた》えると降参《こうさん》した意味《いみ》で、死《し》ぬというと屈服《くっぷく》しないということになる。自分《じぶん》は一言《ひとこと》死《し》ぬと答《こた》えた。大将《たいしょう》は草《くさ》の上《うえ》に突《つ》いていた

蘆《あし》の鳴《な》るところ　水辺《みずべ》の葦《あし》が風《かぜ》にそよいで音《おと》を立《た》てるところ。芥川龍之介《あくたがわりゅうのすけ》「沼《ぬま》」を参照《さんしょう》。

神代《かみよ》　神話《しんわ》の時代《じだい》。

髪剃《かみそり》　普通《ふつう》は「剃刀《かみそり》」と表記《ひょうき》。

弓《ゆみ》を向《む》こうへ投《な》げて、腰《こし》に釣《つ》るした棒《ぼう》のような剣《けん》をするりと抜《ぬ》きかけた。それへ風《かぜ》になびいた篝火《かがりび》が横《よこ》から吹《ふ》きつけた。自分《じぶん》は右《みぎ》の手《て》を楓《かえで》のように開《ひら》いて、掌《たなごころ》を大将《たいしょう》の方《ほう》へ向《む》けて、眼《め》の上《うえ》へ差《さ》しあげた。待《ま》てという相図《あいず》である。大将《たいしょう》は太《ふと》い剣《けん》をかちゃりと鞘《さや》におさめた。

その頃《ころ》でも恋《こい》はあった。自分《じぶん》は死《し》ぬ前《まえ》に一目《ひとめ》思《おも》う女《おんな》*に逢《あ》いたいといった。大将《たいしょう》は夜《よる》が明《あ》けて鶏《とり》が鳴《な》くまでなら待《ま》つといった。鶏《とり》が鳴《な》くまでに女《おんな》をここへ呼《よ》ばなければならない。鶏《とり》が鳴《な》いても女《おんな》が来《こ》なければ、自分《じぶん》は逢《あ》わずに殺《ころ》されてしまう。

大将《たいしょう》は腰《こし》をかけたまま、篝火《かがりび》を眺《なが》めている。自分《じぶん》は大《おお》きな藁沓《わらぐつ》を組《く》みあわしたまま、草《くさ》の上《うえ》で女《おんな》を待《ま》っている。夜《よる》はだんだん更《ふ》ける。

時々篝火《ときどきかがりび》が崩《くず》れる音《おと》がする。崩《くず》れるたびにうろたえたように炎《ほのお》が大将《たいしょう》になだれかかる。真黒《まっくろ》な眉《まゆ》の下《した》で、大将《たいしょう》の眼《め》がぴかぴかと光《ひか》っている。すると誰《だれ》やら来《き》て、新《あたら》しい枝《えだ》をたくさん火《ひ》の中《なか》へ投《な》げこんでいく。しばらくすると、火《ひ》がぱちぱちと鳴《な》る。暗闇《くらやみ》を弾《はじ》きかえすような勇《いさ》ましい音《おと》であった。

この時女《ときおんな》は、裏《うら》の楢《なら》の木《き》につないである、白《しろ》い馬《うま》を引《ひ》きだした。鬣《たてがみ》を三度《さんど》撫《な》でて高《たか》い背《せ》

にひらりと飛《と》びのった。鞍《くら》もない鐙《あぶみ》もない裸馬《はだかうま》*であった。長《なが》く白《しろ》い足《あし》で、太腹《ふとばら》をけると、馬《うま》は一散《いっさん》に駆《か》けだした。誰《だれ》かが篝《かが》り*を継《つ》ぎたしたので、遠《とお》くの空《そら》が薄明《うすあか》るく見《み》える。馬《うま》はこの明《あか》るいものを目《め》がけて闇《やみ》の中《なか》を飛《と》んでくる。鼻《はな》から火《ひ》の柱《はしら》のような息《いき》を二本《にほん》出《だ》して飛《と》んでくる。それでも女《おんな》は細《ほそ》い足《あし》でしきりなしに馬《うま》の腹《はら》をけっている。馬《うま》は蹄《ひづめ》の音《おと》が宙《ちゅう》で鳴《な》るほど早《はや》く飛《と》んでくる。女《おんな》の髪《かみ》は吹《ふき》流《なが》しのように闇《やみ》の中《なか》に尾《お》をひいた。それでもまだ篝《かがり》のあるところまで来《こ》られない。

思《おも》う女《おんな》　愛《あい》する女性《じょせい》。
裸馬《はだかうま》　背中《せなか》に鞍《くら》を装着《そうちゃく》していない馬《うま》。
篝《かが》り　「篝火《かがりび》」の略《りゃく》。

するとまっ闇《くら》な道《みち》のはたで、たちまちこけこっこうという鶏《とり》の声《こえ》がした。女《おんな》は身《み》を空《そら》様《ざま》に*、両手《りょうて》に握《にぎ》った手綱《たづな》をうんとひかえた。馬《うま》は前足《まえあし》の蹄《ひづめ》を堅《かた》い岩《いわ》の上《うえ》に発矢《はっし》*と刻《きざ》みこんだ。

こけこっこうと鶏《にわとり》がまた一声《ひとこえ》鳴《な》いた。

女《おんな》はあっといって、しめた手綱《たづな》を一度《いちど》にゆるめた。馬《うま》は諸膝《もろひざ》を折《お》る。乗《の》った人《ひと》とともにまともへ前《まえ》へのめった。岩《いわ》の下《した》は深《ふか》い淵《ふち》であった。

蹄《ひづめ》のあとはいまだに岩《いわ》の上《うえ》に残《のこ》っている。鶏《とり》の鳴《な》く真似《まね》をしたものは天探女《あまのじゃく》*である。この蹄《ひづめ》のあとの岩《いわ》に刻《きざ》みつけられている間《あいだ》、天探女《あまのじゃく》は自分《じぶん》の敵《かたき》である。

第《だい》六《ろく》夜《や》

運慶《うんけい》*が護国寺《ごこくじ》*の山門《さんもん》で仁王《におう》*を刻《きざ》んでいるという評判《ひょうばん》だから、散歩《さんぽ》ながら*行《い》ってみると、自分《じぶん》より先《さき》にもう大勢《おおぜい》集《あつ》まって、しきりに下馬評《げばひょう》*をやっていた。

山門《さんもん》の前《まえ》五《ご》、六間《ろっけん》*のところには、大《おお》きな赤松《あかまつ》があって、その幹《みき》が斜《なな》めに山門《さんもん》の甍《いらか》をかくして、遠《とお》い青空《あおぞら》までのびている。松《まつ》の緑《みどり》と朱塗《しゅぬり》の門《もん》が互《たが》いに照《うつ》りあってみごとに見《み》える。その上松《うえまつ》の位地《いち》*が好《よ》い。門《もん》の左《ひだり》の端《はし》を眼障《めざわり》にならないように、斜《はす》に切《き》っていって、上《うえ》になるほど幅《はば》を広《ひろ》く屋根《やね》まで突《つ》きだしているのがなんとなく古風《こふう》である。鎌倉時代《かまくらじだい》とも思《おも》われる。

ところが見《み》ているものは、みんな自分《じぶん》と同《おな》じく、明治《めいじ》の人間《にんげん》である。そのうちでも車夫《しゃふ》

空様に《そらざま》　上向《うわむ》きにすること。
発矢と《はっし》　硬《かた》いもの同士《どうし》がぶつかるさま。「発止《はっし》」とも。
天探女《あまのじゃく》　「あまのじゃく」は普通《ふつう》は「天邪鬼《あまのじゃく》」と表記《ひょうき》し、人間《にんげん》に逆《さか》らい邪魔《じゃま》をする小鬼《こおに》、妖怪《ようかい》の類《たぐい》を意味《いみ》する。民話《みんわ》の「瓜子姫《うりこひめ》」などに登場《とうじょう》。天探女《あまのじゃく》は「あまのさぐめ」と発音《はつおん》し、日本神話《にほんしんわ》に登場《とうじょう》する巫女的《みこてき》な女性《じょせい》。天稚彦《あめわかひこ》のもとに、天照大神《あまてらすおおみかみ》から派遣《はけん》された雉《きじ》を、不吉《ふきつ》と託宣《たくせん》して射殺《しゃさつ》させ、天稚彦《あめわかひこ》誅殺《ちゅうさつ》の原因《げんいん》をつくった。天邪鬼《あまのじゃく》の原型《げんけい》とする説《せつ》もある。
運慶《うんけい》　（?～一二二三）鎌倉時代初期《かまくらじだいしょき》の彫刻家《ちょうこくか》。写実的《しゃじつてき》で豪壮《ごうそう》な様式《ようしき》を完成《かんせい》させ、慶派《けいは》の総帥《そうすい》として活躍《かつやく》した。快慶《かいけい》と合作《がっさく》した東大寺南大門《とうだいじなんだいもん》の「金剛力士像《こんごうりきしぞう》」（仁王像《におうぞう》）などで名高《なだか》い。

護国寺《ごこくじ》　東京都文京区大塚《とうきょうとぶんきょうくおおつか》にある真言宗《しんごんしゅう》豊山派《ぶざんは》の寺院《じいん》。一六八一年《ねん》、徳川綱吉《とくがわつなよし》の母《はは》・桂昌院《けいしょういん》が創建《そうけん》。開山《かいざん》（寺院《じいん》の創始者《そうししゃ》）は亮賢《りょうけん》。将軍家《しょうぐんけ》の祈禱寺《きとうじ》であった。
仁王《におう》　寺院《じいん》の山門《さんもん》の両脇《りょうわき》などに一対《いっつい》で安置《あんち》される伽藍守護《がらんしゅご》の神《かみ》。仏敵《ぶってき》を威嚇《いかく》する憤怒《ふんぬ》の形相《ぎょうそう》をした半裸《はんら》の力士像《りきしぞう》である。足下《あしもと》に天邪鬼《あまのじゃく》を踏《ふ》みつけた姿《すがた》に造形《ぞうけい》されることもあり、「第五夜《だいごや》」の結末《けつまつ》にも通《つう》じている点《てん》に留意《りゅうい》。
散歩ながら《さんぽ》　散歩《さんぽ》がてらに。
下馬評《げばひょう》　当事者《とうじしゃ》ではない人々《ひとびと》が勝手《かって》に交《か》わす評判《ひょうばん》や噂話《うわさばなし》。
五、六間《ご ろっけん》　約《やく》九～一一メートル。
位地《いち》　普通《ふつう》は「位置《いち》」と表記《ひょうき》。

がいちばん多《おお》い。辻待《つじまち》*をして退屈《たいくつ》だから立《た》っているに相違《そうい》ない。

「大《おお》きなもんだなあ」といっている。

「人間《にんげん》をこしらえるよりもよっぽど骨《ほね》が折《お》れるだろう」ともいっている。

そうかと思《おも》うと、「へえ仁王《におう》だね。今《いま》でも仁王《におう》を彫《ほ》るのかね。へえそうかね。わっしゃまた仁王《におう》はみんな古《ふる》いのばかりかと思《おも》ってた」といった男《おとこ》がある。

「どうも強《つよ》そうですね。なんだってえますぜ。昔《むかし》から誰《だれ》が強《つよ》いって、仁王《におう》ほど強《つよ》い人《ひと》あないっていいますぜ。なんでも日本武尊《やまとだけのみこと》*よりも強《つよ》いんだってえからね」と話《はな》しかけた男《おとこ》もある。この男《おとこ》は尻《しり》をはしょって、帽子《ぼうし》をかぶらずにいた。よほど無教育《むきょういく》な男《おとこ》と見《み》える。

運慶《うんけい》は見物人《けんぶつにん》の評判《ひょうばん》には委細頓着《いさいとんじゃく》なく鑿《のみ》*と槌《つち》を動《うご》かしている。いっこう振《ふ》りむきもしない。高《たか》い所《ところ》に乗《の》って、仁王《におう》の顔《かお》のあたりをしきりに彫《ほ》りぬいていく。

運慶《うんけい》は頭《あたま》に小《ちい》さい烏帽子《えぼし》のようなものを乗《の》せて、素袍《すおう》*だかなんだかわからない大《おお》きな袖《そで》を背中《せなか》でくくっている。その様子《ようす》がいかにも古《ふる》くさい。わいわいいってる見物人《けんぶつにん》とはまるで釣《つ》りあいが取《と》れないようである。自分《じぶん》はどうして今時分《いまじぶん》まで運慶《うんけい》が生《い》きているのかなと思《おも》った。どうも不思議《ふしぎ》な事《こと》があるものだと考《かんが》えながら、やはり立《た》って見《み》ていた。

しかし運慶《うんけい》の方《ほう》では不思議《ふしぎ》とも奇体《きたい》＊ともとんと感《かん》じえない様子《ようす》で一生懸命《いっしょうけんめい》に彫《ほ》ってい る。あおむいてこの態度《たいど》を眺《なが》めていた一人《ひとり》の若《わか》い男《おとこ》が、自分《じぶん》の方《ほう》を振《ふ》りむいて、

「さすがは運慶《うんけい》だな。眼中《がんちゅう》に我々《われわれ》なしだ。天下《てんか》の英雄《えいゆう》はただ仁王《におう》と我《わ》れとあるのみという態度《たいど》だ。天晴《あっぱ》れだ」といって賞《ほ》めだした。

自分《じぶん》はこの言葉《ことば》を面白《おもしろ》いと思《おも》った。それでちょっと若《わか》い男《おとこ》の方《ほう》を見《み》ると、若《わか》い男《おとこ》は、すかさず、

「あの鑿《のみ》と槌《つち》の使《つか》い方《かた》を見《み》たまえ。大自在《だいじざい》の妙境《みょうきょう》＊に達《たっ》している」といった。

運慶《うんけい》は今太《いまふと》い眉《まゆ》を一寸《いっすん》の高《たか》さに横《よこ》へ彫《ほ》りぬいて、鑿《のみ》の歯《は》をたてに返《かえ》すやいなや斜《はす》に、上《うえ》から槌《つち》を打《う》ちおろした。堅《かた》い木《き》をひと刻《きざ》みに削《けず》って、厚《あつ》い木屑《きくず》が槌《つち》の声《こえ》におうじて飛《と》ん

辻待《つじまち》　人力車《じんりきしゃ》の車夫《しゃふ》などが道《みち》ばたで客待《きゃくま》ちをすること。
日本武尊《やまとだけのみこと》　日本神話《にほんしんわ》に登場《とうじょう》する伝説《でんせつ》の英雄《えいゆう》。景行天皇《けいこうてんのう》の皇子《おうじ》。九州《きゅうしゅう》や東国《とうごく》を鎮定《ちんてい》したとされる。
委細頓着なく《いさいとんじゃく》　まったく気《き》にする様子《ようす》もなく。
素袍《すおう》　室町時代《むろまちじだい》に始《はじ》まる簡素《かんそ》な男性用礼服《だんせいようれいふく》の一種《いっしゅ》で、古《ふる》くは庶《しょ》民《みん》の普段《ふだん》着だったが、後《のち》に武家《ぶけ》の礼服《れいふく》となった。「素襖《すおう》」とも。
奇体《きたい》　普通《ふつう》は「奇態《きたい》」と表記《ひょうき》。風変《ふうが》わりなさま。
大自在の妙境《だいじざいみょうきょう》　なんの束縛《そくばく》もうけない自由自在《じゆうじざい》な境地《きょうち》。

だと思《おも》ったら、小鼻《こばな》のおっ開《ぴら》いた怒り鼻《いかばな》＊の側面《そくめん》がたちまち浮《う》きあがってきた。その刀《とう》の入《い》れ方《かた》がいかにも無遠慮《ぶえんりょ》であった。そうして少《すこ》しも疑念《ぎねん》をさしはさんでおらんように見《み》えた。

「よくああ無造作《むぞうさ》に鑿《のみ》を使《つか》って、思《おも》うような眉《まみえ》や鼻《はな》ができるものだな」と自分《じぶん》はあんまり感心《かんしん》したから独言《ひとりごと》のように言《い》った。するとさっきの若《わか》い男《おとこ》が、

「なに、あれは眉《まみえ》や鼻《はな》を鑿《のみ》で作《つく》るんじゃない。あの通《とお》りの眉《まみえ》や鼻《はな》が木《き》の中《なか》に埋《うま》っているのを、鑿《のみ》と槌《つち》の力《ちから》で掘《ほ》りだすまでだ。まるで土《つち》の中《なか》から石《いし》を掘《ほ》りだすようなものだからけっしてまちがうはずはない」といった。

自分《じぶん》はこの時始《ときはじ》めて彫刻《ちょうこく》とはそんなものかと思《おも》いだした。はたしてそうなら誰《だれ》にでもできることだと思《おも》いだした。それで急《きゅう》に自分《じぶん》も仁王《におう》が彫《ほ》ってみたくなったから見物《けんぶつ》をやめてさっそく家《うち》へ帰《かえ》った。

道具箱《どうぐばこ》から鑿《のみ》と金槌《かなづち》を持《も》ちだして、裏《うら》へ出《で》てみると、せんだっての暴風《あらし》でたおれた樫《かし》を、薪《まき》にするつもりで、木挽《こびき》＊にひかせた手頃《てごろ》なやつが、たくさん積《つ》んであった。

自分《じぶん》はいちばん大《おお》きいのを選《えら》んで、勢《いきお》いよく彫《ほ》りはじめてみたが、不幸《ふこう》にして、仁王《におう》は

見《み》あたらなかった。その次《つぎ》のにも運悪《うんわる》く掘《ほ》りあてることができなかった。三番目《さんばんめ》のにも仁《に》王《おう》はいなかった。自分《じぶん》は積《つ》んである薪《まき》をかたっぱしから彫《ほ》ってみたが、どれもこれも仁王《におう》を蔵《かく》しているのはなかった。ついに明治《めいじ》の木《き》にはとうてい仁王《におう》は埋《うま》っていないものだと悟《さと》った。それで運慶《うんけい》が今日《こんにち》まで生《い》きている理由《りゆう》もほぼ解《わか》った。

第《だい》七《しち》夜《や》

なんでも大《おお》きな船《ふね》に乗《の》っている。
この船《ふね》が毎日毎夜《まいにちまいよ》すこしの絶間《たえま》なく黒《くろ》い煙《けぶり》をはいて浪《なみ》を切《き》って進《すす》んでゆく。凄《すさま》じい音《おと》である。けれどもどこへ行《い》くんだか分《わか》らない。ただ波《なみ》の底《そこ》から焼火箸《やけひばし》のような太陽《たいよう》が出《で》る。それが高《たか》い帆柱《ほばしら》のまうえまで来《き》てしばらくかかっているかと思《おも》うと、いつの間《ま》にか大《おお》きな

怒り鼻《いかりばな》　小鼻《こばな》が横《よこ》に張《は》っている鼻《ばな》。

木挽《こびき》　木材《もくざい》を大鋸《おが》で挽《ひ》く仕事《しごと》に従事《じゅうじ》する人《ひと》。

船《ふね》を追《お》いこして、先《さき》へ行《い》ってしまう。そうして、しまいには焼火箸《やけひばし》のようにじゅっといってまた波《なみ》の底《そこ》に沈《しず》んでゆく。そのたんびに蒼《あお》い波《なみ》が遠《とお》くの向《むこ》うで、蘇枋《すおう》の色《いろ》*に沸《わ》きかえる。すると船《ふね》は凄《すさま》じい音《おと》を立《た》ててそのあとをおっかけて行《い》く。けれどもけっしておっつかない。*

ある時《とき》自分《じぶん》は、船《ふね》の男《おとこ》を捕《つら》まえて聞《き》いてみた。

「この船《ふね》は西《にし》へ行《い》くんですか」

船《ふね》の男《おとこ》は怪訝《けげん》*な顔《かお》をして、しばらく自分《じぶん》を見《み》ていたが、やがて、

「なぜ」と問《と》い返《かえ》した。

「落《お》ちてゆく日《ひ》をおっかけるようだから」

船《ふね》の男《おとこ》はからからと笑《わら》った。そうして向《むこ》うの方《ほう》へ行《い》ってしまった。

「西《にし》へ行《い》く日《ひ》の、果《はて》は東《ひがし》か。それは本真《ほんま》*か。東出《ひがしで》る日《ひ》の、御里《おさと》は西《にし》か。それも本真《ほんま》か。身《み》は波《なみ》の上《うえ》。楫枕《かじまくら》*。流《なが》せ流《なが》せ」とはやしている。舳《へさき》*へ行《い》って見《み》たら、水夫《すいふ》が大勢《おおぜい》よって、太《ふと》い帆綱《ほづな》*を手《た》ぐっていた。

自分《じぶん》はたいへん心細《こころぼそ》くなった。いつ陸《おか》へ上《あ》がれることか分《わか》らない。そうしてどこへ行《い》く

のだか知《し》れない。ただ黒《くろ》い煙《けぶり》をはいて波《なみ》を切《き》ってゆくことだけはたしかである。その波《なみ》はすこぶる広《ひろ》いものであった。際限《さいげん》もなく蒼《あお》く見《み》える。時《とき》には紫《むらさき》にもなった。ただ船《ふね》の動《うご》く周囲《まわり》だけはいつでもまっ白《しろ》に泡《あわ》を吹《ふ》いていた。自分《じぶん》はたいへん心細《こころぼそ》かった。こんな船《ふね》にいるよりいっそ身《み》を投《な》げて死《し》んでしまおうかと思《おも》った。

乗合《のりあい》*はたくさんいた。たいていは異人《いじん》*のようであった。しかしいろいろな顔《かお》をしていた。空《そら》が曇《くも》って船《ふね》が揺《ゆ》れた時《とき》、一人《ひとり》の女《おんな》が欄《てすり》によりかかって、しきりに泣《な》いていた。眼《め》をふく半巾《ハンケチ》の色《いろ》が白《しろ》く見《み》えた。しかし身体《からだ》には更紗《さらさ》*のような洋服《ようふく》を着《き》ていた。この女《おんな》を見《み》た時《とき》に、悲《かな》しいのは自分《じぶん》ばかりではないのだと気《き》がついた。

ある晩《ばん》甲板《かんぱん》の上《うえ》に出《で》て、一人《ひとり》で星《ほし》を眺《なが》めていたら、一人《ひとり》の異人《いじん》が来《き》て、天文学《てんもんがく》を知《し》って

蘇枋《すおう》の色《いろ》　黒《くろ》みを帯《お》びた紅色《べにいろ》。波間《なみま》に昇《のぼ》っては沈《しず》む太陽《たいよう》は、「第一夜《だいいちや》」の日輪《にちりん》の描写《びょうしゃ》を想起《そうき》させよう。
おっつかない　追《お》いつかない。
怪訝《けげん》な　不審《ふしん》そうな。得心《とくしん》のいかない。
本真《ほんま》か　本当《ほんとう》か。
楫枕《かじまくら》　船中《せんちゅう》で寝《ね》泊《と》まりすること。波枕《なみまくら》。

舳《へさき》　船《ふね》の先端部分《せんたんぶぶん》。
帆綱《ほづな》　帆船《はんせん》の帆《ほ》を上《あ》げ下《お》ろししたり、つなぎとめるための綱《つな》。
乗合《のりあい》　同船者《どうせんしゃ》。
異人《いじん》　外国人《がいこくじん》。
更紗《さらさ》　植物《しょくぶつ》や鳥獣《ちょうじゅう》、人物《じんぶつ》などの柄《がら》がついた綿布《めんぷ》。

るかとたずねた。自分《じぶん》はつまらないから死《し》のうとさえ思《おも》っている。天文学《てんもんがく》などを知《し》る必要《ひつよう》がない。黙《だま》っていた。するとその異人《いじん》が金牛宮《きんぎゅうきゅう》の頂《いただき》＊にある七星《しちせい》の話《はなし》をして聞《き》かせた。そうして星《ほし》も海《うみ》もみんな神《かみ》の作《つく》ったものだといった。最後《さいご》に自分《じぶん》に神《かみ》を信仰《しんこう》するかとたずねた。自分《じぶん》は空《そら》を見《み》て黙《だま》っていた。

ある時《とき》サローン＊に入《はい》ったら派手《はで》な衣裳《いしょう》を着《き》た若《わか》い女《おんな》が向《む》うむきになって、洋琴《ピアノ》を弾《ひ》いていた。そのそばに背《せい》の高《たか》い立派《りっぱ》な男《おとこ》が立《た》って、唱歌《しょうか》を唄《うた》っている。その口《くち》がたいへん大《おお》きく見《み》えた。けれども二人《ふたり》は二人《ふたり》以外《いがい》のことにはまるで頓着《とんじゃく》していない様子《ようす》であった。船《ふね》に乗《の》っていることさえ忘《わす》れているようであった。

自分《じぶん》はますますつまらなくなった。とうとう死《し》ぬことに決心《けっしん》した。それである晩《ばん》、あたりに人《ひと》のいない時分《じぶん》、思《おも》いきって海《うみ》の中《なか》へ飛《と》びこんだ。ところが――自分《じぶん》の足《あし》が甲板《かんぱん》を離《はな》

金牛宮《きんぎゅうきゅう》の頂《いただき》にある七星《しちせい》　金牛宮《きんぎゅうきゅう》は占星術《せんせいじゅつ》の黄道十二宮《こうどうじゅうにきゅう》の第《だい》二宮《にきゅう》で牡牛座《おうしざ》を指《さ》す。その頂《いただき》にある七星《しちせい》とは、昴《すばる》（プレアデス星団《せいだん》）のこととされる。漱石《そうせき》は英国留学《えいこくりゅうがく》に向《む》かう船中《せんちゅう》で、同船者《どうせんしゃ》からキリスト教《きょう》に勧誘《かんゆう》され閉口《へいこう》した経験《けいけん》があったという。

サローン　「サロン」のこと。ここでは客船《きゃくせん》の談話室《だんわしつ》を指《さ》す。

れて、船《ふね》と縁《えん》が切《き》れたその刹那《せつな》に＊、急《きゅう》に命《いのち》がおしくなった。心《こころ》の底《そこ》からよせばよかったと思《おも》った。けれども、もう遅《おそ》い。自分《じぶん》はいやでも応《おう》でも海《うみ》の中《なか》へ入《はい》らなければならない。ただたいへん高《たか》くできていた船《ふね》と見《み》えて、身体《からだ》は船《ふね》を離《はな》れたけれども、足《あし》は容易《ようい》に水《みず》につかない。＊しかし捕《つか》まえるものがないから、しだいしだいに水《みず》に近《ちか》づいてくる。いくら足《あし》を縮《ちぢ》めても近《ちか》づいてくる。水《みず》の色《いろ》は黒《くろ》かった。

そのうち船《ふね》は例《れい》の通《とお》り黒《くろ》い煙《けぶり》をはいて、通《とお》りすぎてしまった。自分《じぶん》はどこへ行《い》くんだかわからない船《ふね》でも、やっぱり乗《の》っている方《ほう》がよかったと始《はじ》めて悟《さと》りながら、しかもその悟《さと》りを利用《りよう》することができずに、無限《むげん》の後悔《こうかい》と恐怖《きょうふ》とを抱《いだ》いて黒《くろ》い波《なみ》の方《ほう》へ静《しず》かに落《お》ちていった。

第《だい》八《はち》夜《や》

床屋《とこや》の敷居《しきい》をまたいだら、白《しろ》い着物《きもの》を着《き》てかたまっていた三《さん》、四人《よにん》が、一度《いちど》にいらっしやいといった。

まんなかに立《た》って見回《みまわ》すと、四角《しかく》な部屋《へや》である。窓《まど》が二方《ふたかた》にあいて、残《のこ》る二方《ふたかた》に鏡《かがみ》がかかっている。鏡《かがみ》の数《かず》を勘定《かんじょう》したら六《むっ》つあった。

自分《じぶん》はその一《ひと》つの前《まえ》へ来《き》て腰《こし》をおろした。するとお尻《しり》がぶくりといった。よほど座《すわ》り心《ごこ》地《ち》がよくできた椅子《いす》である。鏡《かがみ》には自分《じぶん》の顔《かお》が立派《りっぱ》に映《うつ》った。顔《かお》の後《うしろ》には窓《まど》が見《み》えた。それから帳場格子《ちょうばごうし》*が斜《はす》に見《み》えた。格子《こうし》の中《なか》には人《ひと》がいなかった。窓《まど》の外《そと》を通《とお》る往来《おうらい》の人《ひと》の腰《こし》から上《うえ》がよく見《み》えた。

庄太郎《しょうたろう》が女《おんな》を連《つ》れて通《とお》る。庄太郎《しょうたろう》はいつの間《ま》にかパナマの帽子《ぼうし》*を買《か》ってかぶっている。女《おんな》もいつの間《ま》にこしらえたものやら。ちょっと解《わか》らない。双方《そうほう》とも得意《とくい》のようであった。

剎那《せつな》　きわめて短《みじか》い時間《じかん》。一瞬《いっしゅん》。仏教《ぶっきょう》に由来《ゆらい》する言葉《ことば》。

足《あし》は容易《ようい》に水《みず》につかない　これ以降《いこう》の異様《いよう》に時間《じかん》が引《ひ》き延《の》ばされたような落下描写《らっかびょうしゃ》は、悪夢特有《あくむとくゆう》の不条理《ふじょうり》な非現実感《ひげんじつかん》に満《み》ちている。タロット・カードの「塔《とう》」や「吊《つ》るされた男《おとこ》」を思《おも》わせる。

帳場格子《ちょうばごうし》　商家《しょうか》などで帳場《ちょうば》（帳付《ちょうづ》けや会計《かいけい》をする場所《ばしょ》）の囲《かこ》いに立《た》てる低《ひく》い格子《こうし》。

パナマの帽子《ぼうし》　「パナマ帽《ぼう》」のこと。パナマ草《そう》の若葉《わかば》を細《ほそ》く裂《さ》き、白《しろ》く晒《さら》して編《あ》まれた夏用《なつよう》のつば付《つ》き帽子《ぼうし》。かつては紳士《しんし》用《よう》の正装《せいそう》として愛用《あいよう》された。

よく女《おんな》の顔《かお》を見《み》ようと思《おも》ううちに通《とお》りすぎてしまった。

豆腐屋《とうふや》が喇叭《らっぱ》を吹《ふ》いて通《とお》った。喇叭《らっぱ》を口《くち》へあてがっているんで、ほっぺたが蜂《はち》にさされたようにふくれていた。ふくれたまんまで通《とお》りこしたものだから、気《き》がかりでたまらない。生涯《しょうがい》蜂《はち》にさされているように思《おも》う。

芸者《げいしゃ》が出《で》た。まだ御化粧《おつくり》をしていない。島田《しまだ》の根《ね》*がゆるんで、なんだか頭《あたま》にしまりがない。顔《かお》も寝《ね》ぼけている。いろつやが気《き》の毒《どく》なほど悪《わる》い。それでお辞儀《じぎ》をして、どうもなんとかですといったが、相手《あいて》はどうしても鏡《かがみ》の中《なか》へ出《で》てこない。

すると白《しろ》い着物《きもの》を着《き》た大《おお》きな男《おとこ》が、自分《じぶん》の後《うし》ろへ来《き》て、鋏《はさみ》と櫛《くし》を持《も》って自分《じぶん》の頭《あたま》を眺《なが》めだした。自分《じぶん》は薄《うす》い髭《ひげ》をひねって、どうだろう物《もの》になるだろうかとたずねた。白《しろ》い男《おとこ》は、なにもいわずに、手《て》に持《も》った琥珀色《こはくいろ》の櫛《くし》で軽《かる》く自分《じぶん》の頭《あたま》を叩《たた》いた。

「さあ、頭《あたま》もだが、どうだろう、物《もの》になるだろうか」と自分《じぶん》は白《しろ》い男《おとこ》に聞《き》いた。白《しろ》い男《おとこ》はやはりなにも答《こた》えずに、ちゃきちゃきと鋏《はさみ》を鳴《な》らしはじめた。

鏡《かがみ》に映《うつ》る影《かげ》を一《ひと》つ残《のこ》らず見《み》るつもりで眼《め》をみはっていたが、鋏《はさみ》の鳴《な》るたんびに黒《くろ》い毛《け》が飛《と》んでくるので、恐《おそ》ろしくなって、やがて眼《め》を閉《と》じた。すると白《しろ》い男《おとこ》が、こういった。

「旦那《だんな》は表《おもて》の金魚売《きんぎょうり》＊をごらんなすったか」

自分《じぶん》は見《み》ないといった。白《しろ》い男《おとこ》はそれぎりで、しきりと鋏《はさみ》を鳴《な》らしていた。すると突然《とつぜん》大《おお》きな声《こえ》であぶねえといったものがある。はっと眼《め》を開《あ》けると、白《しろ》い男《おとこ》の袖《そで》の下《した》に自転車《じてんしゃ》の輪《わ》が見《み》えた。人力《じんりき》の梶棒《かじぼう》＊が見《み》えた。と思《おも》うと、白《しろ》い男《おとこ》が両手《りょうて》で自分《じぶん》の頭《あたま》を押《おさ》えてうんと横《よこ》へ向《む》けた。自転車《じてんしゃ》と人力車《じんりきしゃ》はまるで見《み》えなくなった。鋏《はさみ》の音《おと》がちゃきちゃきする。

やがて、白《しろ》い男《おとこ》は自分《じぶん》の横《よこ》へ回《まわ》って、耳《みみ》のところを刈《か》りはじめた。毛《け》が前《まえ》の方《ほう》へ飛《と》ばなくなったから、安心《あんしん》して眼《め》を開《あ》けた。粟餅《あわもち》や、餅《もち》やあ、餅《もち》や、という声《こえ》がすぐ、そこでする。小《ちい》さい杵《きね》をわざと臼《うす》へあてて、拍子《ひょうし》を取《と》って餅《もち》をついている。粟餅屋《あわもちや》＊は子供《こども》の時《とき》に見《み》

島田《しまだ》の根《ね》　島田《しまだ》は「島田髷《しまだまげ》」「島田崩《しまだくず》し」の略《りゃく》。根《ね》は髷《まげ》を元結《もとゆい》で締《し》めた部分《ぶぶん》。芸者《げいしゃ》は島田崩《しまだくず》しに結《ゆ》うことが多《おお》かった。

金魚売《きんぎょうり》　金魚《きんぎょ》を入《い》れた桶《おけ》を天秤棒《てんびんぼう》で担《かつ》ぎ、往来《おうらい》を呼《よ》び歩《ある》く行《ぎょう》商人《しょうにん》。夏《なつ》の季語《きご》。

人力《じんりき》の梶棒《かじぼう》　人力《じんりき》は「人力車《じんりきしゃ》」の略《りゃく》。梶棒《かじぼう》は、車夫《しゃふ》が車《くるま》を引《ひ》くための長《なが》い柄《え》の部分《ぶぶん》。

粟餅屋《あわもちや》　往来《おうらい》で糯粟《もちあわ》をついて販売《はんばい》する行商人《ぎょうしょうにん》。そのパフォーマンスは江戸《えど》市中《しちゅう》で評判《ひょうばん》となり、常磐津《ときわづ》の演目《えんもく》「粟餅《あわもち》」（「花競俄曲突《はなのほかにわかのきょくづき》」）などに取《と》り入《い》れられた。ちなみに「第四《だいよん》夜《や》」の飴屋《あめや》といい、大道商人《だいどうしょうにん》の物売《ものう》りの声《こえ》がさまざまに響《ひび》き交《か》わす点《てん》も、本篇《ほんぺん》の特色《とくしょく》のひとつである。

たばかりだから、ちょっと様子《ようす》が見《み》たい。けれども粟餅屋《あわもちや》はけっして鏡《かがみ》の中《なか》に出《で》てこない。ただ餅《もち》をつく音《おと》だけする。

自分《じぶん》はあるたけの視力《しりょく》で鏡《かがみ》の角《かど》をのぞきこむようにしてみた。すると帳場格子《ちょうばごうし》のうちに、いつの間《ま》にか一人《ひとり》の女《おんな》が座《すわ》っている。色《いろ》の浅黒《あさぐろ》い眉毛《まみえ》の濃《こ》い大柄《おおがら》な女《おんな》で、髪《かみ》を銀杏返《いちょうがえ》しに結《ゆ》って、黒繻子《くろじゅす》の半襟《はんえり》のかかった素袷《すあわせ》*で、立膝《たてひざ》のまま、札《さつ》の勘定《かんじょう》をしている。札《さつ》は十円《じゅうえん》札《さつ》らしい。女《おんな》は長《なが》いまつげをふせて薄《うす》い唇《くちびる》を結《むす》んで一生懸命《いっしょうけんめい》に、札《さつ》の数《かず》を読《よ》んでいるが、その読《よ》み方《かた》がいかにも早《はや》い。しかも札《さつ》の数《かず》はどこまで行《い》ってもつきる様子《ようす》がない。膝《ひざ》の上《うえ》に乗《の》っているのはたかだか百枚《ひゃくまい》ぐらいだが、その百枚《ひゃくまい》がいつまで勘定《かんじょう》しても百枚《ひゃくまい》である。

自分《じぶん》は茫然《ぼうぜん》としてこの女《おんな》の顔《かお》と十円札《じゅうえんさつ》を見《み》つめていた。すると耳《みみ》の元《もと》で白《しろ》い男《おとこ》が大《おお》きな声《こえ》で「洗《あら》いましょう」といった。ちょうどうまい折《おり》だから、椅子《いす》から立《た》ちあがるやいなや、帳場格子《ちょうばごうし》の方《ほう》を振りかえってみた。けれども格子《こうし》のうちには女《おんな》も札《さつ》もなんにも見《み》えなかった。

代《だい》を払《はら》って表《おもて》へ出《で》ると、門口《かどぐち》の左側《ひだりがわ》に、小判《こばん》なりの桶《おけ》*が五《いつ》つばかり並《なら》べてあって、その中《なか》に赤《あか》い金魚《きんぎょ》や、斑入《ふいり》*の金魚《きんぎょ》や、痩《や》せた金魚《きんぎょ》や、肥《ふと》った金魚《きんぎょ》がたくさん入《い》れてあった。そうして金魚売《きんぎょうり》がその後《うしろ》にいた。金魚売《きんぎょうり》は自分《じぶん》の前《まえ》に並《なら》べた金魚《きんぎょ》を見《み》つめたまま、頬杖《ほおづえ》をついて、じっとしている。騒《さわ》がしい往来《おうらい》の活動《かつどう》にはほとんど心《こころ》をとめていない。自分《じぶん》はしばらく立《た》ってこの金魚売《きんぎょうり》を眺《なが》めていた。けれども自分《じぶん》が眺《なが》めている間《あいだ》、金魚売《きんぎょうり》はちっとも動《うご》かなかった。

第《だい》九《きゅう》夜《や》

世《よ》の中《なか》がなんとなくざわつき始《はじ》めた。今《いま》にも戦争《いくさ》が起《おこ》りそうに見《み》える。焼《や》けだされた裸《はだか》馬《うま》*が、夜昼《よるひる》となく、屋敷《やしき》の周囲《まわり》を暴《あ》れまわると、それを夜昼《よるひる》となく足軽《あしがる》*どもがひしめきな

素袷《すあわせ》　素肌《すはだ》に直接《ちょくせつ》、袷《あわせ》（裏地《うらじ》付《つ》きの着物《きもの》）を着《き》ること。
小判《こばん》なりの桶《おけ》　小判《こばん》のような長円形《ちょうえんけい》をした桶《おけ》。
斑入《ふいり》　地《じ》の色《いろ》と異《こと》なる色《いろ》が、まだらに混《ま》じっていること。

裸馬《はだかうま》　31頁参照《ぺーじさんしょう》。
足軽《あしがる》　平時《へいじ》は雑役《ざつえき》に従事《じゅうじ》し、戦時《せんじ》に歩兵《ほへい》となる身分《みぶん》の者《もの》。

がらおっかけているような心持《こころもち》がする。それでいて家《いえ》のうちは森《しん》として静《しず》かである。

家《いえ》には若《わか》い母《はは》と三《みっ》つになる子供《こども》がいる。父《ちち》はどこかへ行《い》った。父《ちち》がどこかへ行《い》ったのは、月《つき》の出《で》ていない夜中《よなか》であった。床《とこ》の上《うえ》で草鞋《わらじ》をはいて、黒《くろ》い頭巾《ずきん》をかぶって、勝手口《かってぐち》から出《で》ていった。その時母《ときはは》の持《も》っていた雪洞《ぼんぼり》*の灯《ひ》が暗《くら》い闇《やみ》に細長《ほそなが》くさして、生垣《いけがき》の手前《てまえ》にある古《ふる》い檜《ひのき》を照《てら》した。

父《ちち》はそれきり帰《かえ》ってこなかった。母《はは》は毎日三《まいにちみっ》つになる子供《こども》に「お父様《とうさま》は」と聞《き》いている。子供《こども》はなんともいわなかった。しばらくしてから「あっち」と答《こた》えるようになった。母《はは》が「いつお帰《かえ》り」と聞《き》いてもやはり「あっち」と答《こた》えて笑《わら》っていた。その時《とき》は母《はは》も笑《わら》った。そうして「今《いま》にお帰《かえ》り」という言葉《ことば》をなんべんとなく繰《く》りかえして教《おし》えた。けれども子供《こども》は「今《いま》に」だけを覚《おぼ》えたのみである。時々《ときどき》は「お父様《とうさま》はどこ」と聞《き》かれて「今《いま》に」と答《こた》える事《こと》もあった。

夜《よる》になって、あたりが静《しず》まると、母《はは》は帯《おび》を締《し》めなおして、鮫鞘《さめざや》*の短刀《たんとう》を帯《おび》の間《あいだ》へさして、子供《こども》を細帯《ほそおび》で背中《せなか》へしょって、そっと潜《くぐ》りから出《で》てゆく。母《はは》はいつでも草履《ぞうり》をはいていた。

子供《こども》はこの草履《ぞうり》の音《おと》を聞《き》きながら母《はは》の背中《せなか》で寝《ね》てしまうこともあった。

土塀《つちべい》の続《つづ》いている屋敷町《やしきまち》を西《にし》へ下《くだ》って、だらだら坂《さか》を降《お》りつくすと、大《おお》きな銀杏《いちょう》がある。この銀杏《いちょう》を目標《めじるし》に右《みぎ》に切《き》れると、一丁《いっちょう》ばかり奥《おく》に石《いし》の鳥居《とりい》がある。片側《かたがわ》は田《た》んぼで、片側《かたがわ》は熊笹《くまざさ》ばかりの中《なか》を鳥居《とりい》まで来《き》て、それを潜《くぐ》りぬけると、暗《くら》い杉《すぎ》の木立《こだち》になる。それから二十間《にじゅっけん》*ばかり敷石《しきいし》伝《づた》いに突《つ》きあたると、古《ふる》い拝殿《はいでん》の階段《かいだん》の下《した》に出《で》る。鼠色《ねずみいろ》に洗《あら》いだされた*賽銭箱《さいせんばこ》の上《うえ》に、大《おお》きな鈴《すず》の紐《ひも》がぶら下《さが》って昼間見《ひるまみ》ると、その鈴《すず》の傍《そば》に八幡宮《はちまんぐう》という額《がく》がかかっている。八《はち》の字《じ》が、鳩《はと》が二羽《にわ》向《むか》いあったような書体《しょたい》にできているのが面白《おもしろ》い。そのほかにもいろいろの額《がく》がある。たいていは家中《かちゅう》のものの射抜《いぬ》いた金的《きんてき》*を、射抜《いぬ》いたものの名《な》前《まえ》にそえたのが多《おお》い。たまには太刀《たち》を納《おさ》めたのもある。

雪洞《ぼんぼり》　紙《かみ》や絹《きぬ》の覆《おお》いをつけた手燭《てしょく》のこと。支柱《しちゅう》の上《うえ》に六角形《ろっかっけい》や球形《きゅうけい》の覆《おお》いをつけた据《す》え置《お》き型《がた》のものも。

鮫鞘《さめざや》　鮫《さめ》の皮《かわ》で巻《ま》いた鞘《さや》。夜歩《よある》きの護身用《ごしんよう》に短刀《たんとう》を携帯《けいたい》したのである。

二十間《にじゅっけん》　約《やく》三六メートル。

鼠色《ねずみいろ》に洗《あら》いだされた　色褪《いろあ》せて青灰色《せいかいしょく》になった。

金的《きんてき》　射的《しゃてき》の一種《いっしゅ》。金紙《きんがみ》が貼《は》られた約《やく》三センチ四方《しほう》の板《いた》の中央《ちゅうおう》に、直径《ちょっけい》約《やく》〇・五ミリほどの円《えん》が描《えが》かれ、そこに矢《や》を命中《めいちゅう》させるには高度《こうど》な技倆《ぎりょう》が必要《ひつよう》とされる。

鳥居《とりい》を潜《くぐ》ると杉《すぎ》の梢《こずえ》でいつでも梟《ふくろう》が鳴《な》いている。そうして、冷飯草履《ひやめしぞうり》*の音《おと》がぴちゃぴちゃする。それが拝殿《はいでん》の前《まえ》でやむと、母《はは》はまず鈴《すず》を鳴《な》らしておいて、すぐにしゃがんで柏手《かしわで》を打《う》つ。たいていはこの時《とき》梟《ふくろう》が急《きゅう》に鳴《な》かなくなる。それから母《はは》は一心不乱《いっしんふらん》に夫《おっと》の無事《ぶじ》を祈《いの》る。母《はは》の考《かんが》えでは、夫《おっと》が侍《さむらい》であるから、弓矢《ゆみや》の神《かみ》の八幡《はちまん》へ、こうやってぜひない願《がん》*をかけたら、よもや聴《き》かれぬ道理《どうり》はなかろうといちずに思《おも》いつめている。

子供《こども》はよくこの鈴《すず》の音《おと》で眼《め》を覚《さ》まして、あたりを見《み》るとまっ暗《くら》だものだから、急《きゅう》に背中《せなか》で泣《な》きだす事《こと》がある。その時《とき》母《はは》は口《くち》の内《うち》でなにか祈《いの》りながら、背《せ》を振《ふ》ってあやそうとする。するとうまく泣《な》きやむこともある。またますます烈《はげ》しく泣《な》きたてることもある。いずれにしても母《はは》は容易《ようい》に立《た》たない。

一通《ひととお》り夫《おっと》の身《み》の上《うえ》を祈《いの》ってしまうと、今度《こんど》は細帯《ほそおび》を解《と》いて、背中《せなか》の子《こ》を摺《ず》りおろすように、背中《せなか》から前《まえ》へ回《まわ》して、両手《りょうて》に抱《だ》きながら拝殿《はいでん》を上《のぼ》っていって、「好《い》い子《こ》だから、少《すこ》しの間《ま》、待《ま》っておいでよ」ときっと自分《じぶん》の頬《ほほ》を子供《こども》の頬《ほほ》へ擦《す》りつける。そうして細帯《ほそおび》を長《なが》くして、子供《こども》を縛《しば》っておいて、その片《かた》はしを拝殿《はいでん》の欄干《らんかん》にくくりつける。それから段々《だんだん》を下《お》りてきて二十間《にじゅっけん》の敷石《しきいし》を往《い》ったり来《き》たり御百度《おひゃくど》をふむ*。拝殿《はいでん》にくくりつけられた子《こ》は、暗闇《くらやみ》の中《なか》で、細帯《ほそおび》の丈《たけ》のゆるす限《かぎ》り、広縁《ひろえん》の上《うえ》をはい回《まわ》っている。そういう時《とき》は母《はは》にとって、はなはだ楽《らく》な夜《よる》である。けれども縛《しば》った子《こ》にひいひ

冷飯草履《ひやめしぞうり》　鼻緒《はなお》も藁《わら》でできた粗末《そまつ》な藁草履《わらぞうり》。

ぜひない願《がん》　有無《うむ》をいわせぬ祈願《きがん》。

御百度《おひゃくど》をふむ　境内《けいだい》の一定《いってい》の距離《きょり》を百回往復《ひゃっかいおうふく》し、そのたびに参《さん》拝《ぱい》すること。「百度参《ひゃくどまい》り」とも。

い泣《な》かれると、母《はは》は気《き》が気《き》でない。御百度《おひゃくど》の足《あし》が非常《ひじょう》に早《はや》くなる。たいへん息《いき》が切《き》れる。しかたのない時《とき》は、中途《ちゅうと》で拝殿《はいでん》へ上《あが》ってきて、いろいろすかしておいて、また御百度《おひゃくど》を踏《ふ》みなおすこともある。

こういう風《ふう》に、幾晩《いくばん》となく母《はは》が気《き》を揉《も》んで、夜《よ》の目《め》も寝《ね》ずに心配《しんぱい》*していた父《ちち》は、とくの昔《むかし》に浪士《ろうし》*のために殺《ころ》されていたのである。

こんな悲《かな》しい話《はなし》を、夢《ゆめ》の中《なか》で母《はは》から聞《き》いた。

第《だい》十《じゅう》夜《や》

庄太郎《しょうたろう》が女《おんな》にさらわれてから七日目《なのかめ》の晩《ばん》にふらりと帰《かえ》ってきて、急《きゅう》に熱《ねつ》が出《で》てどっと、床《とこ》についているといって健《けん》さんが知《し》らせに来《き》た。

庄太郎《しょうたろう》は町内一《ちょうないいち》の好男子《こうだんし》で、しごく善良《ぜんりょう》な正直者《しょうじきもの》である。ただ一《ひと》つの道楽《どうらく》がある。パナマの帽子《ぼうし》をかぶって、夕方《ゆうがた》になると水菓子屋《みずがしや》*の店先《みせさき》へ腰《こし》をかけて、往来《おうらい》の女《おんな》の顔《かお》を眺《なが》めている。そうしてしきりに感心《かんしん》している。そのほかにはこれというほどの特色《とくしょく》もない。

あまり女《おんな》が通《とお》らない時《とき》は、往来《おうらい》を見《み》ないで水菓子《みずがし》を見《み》ている。水菓子《みずがし》にはいろいろある。水蜜桃《すいみつとう》*や、林檎《りんご》や、枇杷《びわ》や、バナナを奇麗《きれい》に籠《かご》に盛《も》って、すぐ見舞物《みやげもの》に持《も》ってゆけるように二列《にれつ》に並《なら》べてある。庄太郎《しょうたろう》はこの籠《かご》を見《み》ては奇麗《きれい》だといっている。商売《しょうばい》をするなら水菓《みずが》子屋《しや》に限《かぎ》るといっている。そのくせ自分《じぶん》はパナマの帽子《ぼうし》をかぶってぶらぶら遊《あそ》んでいる。

この色《いろ》がいいといって、夏蜜柑《なつみかん》などを品評《ひんぴょう》する事《こと》もある。けれども、かつて銭《ぜに》を出《だ》して水菓子《みずがし》を買《か》った事《こと》がない。ただではむろん食《く》わない。色《いろ》ばかりほめている。

ある夕方《ゆうがた》一人《ひとり》の女《おんな》が、不意《ふい》に店先《みせさき》に立《た》った。身分《みぶん》のある人《ひと》と見《み》えて立派《りっぱ》な服装《ふくそう》をしている。その着物《きもの》の色《いろ》がひどく庄太郎《しょうたろう》の気《き》にいった。その上《うえ》庄太郎《しょうたろう》はたいへん女《おんな》の顔《かお》に感心《かんしん》してしまった。そこで大事《だいじ》なパナマの帽子《ぼうし》をとって丁寧《ていねい》に挨拶《あいさつ》をしたら、女《おんな》は籠詰《かごづめ》のいち

夜《よ》の目《め》も寝《ね》ずに　ひと晩中《ばんじゅう》、一睡《いっすい》もせずに。
浪士《ろうし》　主家《しゅか》に仕《つか》えることをやめ、俸禄《ほうろく》を離《はな》れた武士《ぶし》。浪人《ろうにん》。
水菓子屋《みずがしや》　果物店《くだものてん》。

水蜜桃《すいみつとう》　一般的《いっぱんてき》な桃《もも》の品種《ひんしゅ》。明治以後《めいじいご》に中国《ちゅうごく》から輸入《ゆにゅう》された。秋《あき》の季語《きご》。

ばん大《おお》きいのをさして、これをくださいというんで、庄太郎《しょうたろう》はすぐその籠《かご》を取《と》って渡《わた》した。するとと女《おんな》はそれをちょっとさげてみて、たいへん重《おも》いことといった。

庄太郎《しょうたろう》は元来閑人《がんらいひまじん》の上《うえ》に、すこぶる気《き》*さくな男《おとこ》だから、ではお宅《たく》まで持《も》ってまいりましょうといって、女《おんな》といっしょに水菓子屋《みずがしや》を出《で》た。それぎり帰《かえ》ってこなかった。

いかな庄太郎《しょうたろう》でも、あんまり呑気《のんき》すぎる。只《ただ》ごとじゃなかろうといって、親類《しんるい》や友達《ともだち》が騒《さわ》ぎだしていると、七日目《なのかめ》の晩《ばん》になって、ふらりと帰《かえ》ってきた。そこで大勢《おおぜい》寄《よ》ってたかって、庄《しょう》さんどこへ行《い》っていたんだいと聞《き》くと、庄太郎《しょうたろう》は電車《でんしゃ》へ乗《の》って山《やま》へ行《い》ったんだと答《こた》えた。

なんでもよほど長《なが》い電車《でんしゃ》に違《ちが》いない。庄太郎《しょうたろう》のいうところによると、電車《でんしゃ》を下《お》りるとすぐと原《はら》へ出《で》たそうである。非常《ひじょう》に広《ひろ》い原《はら》で、どこを見回《みまわ》しても青《あお》い草《くさ》ばかり生《は》えていた。女《おんな》といっしょに草《くさ》の上《うえ》を歩《ある》いてゆくと、急《きゅう》に絶壁《きりぎし》の天辺《てっぺん》へ出《で》た、その時女《ときおんな》が庄太郎《しょうたろう》に、ここから飛《と》びこんでごらんなさいといった。底《そこ》をのぞいてみると、切岸《きりぎし》は見《み》えるが底《そこ》は見《み》えない。庄太郎《しょうたろう》はまたパナマの帽子《ぼうし》をぬいで再三辞退《さいさんじたい》した。すると女《おんな》が、もし思《おも》いきって飛《と》びこまなければ、豚《ぶた》に舐《な》められますがようござんすかと聞《き》いた。庄太郎《しょうたろう》は豚《ぶた》と雲右衛門《くもえもん》が*大嫌《だいきら》いだった。けれども命《いのち》にはかえられないと思《おも》って、やっぱり飛《と》びこむのを見合《みあ》わせていた。ところへ豚《ぶた》が一匹鼻《いっぴきはな》を鳴《な》らして来《き》た。庄太郎《しょうたろう》はしかたなしに、持《も》っていた細《ほそ》い檳榔《びんろう》樹《じゅ》*の洋杖《ステッキ》で、豚《ぶた》の鼻頭《はなづら》をぶった。豚《ぶた》はぐうといいながら、ころりと引《ひ》っ繰《く》りかえって、絶《きり》壁《ぎし》の下《した》へ落《お》ちていった。庄太郎《しょうたろう》はほっと一《ひ》と息《いき》ついでいるとまた一匹《いっぴき》の豚《ぶた》が大《おお》きな鼻《はな》を庄太郎《しょうたろう》に擦《す》りつけにきた。庄太郎《しょうたろう》はやむをえずまた洋杖《ステッキ》を振《ふ》りあげた。豚《ぶた》はぐうと鳴《な》いてまたまっさかさまに穴《あな》の底《そこ》へ転《ころ》げこんだ。するとまた一匹《いっぴき》あらわれた。この時庄太郎《ときしょうたろう》はふと気《き》がついて、向《む》うを見《み》ると、遥《はるか》の青草原《あおくさばら》のつきるあたりから幾万匹《いくまんびき》か数《かぞ》えきれぬ豚《ぶた》が、群《むれ》をなして一直線《いっちょくせん》に、この絶壁《きりぎし》の上《うえ》に立《た》っている庄太郎《しょうたろう》を目《め》がけて鼻《はな》を鳴《な》らしてくる。庄太郎《しょうたろう》は心《しん》から恐縮《きょうしゅく》した。けれども仕方《しかた》がないから、近《ちか》よってくる豚《ぶた》の鼻頭《はなづら》を、一《ひと》つひと

すこぶる　とても。

雲右衛門《くもえもん》　桃中軒雲右衛門《とうちゅうけんくもえもん》（一八七三〜一九一六）。明治《めいじ》〜大《たい》正《しょう》期《き》に活躍《かつやく》した浪曲師《ろうきょくし》。赤穂義士伝《あこうぎしでん》を得意《とくい》とし、浪曲中《ろうきょくちゅう》興《こう》の祖《そ》と謳《うた》われた。心霊写真《しんれいしゃしん》ブームの立役者《たてやくしゃ》となったオカルト研究家《けんきゅうか》の中岡俊哉《なかおかとしや》は、雲右衛門《くもえもん》の孫《まご》にあたる。

檳榔樹《びんろうじゅ》　ヤシ科《か》の常緑高木《じょうりょくこうぼく》で、原産地《げんさんち》はインドネシア・マレー地方《ちほう》。熱帯《ねったい》アジアや南太平洋諸島《みなみたいへいようしょとう》で栽培《さいばい》される。

つ丁寧《ていねい》に檳榔樹《びんろうじゅ》の洋杖《ステッキ》で打《う》っていた。不思議《ふしぎ》なことに洋杖《ステッキ》が鼻《はな》へさわりさえすれば豚《ぶた》はころりと谷《たに》の底《そこ》へ落《お》ちてゆく。のぞいてみると底《そこ》の見《み》えない絶壁《きりぎし》を、さかさになった豚《ぶた》が行《ぎょう》列《れつ》して落《お》ちてゆく。*自分《じぶん》がこのくらい多《おお》くの豚《ぶた》を谷《たに》へ落《おと》したかと思《おも》うと、庄太郎《しょうたろう》は我《われ》ながら怖《こわ》くなった。けれども豚《ぶた》は続々《ぞくぞく》くる。黒雲《くろくも》に足《あし》が生《は》えて、青草《あおくさ》を踏《ふ》みわけるような勢《いきお》いで無尽蔵《むじんぞう》に*鼻《はな》を鳴《な》らしてくる。

庄太郎《しょうたろう》は必死《ひっし》の勇《ゆう》をふるって、*豚《ぶた》の鼻頭《はなづら》を七日六晩《なのかむばん》叩《たた》いた。けれども、とうとう精根《せいこん》がつきて、手《て》が蒟蒻《こんにゃく》のように弱《よわ》って、しまいに豚《ぶた》に舐《な》められてしまった。そうして絶壁《きりぎし》の上《うえ》へ倒《たお》れた。

健《けん》さんは、庄太郎《しょうたろう》の話《はなし》をここまでして、だからあんまり女《おんな》を見《み》るのはよくないよといった。自分《じぶん》ももっともだと思《おも》った。けれども健《けん》さんは庄太郎《しょうたろう》のパナマの帽子《ぼうし》がもらいたいといっていた。

庄太郎《しょうたろう》は助《たす》かるまい。パナマは健《けん》さんのものだろう。

（「東京朝日新聞《とうきょうあさひしんぶん》」一九〇八年《ねん》七月《がつ》二十五日《にち》〜八月《がつ》五日号《かごう》、「大阪朝日新聞《おおさかあさひしんぶん》」七月《がつ》二十六日《にち》〜八月《がつ》五日号掲載《かごうけいさい》）

豚《ぶた》が行列《ぎょうれつ》して落《お》ちてゆく　この異常《いじょう》で眩惑的《げんわくてき》な光景《こうけい》には、英国《えいこく》の画家《がか》ブリトン・リヴィエラー（Briton Rivière　一八四〇～一九二〇）が描《えが》いた「ガダラの豚《ぶた》の奇跡《きせき》　The Miracle of the Gaderene Swine」（一八八三）が霊感《れいかん》を与《あた》えたといわれている。

無尽蔵《むじんぞう》に　際限《さいげん》もなく。

勇《ゆう》をふるって　勇気《ゆうき》を出《だ》して。

豹《ひょう》

内《う》田《ち》百《だ》閒《ひゃっけん》

坂《さか》の途中《とちゅう》に小鳥屋《ことりや》が一軒《いっけん》あった。鼻《はな》の曲《ま》がった汚《きたな》い爺《じい》さんが、いつも店頭《てんとう》にあぐらをかいて、しきりに竹《たけ》を削《けず》っていた。その前《まえ》を通《とお》ると、もとは目白《めじろ》や野鵐《のじこ》*や金糸鳥《カナリヤ》などが、かわいらしく鳴《な》き交《か》わしていたのに、いつの間《ま》にかそんなものはみんないなくなってしまって、小屋根《こやね》の上《うえ》の大《おお》きな檻《おり》の中《なか》に、鷹《たか》がつがい、*雛《ひな》を育《そだ》てていた。その次《つぎ》にその前《まえ》を通《とお》った時《とき》、鷹《たか》の雛《ひな》がもう大《おお》きくなったろうと思《おも》って、屋根《やね》の上《うえ》を見《み》たら、鷹《たか》ではなくて、鷲《わし》であった。親《おや》が雌《めす》も雄《おす》もどちらも一間《いっけん》*ぐらいに、雛《ひな》は鶏《にわとり》ぐらい大《おお》きかった。そうして親《おや》も雛《ひな》も、頭《あたま》や頸《くび》や背《せ》の羽根《はね》が、つかんでむしったように荒《あら》く抜《ぬ》けている、その隣《とな》りの檻《おり》に豹《ひょう》がいて、じっと雛《ひな》をねらっていた。たいへんだと思《おも》ってぐるりを見《み》ると、牧師《ぼくし》と法華《ほっけ》の太《たい》鼓《こ》たたきと、*それから得体《えたい》のしれない人間《にんげん》が十五六人《じゅうごろくにん》やはり起《た》ってみていた。豹《ひょう》が恐《おそ》ろしい声《こえ》をして、鷲《わし》の巣《す》に手《て》をつっこんだ。鷲《わし》の雌《めす》が鋸《のこぎり》のような羽根《はね》を立てて豹《ひょう》を防《ふせ》いでいた。

雛《ひな》は嘴《くちばし》で毛虫《けむし》をつんでいた。雄《おす》は向《む》こうをむいて知《し》らぬ顔《かお》をしていた。すると豹《ひょう》が細長《ほそなが》いからだを一《いっ》ぱいに伸《の》ばして、背中《せなか》に一《ひと》うねり波《なみ》を打《う》たせた。その様子《ようす》が非常《ひじょう》におそろしい。その時《とき》またすごい声《こえ》をしてほえたので、私《わたし》は心配《しんぱい》になってきた。

「この豹《ひょう》は見覚《みおぼ》えがあるね」といった者《もの》がある。今《いま》そんなことをいってはいけないと*私《わたし》は思《おも》った。するとはたして豹《ひょう》がこちらを向《む》いた。

「ああいけない、檻《おり》の格子《こうし》が一本《いっぽん》抜《ぬ》けている。何《なに》かはめておかなくちゃあぶない」といった者《もの》がある。わるい事《こと》をいった、豹《ひょう》が知《し》ったかもしれないと私《わたし》は思《おも》った。その時《とき》にまた、

「豹《ひょう》が鷲《わし》をねらっているのは策略《さくりゃく》なんだね」といった者《もの》がある。黙《だま》っていないと大変《たいへん》なことになるのにと私《わたし》は思《おも》った。するとはたして豹《ひょう》が屋根《やね》を下《お》りて、私《わたし》らを喰《く》いに来《き》た。私《わたし》は

野鵐《のじこ》　スズメ目《もく》ホオジロ科《か》の鳥《とり》。鳴《な》き声《ごえ》が好《い》いので、籠《かご》の鳥《とり》として珍重《ちんちょう》される。
つがい　雌雄一対《しゆういっつい》で。
一間《いっけん》　約《やく》一・八一八メートル。
法華《ほっけ》**の太鼓**《たいこ》**たたき**　「南無妙法蓮華経《なむみょうほうれんげきょう》」のお題目《だいもく》を唱《とな》えながら団扇太鼓《うちわだいこ》を叩《たた》く、日蓮宗《にちれんしゅう》の信者《しんじゃ》のこと。
今《いま》**そんなことをいってはいけない**　夢《ゆめ》に特有《とくゆう》の禁忌《きんき》を、まざまざと感《かん》じさせるくだりである。果《は》たして、恐《おそ》ろしいものは、するりと境界線《きょうかいせん》を超《こ》えて、語《かた》り手《て》たちの側《がわ》に迫《せま》りくる。

一生懸命《いっしょうけんめい》に逃《に》げた。そこいらにいた者《もの》もみんな同《おな》じ方《ほう》へ逃《に》げた。両側《りょうがわ》に森《もり》のある馬鹿《ばか》に広《ひろ》いきれいな道《みち》を、みんながかたまって逃《に》げた。風《かぜ》が後《うしろ》から追《お》いかけるように吹《ふ》いてきた。豹《ひょう》が風《かぜ》の中《なか》を駆《か》けぬけるように走《はし》って私《わたし》らに近《ちか》づいた。一番《いちばん》に牧師《ぼくし》が喰《く》われた。道《みち》のまんなかを逃《に》げていたから喰《く》われたのだ。私達《わたしたち》は道《みち》の片端《かたはし》をすれすれに逃《に》げた。今度《こんど》は法華《ほっけ》の太鼓《たいこ》たたきが喰《く》われた。私《わたし》はちょっと振《ふ》りかえってみた。広《ひろ》い白《しろ》い道《みち》のまんなかで、豹《ひょう》が法華《ほっけ》の太鼓《たいこ》たたきをおさえていた。太鼓《たいこ》が道《みち》のまんなかに投《な》げだされていた。その間《あいだ》に私《わたし》だけはそこから横町《よこちょう》へ曲《ま》がって、細《ほそ》い長《なが》い道《みち》を逃《に》げた。なんだか町《まち》じゅうがさびれ返《かえ》っている。私《わたし》は片側町《かたがわまち》*に逃《に》げてきた。みんな骨董屋《こっとうや》ばかりで、店《みせ》に人《ひと》は一人《ひとり》もいない。大《おお》きな羅漢《らかん》*の木像《もくぞう》があった。庭《にわ》に水《みず》の一《いっ》ぱい溜《た》まっている家《いえ》があった。私《わたし》はそこへ逃《に》げこんで、二階《にかい》へ上《あ》がった。二階《にかい》から往来《おうらい》を見《み》ると、豹《ひょう》が向《む》こうから、地《ち》に腹《はら》のつくように背《せ》を

片側町《かたがわまち》 道路《どうろ》の片側《かたがわ》にだけ家々《いえいえ》が建《た》ち並《なら》んだ町《まち》。片町《かたまち》。
羅漢《らかん》 阿羅漢《あらかん》の略《りゃく》。仏教《ぶっきょう》で供養《くよう》と尊敬《そんけい》を受《う》けるに値《あたい》する人《ひと》を意《い》味《み》する。剃髪《ていはつ》して袈裟《けさ》を着《き》た僧形《そうぎょう》で表《あら》わされる。中国《ちゅうごく》や日本《にほん》では、十六羅漢《じゅうろくらかん》、五百羅漢《ごひゃくらかん》などのように、仏道修行者《ぶつどうしゅぎょうしゃ》の群《む》れとして造形《ぞうけい》され、禅宗《ぜんしゅう》の普及《ふきゅう》とともに多数制作《たすうせいさく》された。

低《ひく》くして、走《はし》ってきた。豹《ひょう》は私《わたし》をねらっているらしい。畳《たたみ》や梯子段《はしごだん》にぬれた足跡《あしあと》がついていやしないかと思《おも》う。私《わたし》はここも駄目《だめ》だと思《おも》った。けれども、もう表《おもて》へは出《で》られないから、裏口《うらぐち》から田《た》んぼの中《なか》へ飛《と》びだして、また逃《に》げた。しかし豹《ひょう》がなぜ私《わたし》だけをねらいだしたのか解《わか》らない。あれは豹《ひょう》の皮《かわ》をかぶっているけれども、ほんとは豹《ひょう》ではないのかもしれない。そう思《おも》いだしたらなおのこと怖《こわ》くなった。なにしろ早《はや》くかくれてしまわなければ大変《たいへん》なことになると思《おも》った。私《わたし》は田《た》んぼの中《なか》を夢中《むちゅう》でどのくらい逃《に》げたかわからない。

しまいに野中《のなか》の一軒屋《いっけんや》に逃《に》げこんだ。庭口《にわぐち》に大《おお》きな柘榴《ざくろ》の樹《き》があって、腹《はら》の赤《あか》い豆回し《まめまわし》*がしきりにけくけく、けくけくと鳴《な》いていた。後《うしろ》を向《む》いたら、ちょうどその時《とき》、向《む》こうの禿山《はげやま》の頂《いただき》を豹《ひょう》の越《こ》したのが鮮《あざ》やかに見《み》えた。私《わたし》は大急《おおいそ》ぎで戸《と》を締《し》めてしまった。雨戸《あまど》がみんな磨硝子《すりガラス》でできていた。硝子《ガラス》では不安心《ふあんしん》だと私《わたし》が思《おも》った。家《いえ》の中《なか》に半識《はんし》りの人《ひと》が五六人《ごろくにん》*いた。みんな色《いろ》つやのわるい貧相《ひんそう》な男《おとこ》ばかりであった。私《わたし》は家《いえ》の内《うち》じゅう戸締《とじま》りをしてしまった。一ケ所《いっかしょ》、扉《とびら》の上《うえ》に豹《ひょう》が飛《と》びこめるほどの隙《すき》があるけれど、何《なに》もそこをふさぐものがなかった。その内《うち》に私《わたし》は考《かんが》えた。木《き》の雨戸《あまど》よりはかえって磨硝子《すりガラス》の方《ほう》がいいかもしれない、豹《ひょう》がいくら爪《つめ》をたてても、爪《つめ》が滑《すべ》ってしまうから。すると豹《ひょう》の爪《つめ》と磨硝子《すりガラス》との、がり がり擦《す》れあう音《おと》が、あらかじめ私《わたし》の耳《みみ》に聞《き》こえた。私《わたし》はからだじゅうにさむさむがたった。*外《そと》があまり静《しず》かだから、私《わたし》は磨硝子《すりガラス》の戸《と》を細目《ほそめ》にあけて、のぞいてみた。内《うち》から、

「あぶないあぶない」という者《もの》があった。

「豹《ひょう》があなたの顔《かお》を見《み》るとわるいからおよしなさい」といった者《もの》もあった。その時《とき》、豹《ひょう》は向《む》こうの黒《くろ》い土手《どて》の上《うえ》で、痩《や》せた女《おんな》を喰《く》っていた。その女《おんな》は私《わたし》に多少《たしょう》かかわり合《あ》いのある女《おんな》のような気《き》がしてきた。私《わたし》は戸《と》の細目《ほそめ》*から首《くび》をのぞけた。*豹《ひょう》がその女《おんな》をみるみる内《うち》に喰《く》ってしまって、着物《きもの》だけを脚《あし》でかきのけた。そうして私《わたし》の方《ほう》を見《み》た。私《わたし》は豹《ひょう》に見《み》られたと思《おも》って、驚《おどろ》いて隠《かく》れようとした。その時豹《ときひょう》が急《きゅう》に後脚《うしろあし》で起《た》ちあがるようにこちらを向《む》いて、妙《みょう》な顔《かお》をした。笑《わら》ったのではないかと思《おも》う。私《わたし》はひやりとして、あわてて戸《と》をしめた。

豆回し《まめまわ》　斑鳩《いかる》の異称《いしょう》。スズメ目《もく》アトリ科《か》の鳥《とり》。夏《なつ》の季語《きご》。
半識りの人《はんしひと》　知人《ちじん》ではないが見覚《みおぼ》えはある人《ひと》。
さむさむがたった　鳥肌《とりはだ》が立《た》つ。総毛立《そうけだ》つ。
細目《ほそめ》　細《ほそ》い隙間《すきま》。
首をのぞけた《くび》　首《くび》を覗《のぞ》かせた。

「この扉《とびら》の上《うえ》だけだから、ここだけどうかならんかな。これだけいるんだから、みんなで豹《ひょう》を殺《ころ》せないこともなかろうじゃないか」と私《わたし》がみんなにいった。

みんなは割《わ》りあいに落《お》ちついた顔《かお》をしていた。やっぱり私《わたし》だけなのかもしれない。私《わたし》は心細《こころぼそ》くてたまらなくなった。そうしてまた怖《こわ》くてじっとしていられない。

「どうかしてくれ、豹《ひょう》に喰《く》われたくない」と私《わたし》がいって泣《な》きだした。

するとあたりにいた五六人《ごろくにん》のものが、一度《いちど》にこちらを向《む》いた。

「あなたは知《し》ってるんだろう」と一人《ひとり》が私《わたし》にいった。そうして変《へん》な顔《かお》をして少《すこ》し笑《わら》っている。

「洒落《しゃれ》なんだよ」とほかの一人《ひとり》が駄目《だめ》を押《お》すようにいった。

「なぜ」ときいた者《もの》がある。

「過去《かこ》が洒落《しゃれ》てるのさ、この人《ひと》は承知《しょうち》しているんだよ」

「ははん」といって、そのたずねた男《おとこ》が笑《わら》いだした。するとみんなが一緒《いっしょ》になって、たまらないように笑《わら》いだした。

私《わたし》はあわてて、なんにも知《し》らないんだからといおうと思《おも》ったけれど、みんなが笑《わら》ってばかりいるから、とにかく涙《なみだ》をふいて待《ま》っていたら、そのうちに私《わたし》もなんだか少《すこ》しおかしくなってきた。気《き》がついてみたら、豹《ひょう》がいつの間《ま》にか家《いえ》の中《なか》に入《はい》ってきて、みんなの間《あいだ》にしやがんで一緒《いっしょ》に笑《わら》っていた。

（「新小説《しんしょうせつ》」一九二一年《ねん》一月号掲載《がつごうけいさい》）

ゆめ

中《なか》勘《かん》助《すけ》

二人《ふたり》はかろがろと小舟《こぶね》にのって水《みず》にまかせて流《なが》れてゆく。梶《かじ》もなく、帆《ほ》もなく、はた*櫂《かい》もなしに。いつどこからこんなにしてきたかをしらない。遠《とお》い、遠《とお》い、思《おも》うこともできないほど遠《とお》い水《みな》かみ*から、いつの世《よ》からかこうして流《なが》れてきたのであろう。霞《かすみ》か、霧《きり》か、濃《こま》やかにたちこめて、あまり広《ひろ》くはない川《かわ》の両岸《りょうがん》のほかにはなんにも見《み》えない。そのなびきやすい灰色《はいいろ》の帳《とばり》*がそよともなびかぬほどに静《しず》かに風《かぜ》がないでいる。我《われ》らの舟《ふね》は流《なが》れるともなくゆるやかに流《なが》れる翡翠《ひすい》*のうえを流《なが》れてゆく。南《みなみ》の国《くに》の春《はる》の曙《あけぼの》にまどろむ鸚哥《いんこ》の胸《むね》のようにふくらかにふくらむ水《みず》につれて軽《かる》いかるいこの舟《ふね》はゆらゆらとゆられてゆく。もしも

はた　「はたまた」の略《りゃく》。なおまた。

水《みな》かみ　上流《じょうりゅう》。

帳《とばり》　屋内《おくない》に垂《た》れさげて、隔《へだ》てにする布《ぬの》。たれぎぬ。ヴェール。ここでは川辺《かわべ》にたれこめた水気《すいき》の形容《けいよう》。

翡翠《ひすい》　鮮《あざ》やかな翠緑色《すいりょくしょく》の光沢《こうたく》がある玉《ぎょく》。装身具《そうしんぐ》・装飾品《そうしょくひん》として愛玩《あいがん》された。ここでは滑《なめ》らかな水面《すいめん》の形容《けいよう》。

両岸《りょうがん》にそうて一面《いちめん》に咲《さ》きみだれた燕子花《かきつばた》の花《はな》のひとつひとつがいつとはなしに舳先《へさき》から艫《とも》*のほうへすぎてゆくのを見《み》なければどうしてこの舟《ふね》がうごいていると思《おも》えようか。舟《ふな》梁《ばり》*に背《せ》をならべて足《あし》をのばしながら私《わたし》は左《ひだり》のひじを、彼女《かのじょ》は右《みぎ》を舷《ふなばた》*にかけ、そして二人《ふたり》とも言葉《ことば》を忘《わす》れてしまったかのように黙《だま》っている。我《われ》らは霞《かすみ》の心地《ここち》*である。花《はな》の心地《ここち》*である。また鳥《とり》の心地《ここち》*である。私《わたし》はそっと彼女《かのじょ》の手《て》をとって膝《ひざ》のうえにおいた。彼女《かのじょ》は頬《ほお》を染《そ》めつつさしうつむいて甘《あま》やかに嬉《うれ》し涙《なみだ》をためている。睫毛《まつげ》がかわゆくぬれている。おりおり燕《つばめ》がついつい飛《と》んできては小《ちい》さな嘴《くちばし》で水《みず》のうえに輪《わ》をかいてゆく。両岸《りょうがん》の燕子花《かきつばた》は白《しろ》や、黄《き》や、紫《むらさき》や、舟《ふね》のくだるにつれておのずから霞《かすみ》に沈《しず》み、おのずから霞《かすみ》に浮《うか》んでくる。私《わたし》はふと心《こころ》づいた。これはほんとにしてはあんまり美《うつく》しい。きっとまた夢《ゆめ》にちがいない。そう思《おも》ってその夢《ゆめ》のさめないようにできるだけ息《いき》をころして身《み》じろぎもしずに*いる。川《かわ》が急《きゅう》に曲《ま》がって瀬《せ》になったところへきた。ここで夢《ゆめ》がさめるのであろう。舟《ふね》がぐるりとまわって、燕子花《かきつばた》の花《はな》が朧《おぼろ》になって、あ　と思《おも》うまにとろとろと夢《ゆめ》のなかにとけこんで、おなじ流《なが》れと、花《はな》と、舟《ふね》と、恋人《こいびと》と……またゆうゆうとくだってゆく。

やっぱり夢《ゆめ》であった。私《わたし》は小高《こだか》い丘《おか》の柴草《しばくさ》のうえに膝《ひざ》をくずして座《すわ》っている。彼女《かのじょ》はがら、幸福《こうふく》をあくまでも味《あじわ》っているかのように思《おも》い耽《ふけ》ってけだるそうな瞬《まばた》きをしている。そ……これだけはまことであった……さも安《やす》らかに膝枕《ひざまくら》をしてくの字《じ》の形《かたち》に寝《ね》ころびながら、幸福《こうふく》をあくまでも味《あじわ》っているかのように思《おも》い耽《ふけ》ってけだるそうな瞬《まばた》きをしている。そのよく実《み》のいった弾力《だんりょく》のある頰《ほお》をそっとなでているうちに、不意《ふい》になにかに襲《おそ》われるような気《き》がしてあたりを見《み》まわしたとき、どこからか人間《にんげん》ほどの身《み》の丈《たけ》の、猿《さる》みたいな顔《かお》をして、胴体《どうたい》はカンガルーの人獣《じんじゅう》*が大《おお》きな後足《うしろあし》と太《ふと》い尻尾《しっぽ》を力《ちから》にいやな格好《かっこう》をして跳《は》ねてきて、あれというまに彼女《かのじょ》をさらって逃《に》げだした。ひょろ長《なが》い腕《うで》に抱《だ》きすくめられて身《み》をもがいているのが見《み》える。足《あし》くびを後《うし》ろへひかれるようで*自由《じゆう》に運《はこ》べないのをもどかしく歯《は》がみをしながら草《くさ》も木《き》もない赤土《あかつち》の坂《さか》をどこまでもどこまでも追《お》ってゆくうちに、人獣《じんじゅう》

艫《とも》　船《ふね》の後方《こうほう》。船尾《せんび》。

舟梁《ふなばり》　和船《わせん》で、両舷側《りょうげんそく》の間《あいだ》に渡《わた》された多《おお》くの太《ふと》い材木《ざいもく》。横《よこ》からの水圧《すいあつ》を支《ささ》え、船《ふね》の間仕切《まじきり》ともする。

舷《ふなばた》　船《ふね》の側面《そくめん》。

霞《かすみ》**の心地**《ここち》**／花**《はな》**の心地**《ここち》**／鳥**《とり》**の心地**《ここち》　船上《せんじょう》の恋人《こいびと》たちが、川辺《かわべ》の自《し》然《ぜん》・風物《ふうぶつ》と、身《み》も心《こころ》も一体化《いったいか》している様子《ようす》。

身《み》**じろぎもしずに**　身動《みうご》きもせずに。

人獣《じんじゅう》　人《ひと》に似《に》た姿《すがた》をした獣《けもの》。または、半人半獣《はんじんはんじゅう》。

足《あし》**くびを後**《うし》**ろへひかれるよう**　悪夢《あくむ》に特有《とくゆう》な現象《げんしょう》の描写《びょうしゃ》である。

は彼女《かのじょ》のえりくびをくわえてひきずりながらどこかへいってしまった。くやしい。情《なさけ》ない。……ふと見《み》ればそこらには幾百《いくひゃく》となくれいの人獣《じんじゅう》が跳《は》ねあるいて、烈《はげ》しく照《て》りつける日光《にっこう》のしたに鼻《はな》もちもならぬ*獣《けもの》の匂《におい》がむれている。これは畜生道《ちくしょうどう》*である。さらわれた女《おんな》どもであろう。各《おのおの》の人獣《じんじゅう》の胸《むね》には雌猿《めすざる》のするように人間《にんげん》の女《おんな》が一匹《いっぴき》ずつしがみついている。なかには乳房《ちち》から下《した》がカンガルーになって、人獣《じんじゅう》の子《こ》を腹《はら》の子袋《こぶくろ》に入《い》れてはい歩《ある》いているのもある。私《わたし》は吐《は》きそうな気《き》もちになりつつも声《こえ》をかぎりに恋人《こいびと》の名《な》を呼《よ》んだ。そこへさっきの人獣《じんじゅう》がにたにたと下司《げす》ばった*ほくそえみをしながらひょんひょんと跳《は》ねてきた。ほかののとおり裸《はだか》の女《おんな》がからみついている。と思《おも》ってよく見《み》ればそれは彼女《かのじょ》であった。彼女《かのじょ》はもうなかば見《み》るもいやらしい形《かたち》になりかけて*うす毛《げ》の生《は》えた相手《あいて》の胸《むね》に抱《だ》きつきながら、今《いま》はまったく見《み》わすれてしまった私《わたし》の顔《かお》をまじまじと眺《なが》めている。

ここは熱帯《ねったい》の密林《みつりん》である。名《な》もしらぬ喬木《きょうぼく》、灌木《かんぼく》*、葛蘿《つたかずら》、雑草《ざっそう》のたぐいが髪《かみ》の毛《け》のようにもつれあって足《あし》を踏《ふ》みこむすきもないのを、押《お》しわけおしわけかろうじてわずかの空地《あきち》へでた。日光《にっこう》は頭上《ずじょう》をおおう簇葉《むらは》＊にさえぎられて直射《ちょくしゃ》することはないけれど、この袋地《ふくろち》＊には風《かぜ》のとおる道《みち》がないので、むしむしと青《あお》くさくいきれて＊眩暈《めまい》を感《かん》ずるばかりである。私《わたし》は足《あし》もとにわく生《なま》ぬるい悪水《あくすい》＊を幾杯《いくはい》か両手《りょうて》にすくってようやく烈《はげ》しい渇《かわ》きを癒《いや》した。ここらの野獣《やじゅう》も常《つね》に水《みず》をのみにくるのであろう。木《き》の枝《えだ》がところどころ生《なま》なましくひき裂《さ》かれ、草《くさ》が踏《ふ》みにじられている。その時《とき》なに心《ごころ》なく＊あたりを見《み》まわした私《わたし》は急《きゅう》に非常《ひじょう》な恐怖《きょうふ》にとらわれた。どうしたことであろう。草《くさ》も木《き》もひとつとして怪《あや》しげな様子《ようす》をしていないものはない。目《め》のうえにからみあった葛蘿《つたかずら》の幹《みき》は蟒蛇《うわばみ》の胴中《どうなか》＊そのままでずいずいと脈《みゃく》うち、無《む》

鼻《はな》もちもならぬ　堪《こら》えきれないほど酷《ひど》い臭気《しゅうき》の。

畜生道《ちくしょうどう》　仏教《ぶっきょう》で、人間《にんげん》が善悪《ぜんあく》の業《ごう》によって赴《おもむ》くとされる六種《ろくしゅ》類《るい》の迷界《めいかい》——地獄道《じごくどう》・餓鬼道《がきどう》・畜生道《ちくしょうどう》・修羅道《しゅらどう》・人間道《にんげんどう》・天道《てんどう》の下《した》から三番目《さんばんめ》の世界《せかい》。そこでは生前《せいぜん》に悪業《あくごう》をなした者《もの》が、禽獣《きんじゅう》の姿《すがた》に生《う》まれて苦《くる》しんでいる。

下司《げす》ばった　卑《いや》しく下品《げひん》な。

見《み》るもいやらしい形《かたち》になりかけて　作者《さくしゃ》は後《のち》に、淫欲《いんよく》に狂《くる》ったインドの苦行僧《くぎょうそう》が、呪法《じゅほう》で自分《じぶん》と若《わか》い女《おんな》を犬《いぬ》の姿《すがた》に変《へん》じて愛欲《あいよく》に耽《ふけ》る『犬《いぬ》』（一九二二）という奇怪《きかい》な長篇小説《ちょうへんしょうせつ》を手《て》がけている。

喬木《きょうぼく》、灌木《かんぼく》　丈《たけ》の高《たか》い木《き》、低《ひく》い木《き》。

簇葉《むらは》　群《むら》がり生《は》える草木《くさき》の葉《は》。

袋地《ふくろち》　一方《いっぽう》にしか通《つう》じていない土地《とち》。行《い》き止《ど》まりの地《ち》。

いきれて　蒸《む》れて。

悪水《あくすい》　汚《よご》れた水《みず》。

なに心《ごころ》なく　なんとなく。無心《むしん》に。

蟒蛇《うわばみ》の胴中《どうなか》　大蛇《だいじゃ》の胴体《どうたい》。

数《すう》に垂《た》れさがった気生根《きふね》*は筋《すじ》のように、たくましい枝《えだ》は怪物《かいぶつ》の腕《うで》、団扇《うちわ》ほどの闊葉《かつよう》*には耳朶《じ》《だ》*がつき、人頭大《じんとうだい》の木《き》の実《み》には眼《め》があって人《ひと》を見《み》ているような気《き》がする。総毛《そうけ》だって急《いそ》いで立《た》ちさろうとしたときいつのまにかそこに大小多数《だいしょうたすう》のオーランウータンが立《た》っていた。そのなかでいちばん年《とし》とった大《おお》きなやつがのろのろとよってきて、舌《した》たらずみたいな言葉《ことば》で私《わたし》を自分《じぶん》の子《こ》だという。そしてさも可愛《かわい》くてたまらなそうに人《ひと》を抱《だ》きしめて体《からだ》じゅうをべろべろと甜《な》めまわす。そういえばこれは確《たし》かに生《う》みの親《おや》にちがいない。私《わたし》はその獣《けもの》くさい胸板《むないた》に顔《かお》を押《お》しつけられながらすがりつきもしたいほどの懐《なつか》しさと、たまらない嫌悪《けんお》に苦《くる》しめられた。ほかのやつらもそばへきて見《み》ようみまねに手《て》をひっぱり、足《あし》にからみつく。これらは私《わたし》の兄弟《きょうだい》であろう。混乱《こんらん》した奇怪《きかい》な気《き》もちに当惑《とうわく》して茫然《ぼうぜん》とするにまかせているうちに、彼《かれ》らは私《わたし》の体《からだ》の柔《やわらか》そうなところをまっ黒《くろ》な指《ゆび》でつまんでみては丈夫《じょうぶ》な前歯《まえば》でくいちぎりだした。悲鳴《ひめい》をあげるのを抱《だ》きすくめだきすくめぴちんぴちんとつまんで食《く》う。私《わたし》が必死《ひっし》とふりはなして密林《みつりん》のなかを無我夢中《むがむちゅう》に飛《と》びこえ、かきわけ、踏《ふ》みこえ、潜《くぐ》りぬけ、全身傷《ぜんしんきず》だらけになって逃《に》げるのを、おかしな声《こえ》をあげてひつっこく追《お》*ってくる。やっとのことで森林《しんりん》を駆《か》けぬけ、はてしもない沙漠《さばく》のなかを何里《なんり》となく*逃《に》げのびたが、終《つい》に力《ちから》つきてところどころ骨《ほね》もあらわになった血《ち》みどろの体《からだ》をうつ伏《ぶ》せに砂《すな》のうえに倒《たお》した。足音《あしおと》がしだいに近《ちか》づいてくる。彼《かれ》らはまた私《わたし》を抱《だ》きしめるであろう。ぬらぬらした蛇《へび》になってまきつくだろう。長《なが》い嘴《くちばし》の鳥《とり》になって傷口《きずぐち》をせせる*だろう。浅《あさ》ましい思《おも》いをしてふと顔《かお》をあげたとき、砂《すな》の海《うみ》の彼方《かなた》から凄《すさま》しい火《ひ》の色《いろ》にのぼりかかっていた大《おお》きな月《つき》が*しばらくいざようと見《み》るまにたちまち火箭《かせん》*のごとく地《ち》をはなれてゴーッと空《そら》へ躍《おど》りあがった。そしてそこに静《しず》かに冷《ひや》やかな昔《むかし》ながらの月《つき》になってかかったのを、私《わたし》はしみじみとそのおもてを見《み》あ

気生根《きふね》　ここでは、地上《ちじょう》に出《で》ている根《ね》の意味《いみ》。京都《きょうと》の貴船神社《きふねじんじゃ》は、かつて「気生根《きふね》」と表記《ひょうき》されたといい、それは「大地《だいち》の気《き》が産《う》まれる根源《こんげん》」を意味《いみ》するとされる。ちなみに社伝《しゃでん》によれば、同社《どうしゃ》の創建《そうけん》は、神武天皇《じんむてんのう》の母《はは》・玉依姫《たまよりひめ》が、黄色《きいろ》い小舟《こぶね》に乗《の》り淀川《よどがわ》から遡上《そじょう》して同地《どうち》に至《いた》り、水神《すいじん》を祀《まつ》ったことに始《はじ》まるとされており、「ゆめ」の物語《ものがたり》と一脈通《いちみゃくかよ》い合《あ》うものがあろう。

闊葉《かつよう》　広葉樹《こうようじゅ》の広《ひろ》く平《ひら》たい葉《は》。

耳朶《じだ》　耳《みみ》たぶ。耳《みみ》。

ひっつこく　しつこく。執拗《しつよう》に。

何里《なんり》となく　一里《いちり》は約《やく》四キロメートル。

せせる　つつく。ほじくる。

火《ひ》の色《いろ》にのぼりかかっていた大《おお》きな月《つき》が　これ以降《いこう》、「夢十夜《ゆめじゅうや》」の「第一夜《だいいちや》」や「第七夜《だいしちや》」の日輪《にちりん》に通《つう》ずる描写《びょうしゃ》である。

火箭《かせん》　火《ひ》を仕掛《しか》けて放《はな》つ矢《や》。「火矢《ひや》」とも。

げて心《こころ》からその国《くに》へ行《い》きたいと思《おも》った。

別《わか》れてからもう幾年《いくとせ》になることか。私《わたし》は鶴《つる》の姿《すがた》である。白《しろ》い翼《つばさ》をうって天《てん》のすみずみから地《ち》のすみずみまでも捜《さが》してあるいたけれど影《かげ》も見《み》えない。天《てん》には星《ほし》が輝《かがや》いていた。海《うみ》には白帆《しらほ》が飛《と》んでいた。野《の》には家畜《かちく》、山《やま》には木《き》の実《み》。美《うつく》しいそれらのものはいたるところに充《み》ちみちていたけれど彼女《かのじょ》の影《かげ》*は見《み》えなかった。疲《つか》れと悲《かな》しみに力《ちから》なくゆく空《そら》の路《みち》からはるかに見《み》おろす目《め》のしたにたまたま見《み》いだしたひとつの池《いけ》、それは黒《くろ》ぐろと闊葉樹《かつようじゅ》の森《もり》に包《つつ》まれ、清《きよ》らかな銀色《ぎんいろ》に輝《かがや》いて、多《おお》くの鳥《とり》も群《む》れている。私《わたし》はそのうえにしずかに輪《わ》をかきながら、私《わたし》を見《み》あげててんでんに歓呼《かんこ》*の声《こえ》をあげる彼《かれ》らのなかへふわりと舞《ま》いおりた。菫《すみれ》や、たんぽぽや、孔雀草《くじゃくそう》や、姫《ひめ》げしや、いろいろな草花《くさばな》がいちめんに咲《さ》きみだれたなかに、鴨《かも》も、鵞鳥《がちょう》も、鸞《らん》*も、鵠《くぐい》*も……みんな仲《なか》よく睦《むつ》びあっている。草《くさ》のうえを歩《ある》きまわるもの、ふくらんだ胸《むね》で水《みず》を押《お》しわけてゆくもの、歌《うた》うもの、舞《ま》うもの、それぞれの麗《うるわ》しい羽色《はいろ》、鳴《な》き声《ごえ》、姿《すがた》をもって、めいめい気《き》ままに遊《あそ》びたわむれているそのなかに、ただひとり物《もの》おもわしげに目《め》をつぶって嘴《くちばし》を羽《は》がいの*したにかくしながら、いっぱいに指《ゆび》をひろげたかたかたの脚《あし》*のうえに舟《ふね》のさました*体《からだ》を巧《たく》みにささえて、風《かぜ》のまにまにゆらゆらとゆれる一羽《いちわ》の鷗《かもめ》を私《わたし》はなんとなく彼女《かのじょ》のように思《おも》った。見《み》ればみるほどそんな気《き》がしてならない。姿《すがた》こそ鳥《とり》ではあるけれど。私《わたし》はそばへいってそっと名《な》を呼《よ》んでみた。どうして恋人《こいびと》の名《な》を呼《よ》ぶことができようか。私《わたし》は鶴《つる》だものを。呼《よ》ぼうよぼうとしてもころころとしたひと声《こえ》しか出《だ》せない。彼方《あちら》は目《め》をあいて不思議《ふしぎ》そうにかた眼《め》でこちらを見《み》ていたが、やがてちぢめていた脚《あし》をのばし、羽《は》ぶるいしてすっきりと立《た》った。その似《に》るものもない姿《すがた》、玉《たま》の瞳《ひとみ》、珊瑚《さんご》の嘴《くちばし》*、これが彼女《かのじょ》でなくてどうしよう。私《わたし》はあれやこれやとたずねようとしたけれど

彼女《かのじょ》の影《かげ》　恋人《こいびと》の姿《すがた》。

てんでんに　めいめいに。それぞれに。「手《て》に手《て》に」から。

鸞《らん》　中国《ちゅうごく》の想像上《そうぞうじょう》の鳥《とり》だが、『和漢三才図会《わかんさんさいずえ》』（江戸期《えどき》に編《あ》まれた百科事典《ひゃっかじてん》）には実在《じつざい》の鳥《とり》として記載《きさい》されている。姿《すがた》は鶏《にわとり》に似《に》て、羽《はね》の色《いろ》は赤色《あかいろ》に五色《ごしき》を交《まじ》え、声《こえ》は五音《ごいん》に叶《かな》うといわれる。一説《いっせつ》に鳳凰《ほうおう》が歳《とし》を経《へ》ると鸞《らん》になるともいう。

鵠《くぐい》　白鳥《はくちょう》の古称《こしょう》。

羽《は》がい　鳥《とり》の左右《さゆう》の翼《つばさ》が交差《こうさ》する箇所《かしょ》。

かたかたの脚《あし》　片方《かたほう》の脚《あし》。水鳥《みずとり》が片脚《かたあし》で立《た》つさま。

舟《ふね》のさました　舟《ふね》のような形《かたち》の。

玉《たま》の瞳《ひとみ》、珊瑚《さんご》の嘴《くちばし》　宝玉《ほうぎょく》のように輝《かがや》く瞳《ひとみ》に、珊瑚《さんご》のような桃色《ももいろ》の嘴《くちばし》。

鶴《つる》の言葉《ことば》の鷗《かもめ》にかようよしもない。＊それでも彼女《かのじょ》はなにか答《こた》えようとするらしく、こちらがひと声鳴《こえな》くとむこうもひと声鳴《こえな》いてみせる。むこうがひと言《こと》いえばこちらもまたひと言《こと》いう。そのように二人《ふたり》はもどかしい思《おも》いをして、悲しい思《おも》いをして、つらい思《おも》いをして、鶴《つる》と鷗《かもめ》の歌《うた》をあわせた。とはいえどうしておたがいの思《おも》いをつげることができようか。我《われ》らは鶴《つる》と鷗《かもめ》であるものを。私《わたし》はどうぞして＊と思《おも》って大《おお》きな翼《つばさ》をさわさわと羽《は》ばたいてみせれば、彼方《あちら》もたおたおと柔《やわ》な翼《つばさ》をふるう。私《わたし》は地上《ちじょう》に輪《わ》をかきながらかろく羽根《はね》をひろげて踊《おど》ってみせた。彼方《あちら》も私《わたし》の羽風《はかぜ》のなかにおなじように踊《おど》りをあわせる。そんなにしてやっとのことでおたがいの思《おも》いがひとつであることだけがわかった。そうして鶴《つる》と鷗《かもめ》の歌《うた》をあわせながら踊《おど》っておどっておどりぬいているうちにいつしか二人《ふたり》とももとの人間《にんげん》の姿《すがた》になって……やっぱり彼女《かのじょ》であった……両手《りょうて》をとりあって目《め》まぐるしい輪踊《わおど》りをしているのであった。そして今《いま》までの長《なが》い月日《つきひ》の悲《かな》しいかなしいそれらのことがなにかたいへんなおかしいことででもあったかのように、手《て》をとりあったまま息《いき》のとまるほど笑《わら》ってわらってわらいころげた。あまたの鳥《とり》の歓呼《かんこ》といろいろの花《はな》の笑顔《えがお》のなかに。清《きよ》らかな池《いけ》のほとりの芳《かぐわ》しい草《くさ》のうえに。

鳥《とり》の影獣《かげけもの》の足《あし》あともない。無人《むじん》の石原《いしはら》を鉛色《なまりいろ》によどんで流《なが》れてゆく川《かわ》のふちに腰《こし》かけて私《わたし》は憂鬱《ゆううつ》に水《みず》を見《み》つめている。岸《きし》には夾竹桃《きょうちくとう》に似《に》た灌木《かんぼく》がところどころにひからびてひょろひょろと立《た》っている。川《かわ》かみから土舟《つちぶね》が一艘《いっそう》くだってきた。篦鷺《へらさぎ》の嘴《くちばし》のさまに舳《へさき》をつきだした舟《ふね》のうえに、黒衣《こくえ》をまとい、黒《くろ》のとがった頭巾《ずきん》をかぶった老人《ろうじん》が櫂《かい》をとっている。*ようやく近《ちか》づいて眼《め》のまえにきたときに、私《わたし》は我《われ》にもあらず*立《た》ちあがってひとりでに乗《の》ってしまった。そこにはすでにひとりふたり乗合《のりあい》の人《ひと》*があって、泣《な》いているのか、思《おも》いに沈《しず》んでいるのか、両膝《りょうひざ》を立《た》てて抱《かか》えたうえに額《ひたい》を埋《う》めたまま身動《みうご》きもしない。枯木《かれき》のような老人《ろうじん》はぱっとみひらいたなり瞬《まばた》きもせぬ眼《め》をおのが足《あし》もとに落《お》としたまま何物《なにもの》をも見《み》ず、聞《き》

かようよしもない　通《つう》じるわけもない。
どうぞして　どうにかして。なんとかして。
櫂《かい》をとっている　舟《ふね》を漕《こ》いでいる。
我《われ》にもあらず　我《われ》を忘《わす》れて。無我夢中《むがむちゅう》で。
乗合《のりあい》の人《ひと》　同乗者《どうじょうしゃ》。

かず、思《おも》わざるかのごとく櫂《かい》を操《あやつ》って音《おと》もたてずに水《みず》をかけば、この土舟《つちぶね》は蛞蝓《なめくじ》のはうようにしずかにすすんでゆく。不思議《ふしぎ》にも老人《ろうじん》の体《からだ》は透《す》きとおってみえる。これはいまわしい幻《まぼろし》である。影《かげ》である。怪《あや》しくも足《あし》を捕《とら》えられて飛《と》びこむこともえせず、私《わたし》は尺蠖《しゃくとりむし》＊みたいに彼方《かなた》こなたに上体《じょうたい》をのばしながら水《みず》のうえにのびだした煤《すす》けた枝《えだ》をつかもうとすれば、それは心《こころ》あるもののごとくしなしなと向《むこ》うへなびきさけ、岸《きし》は貝《かい》の舌《した》のようにじいっとちぢまって、川《かわ》は見《み》るみる広《ひろ》くなってゆく。夜《よる》か昼《ひる》かもしらない。日《ひ》も月《つき》も星《ほし》もないうす暗《ぐら》く重《おも》くるしい空《そら》が頭上《ずじょう》から力強《ちからづよ》く押《お》しつけて、人《ひと》を背《せ》むし＊のようにかがめてしまった。どうしたことであろう。私《わたし》はどうなるのであろう。息《いき》も絶《た》えだえにかがまりながら、これはいよいよ死《し》ぬ時《とき》がきたのだと思《おも》った。私《わたし》は昔《むかし》いくたび死《し》にあくがれ、いくたびまのあたり死《し》に接《せっ》したであろうか。そののち常《つね》に心《こころ》に死《し》を忘《わす》れたことはないけれど、生《せい》に対《たい》する執《しゅう》着《ちゃく》はかえって年《とし》とともに深《ふか》くなってくる。さりながら終《つい》に今《いま》その死《し》がきた。岸《きし》のほうから誰《だれ》か呼《よ》んでいるように思《おも》う。声《こえ》はすこしも聞《きこ》えないが誰《だれ》かしら声《こえ》をかぎりに呼《よ》んでいる。私《わたし》はひきまわした霧《きり》の幕《まく》の裾《すそ》からすかして遥《はる》かにそちらを見《み》た。足《あし》くびが形《かたち》よくしまってすらりとした足《あし》が*流《なが》れについてつれられてゆく私《わたし》のあとを追《お》って一生懸命《いっしょうけんめい》に走《はし》っているのが見《み》える。私《わたし》も呼《よ》ぼうとするけれどどうしても声《こえ》がだせない。生《い》きたいいきたい。どうして今《いま》死《し》ぬことができよう。幻《まぼろし》はすぐに人《ひと》の心《こころ》をしって櫂《かい》の手《て》を早《はや》めた。もうなんにも見《み》えない。なんにもわからない。私《わたし》は死《し》んでしまったのであろうか。ただ遠《とお》いところからかすかに私《わたし》を呼《よ》ぶ声《こえ》がきこえる。

（「三田文学《みたぶんがく》」一九一七年《ねん》二月号掲載《がつごうけいさい》）

尺蠖《しゃくとりむし》　蛾《が》の幼虫《ようちゅう》。屈伸《くっしん》して進《すす》む様子《ようす》が、指《ゆび》で尺《しゃく》をとる（長《なが》さを測《はか》る）のに似《に》ているので「しゃくとりむし」と呼《よ》ばれる。「おぎむし」「寸取虫《すんとりむし》」などとも。

背《せ》むし　背骨《せぼね》が後方《こうほう》に湾曲《わんきょく》し弓状《きゅうじょう》となる病気《びょうき》にかかった人《ひと》。背《せ》に虫《むし》がいるため起《お》きる病気《びょうき》と考《かんが》えられていたことに由来《ゆらい》する呼称《こしょう》。

足《あし》くびが形《かたち》よくしまってすらりとした足《あし》が　恋人《こいびと》を暗示《あんじ》する、どこか官能的《かんのうてき》な形容《けいよう》である。

沼《ぬま》

芥《あくた》川《がわ》龍《りゅう》之《の》介《すけ》

おれは沼《ぬま》のほとりを歩《ある》いている。

昼《ひる》か、夜《よる》か、それもおれにはわからない。ただ、どこかで蒼鷺《あおさぎ》のなく声《こえ》*がしたと思《おも》ったら、蔦葛《つたかずら》におおわれた木々《きぎ》の梢《こずえ》に、うす明《あか》りのほのめく空《そら》が見《み》えた。

沼《ぬま》にはおれの丈《たけ》よりも高《たか》い蘆《あし》*が、ひっそりと水面《みなも》をとざしている。水《みず》も動《うご》かない。藻《も》も動《うご》かない。水《みず》の底《そこ》に棲《す》んでいる魚《さかな》も――魚《さかな》がこの沼《ぬま》に棲《す》んでいるであろうか。

昼《ひる》か、夜《よる》か、それもおれにはわからない。おれはこの五六日《ごろくにち》、この沼《ぬま》のほとりばかり歩《ある》いていた。寒《さむ》い朝日《あさひ》の光《ひかり》と一《いっ》しょに、水《みず》の匂《にお》いや蘆《あし》の匂《にお》いがおれの体《からだ》を包《つつ》んだこともある。と思《おも》うとまた枝蛙《えだかわず》*の声《こえ》が、蔦葛《つたかずら》におおわれた木々《きぎ》の梢《こずえ》から、一《ひと》つ一《ひと》つかすかな星《ほし》を呼《よ》びさました覚《おぼ》えもあった。

おれは沼《ぬま》のほとりを歩《ある》いている。

沼《ぬま》にはおれの丈《たけ》よりも高《たか》い蘆《あし》が、ひっそりと水面《みなも》をとざしている。おれは遠《とお》い昔《むかし》から、その蘆《あし》の茂《しげ》った向《む》こうに、不思議《ふしぎ》な世界《せかい》*のある事《こと》を知《し》っていた。いや今《いま》でもおれの耳《みみ》には、Invitation au Voyage*の曲《きょく》が、絶《た》えだえにそこから漂《ただよ》ってくる。そういえば水《みず》の匂《にお》いや蘆《あし》の匂《にお》いと一《いっ》しょに、あの「スマトラの忘《わす》れな草《ぐさ》の花《はな》*」も、蜜《みつ》のような甘《あま》い匂《にお》いを送《おく》ってき

蒼鷺《あおさぎ》のなく声《こえ》　漱石《そうせき》「夢十夜《ゆめじゅうや》」の「第三夜《だいさんや》」に通《つう》ずる。

おれの丈《たけ》よりも高《たか》い蘆《あし》　本篇《ほんぺん》で呪文《じゅもん》のように幾度《いくど》か繰《く》りかえされるフレーズである。ちなみに作者《さくしゃ》の養家《ようか》とは目《め》と鼻《はな》の先《さき》の両国橋《りょうごくばし》（墨田区《すみだく》両国《りょうごく》）の袂《たもと》は「本所七不思議《ほんじょななふしぎ》」のひとつ「片葉《かたは》の蘆《あし》」の伝承地《でんしょうち》だった。また、やはり至近距離《しきんきょり》にある隅田川《すみだがわ》の百本杭《ひゃっぽんぐい》に漂着《ひょうちゃく》した水死体《すいしたい》を目撃《もくげき》したり、七不思議《ななふしぎ》のひとつ「狸《たぬき》ばやし」を耳《みみ》にしたこともあったと、作者《さくしゃ》は随筆《ずいひつ》に記《しる》している。

枝蛙《えだかわず》　アマガエルのこと。夏《なつ》の季語《きご》。

不思議《ふしぎ》な世界《せかい》　先述《せんじゅつ》の「本所七不思議《ほんじょななふしぎ》」に通《つう》ずる表現《ひょうげん》であることに留意《りゅうい》。

Invitation au Voyage　「旅《たび》への誘《いざな》い」。フランス後期《こうき》ロマン派《は》の作曲家《さっきょくか》アンリ・デュパルク（Eugène Marie Henri Fouques Duparc　一八四八〜一九三三）が一八七〇年《ねん》に作曲《さっきょく》した歌《か》曲《きょく》。フランスの詩人《しじん》ボードレール（Charles-Pierre Baudelaire　一八二一〜一八六七）の詩集《ししゅう》『悪《あく》の華《はな》』（一八五七）に含《ふく》まれる同名《どうめい》の詩《し》に曲《きょく》をつけたもの。

「スマトラの忘《わす》れな草《ぐさ》の花《はな》」　『悪《あく》の華《はな》』所収《しょしゅう》の詩《し》ではなく『パリの憂鬱《ゆううつ》』（一八六九）所収《しょしゅう》の同名《どうめい》の散文詩《さんぶんし》に見《み》える語句《ごく》。「スマトラの忘勿草《わすれなぐさ》の香《かお》りが発散《はっさん》するのだ」（馬場睦夫《ばばむつお》訳《やく》）。作者《さくしゃ》は中西秀男《なかにしひでお》に宛《あ》てた書簡《しょかん》（一九二〇年《ねん》七月《がつ》三日付《かづけ》）中《ちゅう》で「ラヴィタシオン・オウ・ヴォアイヤアヂュは好《い》いでしょう僕《ぼく》は昔《むかし》からあの中《なか》の『スマトラの忘《わす》れなぐさの花《はな》』なぞと云《い》う文《もん》句《く》が好《す》きなのです（略《りゃく》）風《かぜ》ふけば心《こころ》かなしもスマトラの忘《わす》れなぐさの香《か》やふきて来《き》し」と記《しる》している。なお、西川正二《にしかわしょうじ》「芥川龍之介《あくたがわりゅうのすけ》の植物世界《しょくぶつせかい》」（慶應義塾大学学術情報《けいおうぎじゅくだいがくがくじゅつじょうほう》リポジトリでオンライン参照可能《さんしょうかのう》）によれば、ボードレールの散《さん》文詩《ぶんし》の仏語原文《ふつごげんぶん》には、植物《しょくぶつ》としての勿忘草《わすれなぐさ》は出《で》てこないという。

はしないであろうか。

昼《ひる》か、夜《よる》か、それもおれにはわからない。おれはこの五六日《ごろくにち》、その不思議《ふしぎ》な世界《せかい》に憧《あこ》がれて、蔦葛《つたかずら》におおわれた木々《きぎ》の間《あいだ》を、夢現《ゆめうつつ》のように歩《ある》いていた。が、ここに待《ま》っていても、ただ蘆《あし》と水《みず》とばかりがひっそりと拡《ひろ》がっている以上《いじょう》、おれはすすんで沼《ぬま》の中《なか》へ、あの「スマトラの忘れな草《ぐさ》の花《はな》」を探《さが》しにゆかなければならぬ。見《み》れば幸《さいわい》、蘆《あし》の中《なか》からなかば沼《ぬま》へさし出《で》ている、年経《としへ》た柳《やなぎ》が一株《ひとかぶ》ある。あすこから沼《ぬま》へ飛《と》びこみさえすれば、造作《ぞうさ》なく水《みず》の底《そこ》にある世界《せかい》へ行《ゆ》かれるのに違《ちが》いない。

おれはとうとうその柳《やなぎ》の上《うえ》から、思《おも》いきって沼《ぬま》へ身《み》を投《な》げた。

おれの丈《たけ》より高《たか》い蘆《あし》が、その拍子《ひょうし》になにかしゃべり立《た》てた。水《みず》が呟《つぶや》く。藻《も》が身《み》ぶるいをする。あの蔦葛《つたかずら》におおわれた、枝蛙《えだかわず》の鳴《な》くあたりの木々《きぎ》さえ、一時《いちじ》はさも心配《しんぱい》そうに吐息《といき》を洩《も》らしあったらしい。おれは石《いし》のように水底《みなそこ》へ沈《しず》みながら、数限《かずかぎ》りもない青《あお》い炎《ほのお》が、目《め》まぐるしくおれの身《み》のまわりに飛《と》びちがうような心《こころ》もちがした。

昼《ひる》か、夜《よる》か、それもおれにはわからない。

おれの死骸《しがい》は沼《ぬま》の底《そこ》のなめらかな泥《どろ》に横《よこた》わっている。死骸《しがい》の周囲《しゅうい》にはどこを見《み》ても、まっ青《さお》な水《みず》があるばかりであった。この水《みず》の下《した》にこそ不思議《ふしぎ》な世界《せかい》があると思《おも》ったのは、やはりおれの迷《まよ》いだったのであろうか。事《こと》によると Invitation au Voyage の曲《きょく》も、この沼《ぬま》の精《せい》が悪戯《いたずら》に、おれの耳《みみ》をだましていたのかもしれない。が、そう思《おも》っているうちに、なにやら細《ほそ》い茎《くき》が一《ひと》すじ、おれの死骸《しがい》の口《くち》の中《なか》から、すらすらと長《なが》く伸《の》びはじめた。そうしてそれが頭《あたま》の上《うえ》の水面《みなも》へやっと届《とど》いたと思《おも》うと、たちまち白《しろ》い睡蓮《すいれん》の花《はな》*が、丈《たけ》の高《たか》い蘆《あし》に囲《かこ》まれた、藻《も》の匂《にお》いのする沼《ぬま》の中《なか》に、的皪《てきれき》とあざやかな莟《つぼみ》を破《やぶ》った。

これがおれの憧《あこが》れていた、不思議《ふしぎ》な世界《せかい》だったのだな。――おれの死骸《しがい》はこう思《おも》いながら、その玉《たま》のような睡蓮《すいれん》の花《はな》をいつまでもじっと仰《あお》ぎ見《み》ていた。

(「改造《かいぞう》」一九二〇年《ねん》四月号《がつごう》に「小品二種《しょうひんにしゅ》」の一篇《いっぺん》として掲載《けいさい》)

白《しろ》い睡蓮《すいれん》の花《はな》 作者《さくしゃ》の短篇《たんぺん》「じゅりあの・吉助《きちすけ》」(一九一九)には「吉助《きちすけ》の口《くち》の中《なか》からは、一本《いっぽん》の白《しろ》い百合《ゆり》の花《はな》が、不思《ふし》議《ぎ》にも水々《みずみず》しく咲《さ》き出《で》ていた」とあり、戯曲《ぎきょく》「往生絵巻《おうじょうえまき》」(一九二一)にも「この法師《ほうし》の屍骸《しがい》の口《くち》には、まっ白《しろ》な蓮華《れんげ》が開《ひら》いているぞ」の一節《いっせつ》がある。これらもまた、漱石《そうせき》「夢十夜《ゆめじゅうや》」の「第一夜《だいいちや》」で、女《おんな》の墓《はか》から生《は》える「真白《まっしろ》な百合《ゆり》」と響《ひび》き交《か》わす描写《びょうしゃ》であろう。

病《びょう》蓐《じょく》の幻《げん》想《そう》

谷《たに》崎《ざき》潤《じゅん》一《いち》郎《ろう》

彼《かれ》は病気《びょうき》で、床《とこ》についてうなって寝《ね》ていた。——たださえ彼《かれ》は意気地《いくじ》なしの、堪《こら》え性《しょう》*のない涙《なみだ》もろい人間《にんげん》なのだ。十年前《じゅうねんまえ》に取《と》りつかれた神経衰弱《しんけいすいじゃく》が、いまだに少《すこ》しも治癒《ちゆ》しないで、年《ねん》が年中《ねんじゅう》、蜘蛛《くも》の巣《す》のようなささいな事《こと》に怯《おび》え憂《うれ》えふるえている人間《にんげん》なのだ。それが運悪《うんわる》くこの四日《よっか》ばかり、歯《は》をわずらってすっかり元気《げんき》をしょげさせて、事《こと》によったら死《し》にはしないかと案《あん》ぜられた。

直接歯《ちょくせつは》のために死《し》なないまでも、歯齦《しぎん》*の炎症《えんしょう》からくる残虐《ざんぎゃく》な悪辣《あくらつ》な、えぐられるような苦痛《くつう》のために、精神《せいしん》というものが滅茶滅茶《めちゃめちゃ》にかき壊《こわ》されて、気《き》が狂《くる》って死《し》ぬかもしれなかった。彼《かれ》は自分《じぶん》の肉体《にくたい》が人並外《ひとなみはず》れて肥満《ひまん》していて、心臓《しんぞう》の力《ちから》の弱《よわ》っていることを、ふだんから非常《ひじょう》に気《き》にかけていた。それでわずかな熱《ねつ》でも出ると、神経《しんけい》を病《や》みはじめて、まず自《じ》分《ぶん》から大病人《たいびょうにん》になってしまった。

「歯齦膜炎《しぎんまくえん》*でそんなに熱《ねつ》の出《で》るはずはないと思《おも》います。何度《なんど》ぐらいおありになるか測《はか》ってごらんになりましたか。」

と、歯医者《はいしゃ》は不審《ふしん》そうにいった。

「いや、測《はか》ってはみませんけれどたしかに少《すこ》しあるんです。ごぞんじの通《とお》り僕《ぼく》は太《ふと》っているもんですから、熱《ねつ》には馬鹿《ばか》に弱《よわ》くって、……」

「あったところが多分六分《たぶんろくぶ》か七分《しちぶ》*です。測《はか》ってごらんになる方《ほう》がかえってご安心《あんしん》ですよ。」

こういわれても彼《かれ》はけっして、測《はか》ってみようとはしなかった。測《はか》ってみて、もしも八度《はちど》か八度《はちど》以上《いじょう》もあったら大変《たいへん》だと思《おも》った。そうして実際《じっさい》、そのくらい熱《ねつ》があるかもしれなかった。

なんでも下顎《したあご》の、右《みぎ》の一番奥《いちばんおく》の虫歯《むしば》がぼろぼろに腐蝕《ふしょく》して、歯《は》ぐきの周囲《しゅうい》に絶《た》えまなくだ、

堪《こら》え性《しょう》　忍耐力《にんたいりょく》。
歯齦《しぎん》　歯《は》ぐき。歯肉《しにく》。
歯齦膜炎《しぎんまくえん》　歯《は》ぐきの炎症《えんしょう》。歯《は》ぐきが赤《あか》く腫《は》れあがる症状《しょうじょう》。歯肉《しにく》炎《えん》。
六分《ろくぶ》か七分《しちぶ》　体温《たいおん》が三六度《ど》六分《ぶ》か七分《ぶ》。ほぼ平熱《へいねつ》。

くだくと毒血《どくち》*をたたえて、膿《う》みうずき燃《も》えただれて、そのために顔《かお》の半面《はんめん》が、始終《しじゅう》かっかっと火照《ほて》りついているのであった。最初《さいしょ》はたしかにその虫歯《むしば》が痛《いた》むのだと分《わか》っていたが、ついには片側残《かたがわのこ》らずの歯《は》が、上顎《うわあご》のも下顎《したあご》のも、一本一本細《いっぽんいっぽんこま》かく厳《きび》しくきりきりときしんで、どれが痛《いた》みの親玉《おやだま》なのかいっこうに分《わ》からなくなってしまった。その痛《いた》さに朝《あさ》から晩《ばん》までさいなまれつつ、じっと辛抱《しんぼう》していることが、人間《にんげん》としてたえ得《え》る苦《くる》しみの最上《さいじょう》のものであるらしかった。ここまで来《く》れば、どんなに精神《せいしん》のしっかりした脳髄《のうずい》の透明《とうめい》な人間《にんげん》でも、多少《たしょう》は頭《あたま》の機能《きのう》が乱《みだ》れて、馬鹿《ばか》か気《き》ちがいに近《ちか》いような、朦朧《もうろう》とした滅茶滅茶《めちゃめちゃ》な状態《じょうたい》になりかかるだろうと彼《かれ》は思《おも》った。現《げん》に彼《かれ》は、あまりの痛《いた》さに神経《しんけい》が妙《みょう》になって、痛《いた》いのだか痛《いた》くないのだか分《わ》からない感《かん》じがしてきた。彼《かれ》は熱《ねつ》に浮《う》かされて、もやもやと霧《きり》の中《なか》に囲《かこ》まれたような夢心地《ゆめごこち》に犯《おか》されながら、いろいろのことを考《かんが》えはじめた。

「人間《にんげん》が痛《いた》みというものをハッキリと感《かん》じ得《え》る場合《ばあい》は、それほど痛《いた》みが深刻《しんこく》でない時《とき》なのだ。痛《いた》みが一層昂進《いっそうこうしん》してくると、もう一《ひ》と通《とお》りの痛《いた》みというものとはまったく違《ちが》った、一種異様《いっしゅいよう》な感覚《かんかく》を生《しょう》ずる。」——彼《かれ》はそう考《かんが》えながら、今《いま》の自分《じぶん》の苦痛《くつう》を味《あじ》わっていた。

四五日前《しごにちまえ》までは、例《れい》の虫歯《むしば》の心《しん》の方《ほう》が、明《あき》らかに錐《きり》のようなもので無慈悲《むじひ》にぐいぐいと突《つ》かれるのに似《に》た痛《いた》さであったが、だんだん口《くち》の中《なか》で「痛《いた》み」の領土《りょうど》が拡大《かくだい》しだして、今《いま》まで安穏《あんのん》に平和《へいわ》を楽《たの》しんでいた隣《となり》の臼歯《きゅうし》に響《ひび》きはじめ、それから上顎《うわあご》の犬歯《けんし》がいつの間《ま》にやら共鳴《きょうめい》を試《こころ》み、最後《さいご》に片側《かたがわ》の全部《ぜんぶ》の歯《は》の列《れつ》が一面《いちめん》にヴァイブレエション*を起《おこ》して、ちょうどピアノの鍵盤《けんばん》の上《うえ》を乱暴《らんぼう》な手《て》が掻《か》きまわしたごとく、どれもこれもことごとくぴんぴんぼんぼんと騒々《そうぞう》しく相応《あいおう》じた。そうして、非常《ひじょう》に雑多《ざった》な沢山《たくさん》の音響《おんきょう》が一度《いちど》に室内《しつない》に充満《じゅうまん》すると、一《ひと》つひとつの声《こえ》というものはまるきり聞《き》こえなくなって、極度《きょくど》の騒々《そうぞう》しさが極度《きょくど》の静《しず》かさと一致《いっち》してしまうように、極度《きょくど》の苦痛《くつう》もまた極度《きょくど》の安楽《あんらく》と一致《いっち》するかのごとくであった。

たとえて見《み》れば、上下《じょうげ》の顎骨《あごぼね》の歯《は》の根《ね》から無数《むすう》の擾音《じょうおん》*が喧々囂々《けんけんごうごう》*と群《むら》がり生《しょう》じ、一《ひと》つの大《おお》

毒血《どくち》　細菌毒《さいきんどく》の入《はい》った血液《けつえき》。
ヴァイブレエション　(vibration) 振動《しんどう》。ふるえ。
擾音《じょうおん》　騒音《そうおん》。神経《しんけい》を掻《か》き乱《みだ》すような音《おと》。
喧々囂々《けんけんごうごう》　多《おお》くの人《ひと》が口《くち》やかましく騒《さわ》ぎたてるさま。

きな、総合《そうごう》されたうなりを発《はっ》して、Quā-ăn! Quā-ă-ăăn!*というように、口腔内《こうくうない》の穹窿《きゅうりゅう》*へ反響《はんきょう》しつづけているのであった。それはちょうど、恐《おそ》ろしく野蛮《やばん》な力《ちから》でグワンと頬桁《ほおげた》*をなぐられたあとなどに、長《なが》くながく残《のこ》っている痺《しび》れた感覚《かんかく》に似通《にかよ》っていた。そうして一々《いちいち》の歯《は》の痛《いた》みぐあいを、よく注意《ちゅうい》して感《かん》じてみると、痛《いた》むというよりは、Biri biri-ri-ri!*と震《しん》動《どう》しているように想《おも》われた。

「そうだ、痛《いた》みが極度《きょくど》に達《たっ》すると、むしろ音響《おんきょう》に近《ちか》くなるのだ。あたかも空中《くうちゅう》で音波《おんぱ》の生《しょう》ずるように、歯《は》ぐきの知覚神経《ちかくしんけい》が一種《いっしゅ》のヴァイブレエションを起《お》こすのだ。」と、彼《かれ》は腹《はら》の中《なか》でつぶやいた。

その凄《すさ》まじいヴァイブレエションのために、口《くち》の中《なか》の空洞《くうどう》がまったく馬鹿《ばか》になって、神経《しんけい》もなにも聾《つんぼ》*にさせられて、今《いま》ではそれほどに痛《いた》くもなくなっている。「なんだ、おれはさっきまで大変苦《たいへんく》しがっていたが、落《お》ち着《つ》いて考《かんが》えると、苦《くる》しくもなんともないじゃないか。」と、いいたいような心地《ここち》もする。平生《へいぜい》*非常《ひじょう》に死《し》を怖《おそ》れている人間《にんげん》が、いよいよ病気《びょうき》で死《し》ぬ時《とき》に臨《のぞ》むと、案外安心《あんがいあんしん》してしまうように、神経《しんけい》というものも余《あま》り強烈《きょうれつ》な刺激《しげき》を受《う》けると、相当《そうとう》な「あきらめ」を生《しょう》じて都合《つごう》よく外界《がいかい》に順応《じゅんのう》し、苦痛《くつう》を苦痛《くつう》と感《かん》じさせない調《ちょう》節作用《せっさよう》を行《おこな》うのであろう。――少《すく》なくとも彼《かれ》は、今《いま》や自分《じぶん》の神経《しんけい》が自分《じぶん》の意志《いし》の欲《ほっ》するままに、鈍《にぶ》くも鋭《するど》くも自由《じゆう》に変化《へんか》することを発見《はっけん》した。「痛《いた》くないぞ！　痛《いた》くもなんともないぞ！」こう命令《めいれい》すると即座《そくざ》に神経《しんけい》はピタリと働《はたら》きを止《と》めて、あれほどの痛《いた》みがまるきり感《かん》じなくなってしまう。反対《はんたい》にまた、口《くち》の中《なか》の任意《にんい》の点《てん》へ神経《しんけい》を凝集《ぎょうしゅう》*すると、すぐにその部分《ぶぶん》が痛《いた》みだす。彼《かれ》は己《おの》れの注文通《ちゅうもんどお》りに、どれでも好《す》きな歯《は》を選《えら》んで、一本《いっぽん》いっぽん随意《ずいい》に随時《ずいじ》に痛《いた》みださせることができた。

彼《かれ》は図《ず》にのって、*子供《こども》がピアノをいたずらするように、神経《しんけい》の手《て》をあっちこっちの歯列《しれつ》の上《うえ》へ駆使《くし》しながら、いろいろの方面《ほうめん》を痛《いた》ませてみた。ある特別《とくべつ》の一本《いっぽん》だけを痛《いた》ませる事《こと》も

Quă-ăn! Quă-ă-ăăn!　クアアン！　クアアアアン！　擬音《ぎおん》をアルファベット表記《ひょうき》することで、違和感《いわかん》や不快感《ふかいかん》が強調《きょうちょう》されている。

穹窿《きゅうりゅう》　半球状《はんきゅうじょう》の屋根《やね》や天井《てんじょう》。

頬桁《ほおげた》　ほおぼね。

Biri biri-ri-ri!　ビリ　ビリリリ！　前項《ぜんこう》に同《おな》じ。

聾《つんぼ》　耳《みみ》の聞《き》こえない人《ひと》。聴覚障害者《ちょうかくしょうがいしゃ》。

平生《へいぜい》　ふだん。いつも。

凝集《ぎょうしゅう》　散《ち》らばっていたものが一箇所《いっかしょ》に集《あつ》まること。

図《ず》にのって　調子《ちょうし》にのって。

できるし、二本《にほん》でも三本《さんぼん》でも一緒《いっしょ》に一度《いちど》に Biri! biri-ri! と痛《いた》ませることもできた。「こうなると実際《じっさい》ピアノと同じ事《こと》だ。一々《いちいち》の歯《は》が、あたかもピアノの鍵《けん》のように思《おも》われるから不思議《ふしぎ》じゃないか。」――なんだか彼《かれ》は、各々《おのおの》の歯《は》の痛《いた》み方《かた》の程度《ていど》に応じて、音階《おんかい》を想像《そうぞう》する事《こと》さえできそうであった。一番前《いちばんまえ》の方《ほう》の、一番痛《いちばんいた》みの少《すく》ないやつを仮《か》りに Do* とすれば、その次《つ》ぎにやや痛《いた》いやつを Re* とする、それよりもまたやや痛《いた》いのを Mi* とする、かくて立派《りっぱ》に七《なな》つの音階《おんかい》ができ上《あが》ると、今度《こんど》は「汽笛一声《きてきいっせい》*」でも「春爛熳《はるらんまん》*」でも「さのさ」節《ぶし》*でも喇叭節《らっぱぶし》*でも、好《す》きな歌《うた》を奏《そう》する事《こと》ができそうな気持《きも》ちになった。「うんそうだ、たしかに音階《おんかい》を想像《そうぞう》し得《え》る。」――それにつけてもおれはよっぽど熱《ねつ》があるに違《ちが》いない。――熱《ねつ》に浮《う》かされてぼんやりしているから、こんな奇妙《きみょう》な考《かんが》えがおこるのだ。」――同時《どうじ》に彼《かれ》は、また一《ひ》としきり耳《みみ》*ががんがんと鳴《な》って、体中《からだじゅう》の血《ち》が頭《あたま》の方《ほう》へ鬱陶《うっとう》しく上騰《じょうとう》*してくるのを覚《おぼ》えた。彼《かれ》は眼《め》をつぶって、局部《きょくぶ》に氷嚢《ひょうのう》*をあてたまま、深《ふか》い暗《くら》い所《ところ》へ昏々《こんこん》と墜《お》*ちていくような心地《ここち》がした。折々大波《おりおりおおなみ》に揺《ゆ》りあげられ、揺《ゆ》りおろされているようでもあった。しかしいまだに失心《しっしん》してはいないとみえて、間《ま》もなく再《ふた》びさまざまの妄念《もうねん》*が、脳髄《のうずい》の中《なか》で蛆《うじ》の沸《わ》くがごとくうようよと蠢《うごめ》きだした。彼《かれ》の横臥《おうが》*している病室《びょうしつ》の外《そと》には、割合《わりあい》に広《ひろ》い庭園《ていえん》があって、九月《くがつ》の上旬《じょうじゅん》の、初秋《しょしゅう》とはいいながら真夏《まなつ》と少《すこ》しも変《か》わりのない、赫灼《かくしゃく》*とした日光《にっこう》が毎日《まいにち》まいにち蒸《む》しむしといきれていた。南《みなみ》に面《めん》した花壇《かだん》には紫苑《しおん》や芙蓉《ふよう》や、紅白《こうはく》の萩《はぎ》がそろそろ花《はな》を持《も》ちかけて、繁茂《はんも》した枝《えだ》葉《は》を茫茫《ぼうぼう》*と蔓《はび》こらせ、穂《ほ》の出《で》かかった糸《いと》すすきや萎《しぼ》みかかった桔梗《ききょう》や女郎花《おみなえし》が、おどろに乱《みだ》れた髪《かみ》の毛《け》のように打《う》ち煙《けぶ》っていた。百日草《ひゃくにちそう》、おいらん草《そう》、カンナ、蝦夷菊《えぞぎく》などの燦然《さんぜん》と

Do／Re／Mi ド・レ・ミ・ファ・ソ・ラ・シの音階《おんかい》。

「汽笛一声《きてきいっせい》」 「汽笛一声新橋《きてきいっせいしんばし》を」と始《はじ》まる「鉄道唱歌《てつどうしょうか》」（一九〇〇）のこと。作詞《さくし》は大和田建樹《おおわだたけき》。

「春爛熳《はるらんまん》」 「春爛漫《はるらんまん》の花《はな》の色《いろ》」と始《はじ》まる旧制第一高等学校《きゅうせいだいいちこうとうがっこう》の代表的《だいひょうてき》な寮歌《りょうか》。正式名称《せいしきめいしょう》は「第十一回紀念祭西寮 寮歌《だいじゅういちかいきねんさいにしりょうりょうか》」（一九〇二）である。作詞《さくし》は矢野勘治《やのかんじ》。

「さのさ」節《ぶし》 法界節《ほうかいぶし》の流《なが》れを汲《く》む俗謡《ぞくよう》。一八九七年頃《ねんごろ》から流行《りゅうこう》した。名称《めいしょう》は、一節《ひとふし》の終《お》わりに「さのさ」という囃子詞《はやしことば》がつくことに由来《ゆらい》。

喇叭節《らっぱぶし》 明治《めいじ》の演歌師《えんかし》・添田唖蝉坊《そえだあぜんぼう》が一九〇四年《ねん》に作曲《さっきょく》した流行歌《こうか》。一節《ひとふし》の最後《さいご》に、円太郎馬車《えんたろうばしゃ》（乗合馬車《のりあいばしゃ》）のラッパをまねた「トコトットット」という囃子詞《はやしことば》がつく。

一《ひと》としきり しばらくの間《あいだ》。

上騰《じょうとう》 たちのぼること。あがること。

氷嚢《ひょうのう》 氷《こおり》や水《みず》を入《い》れて患部《かんぶ》を冷《ひや》すのに用《もち》いるゴム製《せい》の袋《ふくろ》。

昏々《こんこん》と うつらうつらと。意識《いしき》のないさま。

妄念《もうねん》 迷《まよ》いの心《こころ》。

横臥《おうが》 体《からだ》を横《よこ》たえて寝《ね》ること。

赫灼《かくしゃく》 光《ひか》り輝《かがや》くこと。

茫茫《ぼうぼう》 草《くさ》などが生《お》い乱《みだ》れている様子《ようす》。「茫々《ぼうぼう》」とも。

咲《さ》きほこっている今一《いまひと》つの花壇《かだん》の縁《ふち》には、小《ちい》さい愛《あい》らしい松葉牡丹《まつばぼたん》の花《はな》びらが、びろうど色《いろ》の千日坊主《せんにちぼうず》＊と頭《あたま》を揃《そろ》えて、千代紙《ちよがみ》を刻《きざ》んだように綺麗《きれい》に居並《いなら》び、二三尺《にさんじゃく》の高《たか》さに伸《の》びた葉鶏頭《はげいとう》とダリヤとの間《あいだ》から、まっ赤《か》な、心臓《しんぞう》のような紅蜀葵《こうしょっき》＊の大輪《たいりん》が、烈日《れつじつ》＊の中《なか》にくるくると燃《も》えていた。

「あなた、……また紅蜀葵《こうしょっき》が一《ひと》つ散《ち》ったわ。あの花《はな》はほんとに寿命《じゅみょう》が短《みじか》いのね。一日咲《いちにちさ》くと、色《いろ》もなんにも褪《さ》めないのに、ぽたりと地面《じめん》へ落《お》ちてしまうのね。」

彼《かれ》の妻《つま》が、氷嚢《ひょうのう》の氷《こおり》を取《と》りかえてやりながら、彼《かれ》にいった。

「うん、……」

と、さも大儀《たいぎ》らしく答《こた》えたきり、彼《かれ》は庭《にわ》の方《ほう》を見向《みむ》きもしないで、相変《あいか》わらず歯《は》を押《お》さえたまま静《しず》かに悲《かな》しげに横臥《おうが》していた。けれどもあの生々《なまなま》しい、まっ赤《か》な花《はな》が、綺麗《きれい》に咲《さ》きほころびたまま、風《かぜ》もないのに突然《とつぜん》地面《じめん》へ転《ころ》げおちる様子《ようす》を想《おも》うと、なんだかそれが忌《い》ま

千日坊主《せんにちぼうず》　千日草《せんにちそう》の別称《べっしょう》。千日紅《せんにちこう》とも。夏《なつ》の季語《きご》。

烈日《れつじつ》　烈《はげ》しく照《て》りつける太陽《たいよう》。

紅蜀葵《こうしょっき》　モミジアオイの別称《べっしょう》。

わしい事《こと》の知《し》らせのように感《かん》ぜられた。今《いま》のいままで、盛《さか》んに血《ち》を吸《す》って膨《ふく》れている自《じ》分《ぶん》の心臓《しんぞう》が、もしかするとあんな風《ふう》に、いきなりぼたりと崩壊《ほうかい》する前兆《ぜんちょう》ではあるまいか。

………

「でもまあ向日葵《ひまわり》がよく咲《さ》いたこと。ちょいとあなた、ちょいとこっちを向《む》いて庭《にわ》をごらんなさいよ。」

妻《つま》は再《ふたた》びこういって慰《なぐさ》めようとしたけれど、今度《こんど》は彼《かれ》は見向《みむ》きもしないで、ただ苦《くる》しそうな溜息《ためいき》を吐《つ》いた。自分《じぶん》がこんなにうなっているのに、呑気《のんき》な事《こと》をしゃべっている妻《つま》の態度《たいど》がはなはだしく癪《しゃく》にさわったが、わざわざそれを叱《しか》りつけるだけの元気《げんき》も出《で》なかった。

痛《いた》くない方《ほう》の片側《かたがわ》を枕《まくら》につけて、唇《くちびる》を半分《はんぶん》ばかりあーんと開《ひら》いて、床《とこ》の間《ま》の掛軸《かけじく》を視《み》つめたまま倒《たお》れている彼《かれ》は、この時《とき》舌《した》の先《さき》をおもむろに、韶陽魚《あかえ》*のように動《うご》かしながら、例《れい》の一番奥《いちばんおく》の虫歯《むしば》を極《きわ》めておずおずと撫《な》でさすってみた。気《き》のせいか知《し》らぬが、うろが平生《へいぜい》よりも素敵《すてき》に大《おお》きく深《ふか》くなって、噴火山《ふんかざん》の火口《かこう》のごとく傲然《ごうぜん》*と蟠踞《ばんきょ》*している。その洞穴《ほらあな》の底《そこ》津磐根《ついわね》*から不断《ふだん》*の悪気《あっき》が漠々《ばくばく》*と舞《ま》い上《あが》って、口腔《こうくう》の天地《てんち》を焦熱地獄《しょうねつじごく》*と化《か》しているのである。

……彼《かれ》にはその虫歯《むしば》の、暴君的《ぼうくんてき》な堂々《どうどう》たる痛《いた》みぐあいが、あたかも毒々《どくどく》しい向日葵《ひまわり》の花《はな》のように想像《そうぞう》された。まわりに橙色《だいだいいろ》の絢爛《けんらん》な花弁《かべん》をつけて、まん中《なか》にまっ黒《くろ》な、蜻蛉《とんぼう》の複眼《ふくがん》のごとき蕊《しべ》を持《も》っている向日葵《ひまわり》の、瑰麗《かいれい》*な姿《すがた》は、どうもこの驕慢《きょうまん》*な虫歯《むしば》の痛《いた》みに酷似《こくじ》していた。

「そうだ。歯の痛《いた》みは音響《おんきょう》に近《ちか》いばかりでなく、それぞれ雑多《ざった》な色彩《しきさい》を持《も》っている。」

韶陽魚《あかえ》 発音《はつおん》は「しょうようぎょ」。ここではアカエイのこと。

うろ 空洞《くうどう》になった場所《ばしょ》。

傲然《ごうぜん》 おごり高《たか》ぶるさま。以下《いか》、この段落《だんらく》では、わざと難解《なんかい》で大《おお》げさな漢語《かんご》の形容句《けいようく》を重《かさ》ねることで、歯痛《はいた》に悩《なや》む語《かた》り手《て》の小心《しょうしん》さや滑稽《こっけい》さが強調《きょうちょう》されている。

蟠踞《ばんきょ》 わだかまりうずくまること。広大《こうだい》な領地《りょうち》を有《ゆう》して勢力《せいりょく》を振《ふ》るうこと。

底津磐根《そこついわね》 地底深《ちていふか》くにある岩《いわ》。地《ち》の底《そこ》。

不断《ふだん》 絶《た》えないこと。絶《た》え間《ま》のないこと。

漠々《ばくばく》 ぼんやりしてとりとめなく。広大《こうだい》な。ここでは、果《は》てしもなくの意《い》か。

焦熱地獄《しょうねつじごく》 八大地獄《はちだいじごく》の第六《だいろく》。殺《さつ》・盗《とう》・邪淫《じゃいん》・飲酒《いんしゅ》・妄語《もうご》の罪《つみ》を犯《おか》した者《もの》が墜《お》ちる。「炎熱地獄《えんねつじごく》」とも。

瑰麗《かいれい》 優《すぐ》れて美《うつく》しいこと。稀《まれ》に見《み》る美《うつく》しさ。

驕慢《きょうまん》 おごり高《たか》ぶったさま。

――彼《かれ》はそんなことを思《おも》った。ふと、いつぞや読《よ》んだ事《こと》のあるボオドレエルの“Les Paradis Artificiels”*の一節《いっせつ》が彼《かれ》の念頭《ねんとう》に浮《う》かんだ。………“Les équivoques les plus singulières, les transpositions d'idées les plus inexplicables ont lieu. *Les sons ont une couleur, les couleurs ont une musique.*”（音響《おんきょう》は色彩《しきさい》を発《はっ》し、色彩《しきさい》は音楽《おんがく》となる。）………これはこの詩人《しじん》がハシイシュ*を飲《の》んだ時《とき》の、ハリュシネエション*の描写《びょうしゃ》であるが、しかし阿《あ》片《へん》*やハシイシュの力《ちから》を借《か》りずとも、彼《かれ》は幾分《いくぶん》かそういう風《ふう》なハリュシネエションを感《かん》ずる事《こと》ができた。少《すく》なくとも一々《いちいち》の歯《は》が、痛《いた》み方《かた》に相当《そうとう》する音階《おんかい》を持《も》っているとしたなら、その音階《おんかい》が一変《いっぺん》して、千紫万紅《せんしばんこう》*、大小《だいしょう》さまざまな花《はな》の形《かたち》に見《み》える事《こと》はたしかである。一番《いちばん》

“Les Paradis Artificiels”　ボードレール著《ちょ》『人工天国《じんこうてんごく》――阿片《あへん》とハシッシュ』（一八六〇）。麻薬《まやく》の喚起《かんき》する幻覚《げんかく》について精彩《せいさい》に綴《つづ》られた奇書《きしょ》である。谷崎《たにざき》が引用《いんよう》した箇所《かしょ》の全文《ぜんぶん》を次《つぎ》に掲《かか》げる。「両義的《りょうぎてき》な表現《ひょうげん》や、意味《いみ》の取《と》り違《ちが》えや、観念《かんねん》の置《お》き換《か》えなどが現《あらわ》れてくる。音《おと》は色彩《しきさい》を帯《お》び、色彩《しきさい》が音楽《おんがく》を含《ふく》むようになる」（筑摩書房版《ちくましょぼうばん》『ボードレール全集《ぜんしゅう》5』所収《しょしゅう》「人工天国《じんこうてんごく》」阿部良雄訳《あべよしおやく》）

ハシイシュ（hashish）大麻《たいま》から製《せい》される麻薬《まやく》。吸引《きゅういん》・飲用《いんよう》することで幻覚作用《げんかくさよう》をもたらす。

ハリュシネエション（hallucination）幻覚《げんかく》。

阿片《あへん》　ケシの実《み》から採《と》れる乳液《にゅうえき》を乾燥《かんそう》させた麻薬《まやく》の一種《いっしゅ》。

千紫万紅《せんしばんこう》　色《いろ》とりどりの花々《はなばな》が咲《さ》き乱《みだ》れるさま。

根強《ねづよ》く執念深《しゅうねんぶか》く、まるで熟《じゅく》した腫物《できもの》のように疼《うず》いている奥歯《おくば》が、向日葵《ひまわり》の花《はな》であるとしたなら、それと反対《はんたい》に狭《せま》く鋭《するど》く、ぴくりぴくりと軋《きし》んでいる上顎《うわあご》の犬歯《けんし》は、ちょうど血《ち》の塊《かたまり》か火《ひ》の塊《かたまり》が、眼《め》のくらむような速力《そくりょく》で虚空《こくう》*に旋転《せんてん》*と舞《ま》い狂《くる》めいているような、まっ赤《か》な、辛辣《しんらつ》な痛《いた》さである。「なるほどこれはまっ赤《か》な痛《いた》さだ。なにか非常《ひじょう》に赤《あか》い物《もの》が、焔々《えんえん》と燃《も》えて渦《うず》まいている痛《いた》さだ。」――彼《かれ》はただちに紅蜀葵《こうしょっき》を連想《れんそう》せずにはいられなかった。そうして考《かんが》えれば考《かんが》える程《ほど》、ますますその歯《は》と紅蜀葵《こうしょっき》との関係《かんけい》が密接《みっせつ》になって、ついにはまったく口《くち》の中《なか》に、あの鮮明《せんめい》な赤《あか》い花《はな》が、くっきりと咲《さ》き誇《ほこ》っているような気持《きも》ちがした。それからまた、顎《あご》の隅《すみ》の方《ほう》で微《かす》かに痛《いた》んでいる一団《いちだん》の臼歯《きゅうし》は、一本《いっぽん》の茎《くき》の先《さき》にたくさんの花《はな》を持ったおいらん草《そう》のクリムソン*に似通《にかよ》っていた。チクチクと虫《むし》のさすような、愛《あい》らしい、いじらしい痛《いた》み方《かた》をする前歯《まえば》の群《むれ》は、あたかも花壇《かだん》の縁《ふち》をいろどる松葉牡丹《まつばぼたん》に適合《てきごう》していた。不思議《ふしぎ》な事《こと》には、それらの歯《は》が、各自固有《かくじこゆう》の特色《とくしょく》によって、激《はげ》しく痛《いた》めば痛むほど、彼《かれ》の妄想《もうそう》は一層明瞭《いっそうめいりょう》な形《かたち》を取《と》って眼前《がんぜん》に髣髴《ほうふつ》した。*かくして彼《かれ》はたちまちのうちに、口《くち》の中《なか》を庭《にわ》の花壇《かだん》と同《おな》じような美《うつく》しい光景《こうけい》に化《か》してしまった。そこには初秋《しょしゅう》の午後《ごご》の光《ひかり》がかんかんと照《て》って、蜂《はち》や蝶々《ちょうちょう》が花《はな》から花《はな》へひらひらと飛《と》び戯《たわむ》れている。……気《き》がついてみると、熱《ねつ》は前《まえ》よりもさらに一段《いちだん》と高《たか》まっていた。眼《め》の先《さき》の物《もの》がなんだかしきりにちらちらと動《うご》いて、カレイドスコオプ*をのぞいているようだ。床《とこ》の間《ま》にかかっている浮世絵《うきよえ》の美人画《びじんが》がぐらぐらと揺《ゆ》らめいて、立体派《りったいは》*の線《せん》のごときbizarre*な線《せん》を現《あら》わしている。座敷《ざしき》の天井《てんじょう》が、いつのまにやら馬鹿《ばか》に低《ひく》くなって、立《た》てば頭《あたま》がつかえるほど下《さが》ってきたらしく、いやに室内《しつない》が狭《せま》くるしく、蒸《む》しあつく、窮屈《きゅうくつ》である。こんな牢獄《ろうごく》のようなところに、いつまで自分《じぶん》は鬱々《うつうつ》として、熱《ねつ》に浮《う》かされている事《こと》だろう。どうせ十日《とおか》も半月《はんつき》も寝《ね》ているのなら、いっそひろびろとした野原《のはら》のまん中《なか》で、青空《あおぞら》をあおぎながら、涼《すず》しい木蔭《こかげ》の草《くさ》の上《うえ》にでも倒《たお》れていたい。

虚空《こくう》　何《なに》もない空間《くうかん》。
旋転《せんてん》　くるくる回転《かいてん》すること。
クリムソン（crimson）濃紅色《のうこうしょく》。
眼前《がんぜん》に髣髴《ほうふつ》した　目《め》の前《まえ》にありありと思《おも》い浮《う》かんだ。
カレイドスコオプ（kaleidoscope）万華鏡《まんげきょう》のこと。

立体派《りったいは》　キュビスム（cubisme）の和名《わめい》。二十世紀初頭《せいきしょとう》にパリで始《はじ》まった革新的《かくしんてき》な美術運動《びじゅつうんどう》。物体《ぶったい》を幾何学的形象《きかがくてきけいしょう》に分解《ぶんかい》し再構成《さいこうせい》しようとした。主《おも》な画家《がか》にピカソ、ブラックら。
bizarre　ビザール。奇怪《きかい》な。風変《ふうが》わりな。

「ああ切《せつ》ない、………息《いき》ぐるしい、………嫌《いや》になっちまうなあ。」

彼《かれ》は夢中《むちゅう》で、こんな譫言《うわごと》*をいいそうになった。そうして、名状《めいじょう》しがたい*遣《や》る瀬《せ》なさとあじきなさ*に襲《おそ》われて、頬《ほ》っぺたの垢《あか》に汚《よご》れた涙《なみだ》を、紙屑《かみくず》のようにぼろぼろとこぼした。よんどころなく*片手《かたて》でそっと睫毛《まつげ》をふいて、また歯《は》の事《こと》を考《かんが》える。口《くち》の中《なか》の呪《のろ》わしい地獄《じごく》、美《うつく》しい花壇《かだん》の事《こと》を考《かんが》える。――

“A noir, E blanc, I rouge, U vert, O bleu, voyelles, ………*”

どういうわけか、*Rimbaud*のソンネット*の一句《いっく》が、天際《てんさい》*にただよう虹《にじ》のごとく彼《かれ》の心《こころ》に浮《う》かんだ。恐《おそ》らくそれは、繚乱《りょうらん》たる花園《はなぞの》の光景《こうけい》から連想《れんそう》されて、記憶《きおく》の世界《せかい》によみがえってきたのであろう。もし、あの仏蘭西《フランス》のシンボリスト*が想像《そうぞう》するように、A、E、I、U、Oの母音《ぼいん》に、黒《くろ》だの白《しろ》だの赤《あか》だのの色《いろ》があるとすれば、口《くち》の中《なか》で刻一刻《こくいっこく》に、ずきん、ずきん、と合奏《がっそう》している歯列《しれつ》の音楽《おんがく》、――色彩《しきさい》の音楽《おんがく》は、ことごとくアルファベットに変《へん》じ得《え》るかもしれない。………A, B, C, D, E, F, G, ………

体《からだ》のぐあいも心《こころ》の調子《ちょうし》も、もう本式《ほんしき》の病人《びょうにん》と違《ちが》いはなかった。ちょいと枕《まくら》から頭《あたま》をもたげると、たちまち眩暈《めまい》を覚《おぼ》えて、うすら寒《さむ》い戦慄《せんりつ》が止《と》めどもなくぶるぶると手足《てあし》を走《はし》る。飯《めし》を食《く》うにも、小用《しょうよう》を足《た》すにも＊、すべて蓐中《じょくちゅう》＊に横《よこ》たわったままである。
「九月《くがつ》になったのになんていう暑《あつ》さだろう。これじゃ土用《どよう》＊の内《うち》よりもよっぽどひどいわ。

譫言《うわごと》　高熱《こうねつ》などで意識《いしき》が混濁《こんだく》した状態《じょうたい》で口《くち》にする言葉《ことば》。

名状《めいじょう》しがたい　言葉《ことば》で言《い》い表《あらわ》しにくい。

あじきなさ　味気《あじけ》ないこと。つまらないこと。

よんどころなく　やむをえず。

"A noir, E blanc, I rouge, U vert, O bleu, voyelles, ……"　「A（アー）は黒《くろ》、E（ウー）白《しろ》、I（イー）赤《あか》、U（ユー）緑《みどり》、O（オー）は藍色《あいいろ》、母音《ぼいん》よ、」（人文書院版《じんぶんしょいんばん》『ランボー全集《ぜんしゅう》1』所収《しょしゅう》「母音《ぼいん》」鈴木信太郎訳《すずきしんたろうやく》より）

どういうわけか　直前《ちょくぜん》の「呪《のろ》わしい地獄《じごく》、美《うつく》しい花壇《かだん》」の連想《れんそう》から『地獄《じごく》の季節《きせつ》』の詩人《しじん》が召喚《しょうかん》されるのである。

Rimbaud　アルチュール・ランボー（Jean Arthur Rimbaud　一八五四～一八九一）フランスの詩人《しじん》。弱冠《じゃっかん》十六歳《さい》で「母音《ぼいん》」や「酔《よ》いどれ舟《ぶね》」などの傑出《けっしゅつ》した詩作品《しさくひん》を発表《はっぴょう》。散文詩《さんぶんし》集《しゅう》『地獄《じごく》の季節《きせつ》』（一八七三）を刊行後《かんこうご》、筆《ふで》を折《お》り、諸国放浪《しょこくほうろう》の生涯《しょうがい》をおくった。代表作《だいひょうさく》『イルミナシオン』（一八八六）は、二十世紀《せいき》の詩人《しじん》たちに多大《ただい》な影響《えいきょう》を与《あた》えたとされる。

ソンネット（sonnet）十四行《ぎょう》から成《な》る押韻詩形《おういんしけい》。近世《きんせい》ヨーロッパで流行《りゅうこう》。十四行詩《じゅうよんぎょうし》。

天際《てんさい》　天空《てんくう》の果《は》て。天《てん》の際《きわ》。

シンボリスト（symboliste）「サンボリスト」とも。象徴作用《しょうちょうさよう》と装飾的表現《そうしょくてきひょうげん》によって、不可視《ふかし》の世界《せかい》、想像《そうぞう》の世界《せかい》を暗示《あんじ》する文学《ぶんがく》・芸術様式《げいじゅつようしき》を信奉《しんぽう》する人々《ひとびと》のこと。リアリズムに対抗《たいこう》して十九世紀末《せいきまつ》から二十世紀初頭《せいきしょとう》のヨーロッパで起《お》こった芸術運動《げいじゅつうんどう》で、ボードレール、ランボー、マラルメらの詩《し》やメーテルランクの戯曲《ぎきょく》、ドビュッシーの音楽《おんがく》、モロー、ルドンらの絵画《かいが》に代表《だいひょう》される。近代幻想文学《きんだいげんそうぶんがく》・幻想美術《げんそうびじゅつ》の巨大《きょだい》な揺籃《ゆりかご》である。

小用《しょうよう》を足《た》す　小便《しょうべん》をする。

蓐中《じょくちゅう》　しとね、寝具《しんぐ》の中《なか》。

土用《どよう》　暦法《れきほう》で、立夏《りっか》・立秋《りっしゅう》・立冬《りっとう》・立春《りっしゅん》それぞれの前《まえ》十八日間《にちかん》のこと。その初日《しょにち》を「土用《どよう》の入《い》り」と呼《よ》ぶ。ここでは夏《なつ》の土用《どよう》を指《さ》す。

ことによると地震《じしん》でも揺《ゆす》るのじゃないかしら。」

隣《となり》の部屋《へや》で、妻《つま》が女中《じょちゅう》にこんな話《はなし》をしている。

ほんとうだ、地震《じしん》が揺《ゆす》るかもしれない。――彼《かれ》は地震《じしん》が大嫌《だいきら》いであった。地震《じしん》についてはずいぶんいろいろの書物《しょもつ》を読《よ》んで、かなり豊富《ほうふ》な知識《ちしき》を持《も》っていた。六十年目《ろくじゅうねんめ》に大地《おおじ》震《しん》があるという説《せつ》の虚妄《きょもう》*な事《こと》や、日本《にほん》の家屋《かおく》はヤワ*な西洋館《せいようかん》に較《くら》べて、案外耐震力《あんがいたいしんりょく》の強《きょう》靭《じん》な事《こと》や、大地震《おおじしん》の際《さい》には必《かなら》ず前《まえ》に異常《いじょう》な地鳴《じな》りをともなう事《こと》や、少《すく》なくとも彼《かれ》のように、年中気《ねんじゅうき》に病《や》んでびくついている理由《りゆう》のない事《こと》を、充分心得《じゅうぶんこころえ》ている癖《くせ》に、彼《かれ》はやっぱり明《あ》け暮《く》れそれが心配《しんぱい》になった。住宅《じゅうたく》を移転《いてん》する時《とき》、田舎《いなか》の旅館《りょかん》に宿《やど》を取《と》る時《とき》、女郎屋《じょろうや》*待合《まちあい》*で夜《よる》を過《す》ごす時《とき》、彼《かれ》がまっ先《さき》に思《おも》い出《だ》すのは地震《じしん》に対《たい》する用意《ようい》であった。怪《あや》しげな西洋造《せいようづく》りの三階四階《さんかいよんかい》の建物《たてもの》などへは、なるべく入《はい》らないように努《つと》めて、入《はい》ってもそこそこに飛《と》びだしてしまった。浅草辺《あさくさあたり》の活動写真《かつどうしゃしん》*を見物《けんぶつ》するのに、彼《かれ》はたいがい出口《でぐち》に近《ちか》い隅《すみ》の方《ほう》に立《た》ちすくんで、いざといったら逃《に》げだす用意《ようい》をおこたらなかった。そうして無事《ぶじ》に見物《けんぶつ》がすんで、小屋《こや》を出《で》てくると、「まあよかった。」と胸《むね》をなでて、命《いのち》びろいをしたような気持《きも》ちになった。
自分《じぶん》が生《い》きているうちに、どうしても一回《いっかい》、大地震《おおじしん》がある＊と彼《かれ》は思《おも》った。日本《にほん》にいて、ことに地震《じしん》の多《おお》い東京《とうきょう》に住《す》んでいて、相当《そうとう》に長生《ながい》きをするつもりなら、否《いや》でも応《おう》でも、一度《いちど》は大地震《おおじしん》に際会《さいかい》して、九死《きゅうし》に一生《いっしょう》を得《え》なければならない。それが彼《かれ》には病気《びょうき》よりもなによりも、一番危《いちばんあぶ》なっかしい、剣難至極《けんのんしごく》＊な綱《つな》わたりであった。なぜというのに、人間《にんげん》が不治《ふじ》の難病《なんびょう》にかかる事《こと》はすこぶる稀《まれ》であるけれど、大地震《おおじしん》はたしかにいっぺんはあるのである。

虚妄《きょもう》　根拠《こんきょ》がない嘘《うそ》、いつわり。
ヤワ　弱《よわ》くて壊《こわ》れやすいこと。
女郎屋《じょろうや》　遊女《ゆうじょ》をかかえて客《きゃく》に遊興《ゆうきょう》させる店《みせ》。
待合《まちあい》　ここでは「待合茶屋《まちあいぢゃや》」の略《りゃく》。客《きゃく》が芸妓《げいぎ》を呼《よ》んで遊興《ゆうきょう》する店《みせ》。
活動写真《かつどうしゃしん》　映画《えいが》。当時《とうじ》は無声映画《むせいえいが》からトーキー（映像《えいぞう》と共《とも》に音《おん》声《せい》も出《で》る現在《げんざい》の映画《えいが》）への移行期《いこうき》で、大《だい》の活動写真好《かつどうしゃしんず》きであった谷崎《たにざき》は、みずから映画制作《えいがせいさく》にも関与《かんよ》し、多《おお》くのシナリオを執筆《しっぴつ》。上映《じょうえい》された映画《えいが》に、上田秋成《うえだあきなり》の古典怪異譚《こてんかいいたん》を映画《えいが》化《か》した『蛇性《じゃせい》の婬《いん》』（一九二一）、人形《にんぎょう》ファンタジーというべき『雛祭《ひなまつり》の夜《よる》』（同《どう》）など。また、映画《えいが》の世界《せかい》に取材《しゅざい》した「人面疽《じんめんそ》」（一九一八）のような怪奇小説《かいきしょうせつ》も執筆《しっぴつ》している。
大地震《おおじしん》がある　作者《さくしゃ》のこの予感《よかん》は、数年後《すうねんご》の関東大震災《かんとうだいしんさい》（一九二三）により現実《げんじつ》となった。バスで箱根《はこね》の山道《やまみち》を通過《つうか》中《ちゅう》、震災《しんさい》に遭遇《そうぐう》した谷崎《たにざき》は、谷側《たにがわ》の道《みち》が崩落《ほうらく》するのを目撃《もくげき》したという。横浜《よこはま》・山手《やまて》の自宅《じたく》は地震対策《じしんたいさく》で堅牢《けんろう》に作《つく》られており無事《ぶじ》だったが、類焼《るいしょう》の憂《う》き目《め》に遭《あ》う。これを機《き》に谷崎《たにざき》は関西《かんさい》へ移住《いじゅう》することとなった。
剣難至極《けんのんしごく》　普通《ふつう》は「険難《けんなん》」か「剣呑《けんのん》」と表記《ひょうき》。きわめて危《あや》ういこと。

そうしてそのいっぺんの大災厄《だいさいやく》を、首尾《しゅび》よく免《まぬが》れ得《え》るかどうかが、彼《かれ》にとっては非常《ひじょう》な疑《ぎ》問《もん》である。――もっとも彼《かれ》は、今《いま》から二十三四年前《にじゅうさんよねんまえ》、たぶん明治二十六年《めいじにじゅうろくねん》の七月《しちがつ》に、＊大《おお》地震《じしん》といってもいいくらいの素晴《すば》らしいやつに出《で》っ会《こわ》した覚《おぼ》えがあった。ちょうど彼《かれ》が小《しょう》学校《がっこう》の二年《にねん》の折《おり》であったろう。午後《ごご》の二時時分《にじじぶん》、学校《がっこう》から帰《かえ》って、台所《だいどころ》で氷水《こおりみず》を飲《の》んでいると、いきなり大地《だいち》が凄《すさ》まじく揺《ゆ》れはじめた。「大地震《おおじしん》だ！」と、彼《かれ》はとっさに心《こころ》づいたが、どこをどう潜《くぐ》りぬけたのか、一目散《いちもくさん》に戸外《こがい》へ駆《か》けだして、大道《だいどう》＊の四《よ》つ角《かど》のまん中《なか》につくばっていた。＊そのころ彼《かれ》の家《いえ》では日本橋《にほんばし》の蠣殻町《かきがらちょう》＊に仲買店《なかがいてん》を出《だ》していて、あたかも後場《ごば》＊の立《た》っている最中《さいちゅう》であった。米屋町《こめやまち》の両側《りょうがわ》に軒《のき》を列《なら》べた商店《しょうてん》の、土間《どま》にあふれるほど雑沓《ざっとう》していた相場師《そうばし》＊の群集《ぐんしゅう》は、誰《だれ》も彼《かれ》も金《きん》の取引《とりひき》に気《き》を奪《うば》われて、日盛《ひざか》りの苦熱《くねつ》を忘《わす》れていたが、突然《とつぜん》、ぐわらぐわらぐわらと家鳴震動《やなりしんどう》しだすや否《いな》や、右往左往《うおうさおう》にあわてふためき、ほとんど路次《ろじ》のように窮屈《きゅうくつ》な、せせこましい往来《おうらい》の、ぎっしり詰《つ》まった家並《やなみ》の下《した》を揉《も》みにもんで逃《に》げまどうた。……

「ああ、おれはあの時《とき》でさえ、あんなに恐《おそ》ろしかったのだから、もしあれよりもさらに大《おお》きい地震《じしん》に逢《あ》ったらどうするのだろう。おれは今《いま》では肉《にく》がぶくぶく肥満《ひまん》して、心臓《しんぞう》が弱《よわ》くなって、とても子供《こども》の時分《じぶん》のように身軽《みがる》に逃《に》げる事《こと》はできない。おまけに現在病蓐《げんざいびょうじょく》*に倒《たお》れて、体《からだ》が利《き》かなくなっている際《さい》、そんな災難《さいなん》が突発《とっぱつ》したら、おれの運命《うんめい》はどうなるだろう。」

彼《かれ》の頭《あたま》はいつかまったく、地震《じしん》に対《たい》する危惧《きぐ》と不安《ふあん》とに充《み》たされていた。今《いま》という今《いま》、大《おお》地震《じしん》が揺《ゆ》りだしたら、自分《じぶん》は必《かなら》ず逃《に》げそこなって、梁《はり》*の下《した》に圧《お》しつぶされるに違《ちが》いない。それでなくても立《た》てば足元《あしもと》がよろよろして、眼《め》がくらみそうになるのだから、地震《じしん》と聞《き》い

明治二十六年《めいじにじゅうろくねん》の七月《しちがつ》に　明治東京地震《めいじとうきょうじしん》のこと。実際《じっさい》には明治《めいじ》二十七年《ねん》（一八九四）六月《がつ》二十日午後《かご》二時四分《じぶん》、東京湾《とうきょうわん》北部《ほくぶ》を震源《しんげん》に発生《はっせい》した南関東直下型地震《みなみかんとうちょっかがたじしん》のひとつ。地震《じしん》の規模《きぼ》はマグニチュード七・〇で、震源《しんげん》の深《ふか》さは約《やく》四〇キロから八〇キロと推定《すいてい》されている。谷崎《たにざき》は回想記《かいそうき》「幼少時代《ようしょうじだい》」（一九五五）にも、このときの体験《たいけん》を記《しる》している。

大道《だいどう》　大通《おおどお》り。

つくばって　しゃがみこんで。うずくまって。

日本橋《にほんばし》の蠣殻町《かきがらちょう》　東京都中央区《とうきょうとちゅうおうく》の町《まち》。東京米穀商品取引所《とうきょうべいこくしょうひんとりひきじょ》のあった所《ところ》で、「米屋町《こめやまち》」と通称《つうしょう》された。

後場《ごば》　取引所《とりひきじょ》でおこなわれる午後《ごご》の立会《たちあい》（売買取引《ばいばいとりひき》）のこと。

相場師《そうばし》　相場《そうば》の変動《へんどう》により生《う》まれる利益《りえき》を得《え》ることを生業《なりわい》にする人《ひと》。投機業者《とうきぎょうしゃ》。

病蓐《びょうじょく》　病《やまい》の床《とこ》。

梁《はり》　建物上部《たてものじょうぶ》の重《おも》みを支《ささ》えたり、柱《はしら》を固定《こてい》するために、柱《はしら》の上《うえ》に架《か》する水平材《すいへいざい》。

たら即座《そくざ》に逆上《ぎゃくじょう》して卒倒《そっとう》してしまうだろう。考《かんが》えてみると、いつ何時地震《なんどきじしん》が揺《ゆす》るかもしれないのに、不自由《ふじゆう》な手足《てあし》を持《も》って寝《ね》ているというのは実《じつ》に危険《きけん》だ。まるで噴火山上《ふんかざんじょう》に身《み》を托《たく》しているようなものだ。ああ、ほんとうにどうしたらいいだろう。——彼《かれ》の記憶《きおく》は、再《ふたた》び明治二十六年《めいじにじゅうろくねん》の、七月《しちがつ》のある日《ひ》の地震《じしん》の光景《こうけい》に戻《もど》っていった。あの時彼《ときかれ》は、前《まえ》にいった大道《だいどう》の四《よ》つ角《かど》にうずくまって、生《い》きた空《そら》もなく*わななきながら、世《よ》にも珍《めず》らしい天《てん》変地異《ぺんちい》*をただ夢《ゆめ》のごとく眺《なが》めていた。夢《ゆめ》だ！　ほんとうに夢《ゆめ》のような恐《おそ》ろしさだ！　その後二十幾年《ごにじゅういくねん》も彼《かれ》はこの世《よ》に生《い》きているが、あの時《とき》のようにうす気味《きみ》の悪《わる》い、あの時《とき》のように物凄《ものすご》い、あらゆる形容詞《けいようし》を超絶《ちょうぜつ》したOverwhelming*な光景《こうけい》を、爾来《じらい》*いっぺんも見《み》た事《こと》がない。彼《かれ》が避難《ひなん》した地点《ちてん》というのは、今《いま》の蠣殻町《かきがらちょう》の東華小学校《とうかしょうがっこう》*の門前《もんぜん》に近《ちか》い、一丁目《いっちょうめ》と二丁目《にちょうめ》との境界《きょうかい》にある大通《おおどお》りで、今《いま》でもあの四《よ》つ角《かど》には交番《こうばん》が建《た》っているはずだ。なんでも彼《かれ》の経験《けいけん》によると、大地震《おおじしん》という物《もの》は地《ち》が震《ふる》えるのではなく、大洋《たいよう》の波《なみ》のように緩慢《かんまん》に大規模《だいきぼ》に、揺《ゆ》りあげ揺《ゆ》りおろすのであった。自分《じぶん》の足《あし》を着《つ》けている地《ち》の表面《ひょうめん》が、汽船《きせん》の底《そこ》*とまったく同一《どういつ》な上下運動《じょうげうんどう》をやり出《だ》した時《とき》を想像《そうぞう》すれば、恐《おそ》らく読者《どくしゃ》はその気味悪《きみわる》さの幾《いく》分《ぶん》かを、了解《りょうかい》することができるであろう。……いや、汽船《きせん》の底《そこ》といったのでは、まだ形《けい》容《よう》が足《た》りないかもしれない。むしろ軽気球《けいききゅう》のように、――踏《ふ》んでも掘《ほ》ってもびくともしない、世《よ》の中《なか》のすべての物《もの》よりも頑丈《がんじょう》な分厚《ぶあつ》な地面《じめん》が、むしろ軽気球《けいききゅう》のように、さも軽《かる》そうにふらふらと浮動《ふどう》するのである。そうして、その上《うえ》に載《の》っかっている繁華《はんか》な街路《がいろ》、碁盤《ごばん》の目《め》のごとく人家《じんか》の櫛比《しっぴ》*した、四通八達《しつうはったつ》*の大通《おおどお》りや新路《しんみち》*や路次《ろじ》や横丁《よこちょう》が、中《なか》に住《す》んでいる無数《むすう》の人間《にんげん》もろともに、たちまち高々《たかだか》と上空《じょうくう》へ吊《つ》りあげられ、やがてゆうゆうと低《ひく》く降《お》りはじめる。彼《かれ》は比較的《ひかくてき》見通《みとお》しの利《き》く四《よ》つ辻《つじ》にいたために、この奇妙《きみょう》なる現象《げんしょう》を真《しん》にまざまざと目撃《もくげき》した。彼《かれ》の前方《ぜんぽう》へ一直線《いっちょくせん》に走《はし》っている、坦々《たんたん》*たる街路《がいろ》の突《つ》きあたりには、遠《とお》く人《にん》

生《い》きた空《そら》もなく　動揺《どうよう》して落《お》ち着《つ》かないさま。

天変地異《てんぺんちい》　天空《てんくう》と地上《ちじょう》に起《お》こる異変《いへん》。地震《じしん》や津波《つなみ》など大規模《だいきぼ》な自然災害《しぜんさいがい》。

Overwhelming　オーバーウェルミング。圧倒的《あっとうてき》な。甚大《じんだい》な。

爾来《じらい》　そのとき以来《いらい》。

東華小学校《とうかしょうがっこう》　東京都中央区人形町一丁目《とうきょうとちゅうおうくにんぎょうちょういっちょうめ》にあった区立《くりつ》小学校《しょうがっこう》。一九〇一年創立《ねんそうりつ》、一九九〇年《ねん》に閉校《へいこう》して、新設《しんせつ》の区立日本橋小学校《くりつにほんばししょうがっこう》に統合《とうごう》された。

汽船《きせん》の底《そこ》　「夢十夜《ゆめじゅうや》」の「第七夜《だいしちや》」に通《つう》ずる描写《びょうしゃ》。

櫛比《しっぴ》　櫛《くし》の歯《は》のように隙間《すきま》なく並《なら》んでいること。

四通八達《しつうはったつ》　道《みち》などが四方八方《しほうはっぽう》に通《つう》じていること。

新路《しんみち》　新《あたら》しく作《つく》られた道《みち》の意《い》だが、ここでは町家《まちや》の間《あいだ》を抜《ぬ》ける細《ほそ》い路《みち》を指《さ》す。

坦々《たんたん》　地面《じめん》や道路《どうろ》が平《たい》らなさま。

形町通《ぎょうちょうどお》りが見《み》えていたが、その路《みち》の長《なが》さはおおよそ二三町《にさんちょう》*もあったであろう。しかるに訝《あや》しむべし、*この二三町《にさんちょう》の平《たい》らな路《みち》が、彼《かれ》のうずくまっている位置《いち》を基点《きてん》として、あたかも起重機《きじゅうき》*の腕《うで》のごとく棒《ぼう》だちになり、向《む》こうの端《はし》の人形町通《にんぎょうちょうどお》りを、天《てん》へ向《む》かって持《も》ちあげるかと思《おも》うまもなく、今度《こんど》は反対《はんたい》に深《ふか》くふかく沈下《ちんか》しだして、彼《かれ》はまったく急峻《きゅうしゅん》な阪《さか》の頂《てっ》辺《ぺん》から、遥《はる》か下方《かほう》の谷底《たにぞこ》に人形町通《にんぎょうちょうどお》りを俯瞰《ふかん》*する。ああその時《とき》の強《こわ》さ恐《おそ》ろしさ！　人間《にんげん》が、測《はか》りしられぬ過去《かこ》の時代《じだい》から生存《せいぞん》の土台《どだい》と頼《たの》み、光栄《えいこう》ある歴史《れきし》をその上《うえ》に築《きず》き、多望《たぼう》なる未来《みらい》をその上《うえ》に繋《つな》いで、安心《あんしん》して活動《かつどう》していた大地《だいち》という物《もの》が、かくまでも不安定《ふあんてい》に、かくまでも脆弱《ぜいじゃく》であろうとは……彼《かれ》はようやく七《なな》つか八《やっ》つの少年《しょうねん》であったから、恐怖《きょうふ》のあまりにあるいはこんな幻覚《げんかく》を起《お》こしたのかもしれないが、しかし決《けっ》して、自分《じぶん》の眼《め》で見《み》た光景《こうけい》を、誇張《こちょう》して述《の》べているのではない。思《おも》うに彼《かれ》はその刹那《せつな》から、今《いま》のような臆病《おくびょう》な人間《にんげん》になったのであろう。その瞬間《しゅんかん》に、人間《にんげん》の生命《せいめい》のいつ何時《なんどき》威嚇《いかく》*されるかもしれないことを、つくづくと胆《きも》に銘《めい》じた*のであろう。

「ああッ」

といって、彼《かれ》は頬《ほお》にあてていた氷嚢《ひょうのう》を外《はず》しながら、うつむきになって顔《かお》を枕《まくら》の上《うえ》に伏《ふ》せた。急《きゅう》に、当時《とうじ》の四《よ》つ辻《つじ》の光景《こうけい》が眼前《がんぜん》に浮《う》かびあがると、胸《むね》の動悸《どうき》が激《はげ》しくなり、体中《からだじゅう》が総毛《そうけ》立《だ》って、とてもジットしてはいられなくなったのである。

「あなた、氷《こおり》を取《と》りかえるんですか。」

妻《つま》の声《こえ》が聞《き》こえたので、「はっ」と気《き》がついて、彼《かれ》はようやく我《われ》にかえった。――今見《いまみ》たのは夢《ゆめ》*であったかしらん。今《いま》まで地震《じしん》の事《こと》を想像《そうぞう》したり、懸念《けねん》したりしていたのは、夢《ゆめ》であったのかしらん。それとも覚《さ》めていながら、あんな考《かんが》えが頭《あたま》の中《なか》に往来《おうらい》していたのかしらん。彼《かれ》にはそれがいずれであるか分《わか》らなかった。ただ、悪夢《あくむ》を見《み》た後《あと》と同《おな》じように、びっしょりと額《ひたい》に汗《あせ》をかいていた。

「ほんとに蒸《む》し暑《あつ》い、嫌《いや》な陽気《ようき》だねえ。こんな日《ひ》にはきっと地震《じしん》が揺《ゆす》るかもしれない。

二三町《にさんちょう》 約《やく》二一八〜三二七メートル。
訝《あや》しむべし 不思議《ふしぎ》なことに。
起重機《きじゅうき》 重量物《じゅうりょうぶつ》を吊《つ》り上《あ》げて移動《いどう》させる機械《きかい》。クレーン。
俯瞰《ふかん》 高所《こうしょ》から見下《みお》ろしたり、全体《ぜんたい》を展望《てんぼう》すること。
威嚇《いかく》 武力《ぶりょく》などで、おどすこと。
肝《きも》に銘《めい》じた 心《こころ》に深《ふか》く刻《きざ》みつけて記憶《きおく》した。
今見《いまみ》たのは夢《ゆめ》 このあたりから、夢《ゆめ》と現実《げんじつ》との混淆《こんこう》・混濁《こんだく》がゆるゆると始《はじ》まっている。

――今年《ことし》あたりはそろそろ大地震《おおじしん》がありやしないかね。安政《あんせい》の地震《じしん》*があってから、もう随分《ずいぶん》になるのだから。」

また台所《だいどころ》で、老婆《ろうば》がこんな独語《ひとりごと》をいっている。

彼の女《じょ》は今年《ことし》七十幾歳《ななじゅういくさい》になる老人《ろうじん》で、安政《あんせい》の地震《じしん》をよく知《し》っていた。その折《おり》彼の女《じょ》は、十六七《じゅうろくしち》の若《わか》い娘《むすめ》で、江戸《えど》の内《うち》でも一番被害《いちばんひがい》のひどかったといわれる、深川《ふかがわ》の冬木《ふゆき》*に住《す》んでいたのだが、しかも幸《さいわ》いに難《なん》を免《まぬが》れて、今日《こんにち》まで長《なが》い世《よ》の中《なか》を生《い》きてきた。彼《かれ》の地震《じしん》に関《かん》する知識《ちしき》は、この老婆《ろうば》の経験談《けいけんだん》と、大森博士《おおもりはかせ》*の著述《ちょじゅつ》とに負《お》う所《ところ》がすこぶる多《おお》い。大森博《おおもりはか》士《せ》はいう、大震《たいしん》の起《お》こる時刻《じこく》は日中《にっちゅう》に少《すく》なく、たいがい夜間《やかん》か払暁《ふつぎょう》*であると。はたして老婆《ろうば》の話《はなし》によれば、安政《あんせい》の大震《たいしん》は夜《よる》の十時《じゅうじ》ごろに江戸《えど》を襲《おそ》った。博士《はかせ》は曰《いわ》く、東京《とうきょう》は山国《やまぐに》と違《ちが》って、普通《ふつう》の地震《じしん》に地鳴《じな》りを聞《き》く事《こと》は稀《まれ》であるが、しかし大震《たいしん》の起《お》こる前《まえ》には必《かなら》ずこれを伴《ともな》うと。そうして老婆《ろうば》は、あの晩地震《ばんじしん》のすぐ前《まえ》に、何事《なにごと》が生《しょう》じたかと思《おも》うような、囂《ごう》然《ぜん》*たる地響《じひび》きを聞《き》いたという。博士《はかせ》は曰《いわ》く、東京《とうきょう》の下町《したまち》で、最《もっと》も地盤《じばん》の強固《きょうこ》な所《ところ》は銀座《ぎんざ》から築地《つきじ》へかけての一廓《いっかく》である。反対《はんたい》に最《もっと》も脆《もろ》いのは本所深川浅草《ほんじょふかがわあさくさ》の全部《ぜんぶ》、及《およ》び神田《かんだ》の小川町《おがわまち》*であると。老婆《ろうば》の話《はなし》は、またこの説《せつ》をも裏書《うらが》きしている。その他大風《ほかおおかぜ》の吹《ふ》く日《ひ》には、大震《たいしん》の起《お》こった例《れい》のない事《こと》、日本造《にほんづく》りの二階建《にかいだ》て、三階建《さんかいだ》ての家屋《かおく》では、上《うえ》にいるほど安全《あんぜん》な事《こと》、厠《かわや》*、湯殿《ゆどの》*、物置等《ものおきなど》、簡単《かんたん》な平屋《ひらや》は容易《ようい》に倒壊《とうかい》しない事《こと》、煉瓦塀《れんがべい》の危険《きけん》な事《こと》、西洋館《せいようかん》では、窓《まど》やドーア*の枠《わく》の中《なか》に、鴨居《しきい》*に乗《の》って立《た》っているのが、一番大丈夫《いちばんだいじょうぶ》である事《こと》、彼《かれ》は博士《はかせ》と老婆《ろうば》から、こもごも*これらの教訓《きょうくん》を与《あた》えられた。

「それゆえもしも、今日《きょう》の内《うち》に大地震《おおじしん》があるとすれば、恐《おそ》らく夜《よる》になってからだ。今夜《こんや》からあすの明《あ》け方《がた》へかけてのあいだ、それが一番心配《いちばんしんぱい》な刻限《こくげん》だ。」——

安政《あんせい》の地震《じしん》　安政元年《あんせいがんねん》（一八五四）十一月《がつ》の東海道《とうかいどう》・南海道地震《なんかいどうじしん》（マグニチュード八・四）、翌年《よくねん》十月《がつ》の江戸地震《えどじしん》（マグニチュード六・九）を指《さ》す。それぞれ数千人《すうせんにん》の死者《ししゃ》を出《だ》した。

深川《ふかがわ》の冬木《ふゆき》　東京都江東区西部《とうきょうとこうとうくせいぶ》の町名《ちょうめい》。冬木弁財天《ふゆきべんざいてん》がある。

大森博士《おおもりはかせ》　地震学者《じしんがくしゃ》・大森房吉《おおもりふさきち》（一八六八〜一九二三）のこと。地震計《じしんけい》の開発《かいはつ》などで知《し》られる。学会出席《がっかいしゅっせき》のためオーストラリアに滞在中《たいざいちゅう》、関東大震災《かんとうだいしんさい》が発生《はっせい》。調査《ちょうさ》のため急《いそ》ぎ帰国《きこく》するも、脳腫瘍《のうしゅよう》が悪化《あっか》し一ヶ月《いっかげつ》ほどで死去《しきょ》したという。

払暁《ふつぎょう》　明《あ》け方《がた》。

囂然《ごうぜん》　やかましいさま。

神田《かんだ》の小川町《おがわまち》　東京都千代田区北部《とうきょうとちよだくほくぶ》の町名《ちょうめい》。神田小川町《かんだおがわまち》。

厠《かわや》　便所《べんじょ》。トイレ。

湯殿《ゆどの》　風呂場《ふろば》。

ドーア（door）ドア。扉《とびら》。

鴨居《しきい》　「しきい」の場合《ばあい》は「敷居《しきい》」と表記《ひょうき》。引戸《ひきど》やふすまを取《と》り付《つ》けるための溝《みぞ》を切《き》った横木《よこぎ》。上側《うえがわ》が鴨居《かもい》で下側《したがわ》が敷居《しきい》。

こもごも　代《か》わる代《が》わる。

彼《かれ》はあくまで、老婆《ろうば》の予言《よげん》のあたらない事《こと》を熱望《ねつぼう》しながら、内々《うちうち》やっぱり彼女《かのじょ》の直覚《ちょっかく》を畏《おそ》れていた。その上《うえ》、いやな事《こと》には午後《ごご》になってから、風《かぜ》がまったくなくなっている。縁側《えんがわ》の障子《しょうじ》の、ガラスに映《うつ》っている草葉《くさは》の影《かげ》を、いかに長《なが》い間《あいだ》視《み》つめても、微塵《みじん》*も動《うご》かない。額《ひたい》ごしに望《のぞ》まれる庭《にわ》の向《むこ》うの、遥《はる》かな丘《おか》の上《うえ》にある銀杏《いちょう》の大木《たいぼく》の梢《こずえ》をあおぐと、それがくっきりと青空《あおぞら》に聳《そび》えたまま、まるで油絵《あぶらえ》の遠景《えんけい》のごとく静《しず》まりかえって、先《さき》の先《さき》の小《ちい》さな葉《は》までそよとも揺《ゆ》らぐ様子《ようす》がない。

「それごらんなさい、*ね、風《かぜ》がちっとも吹《ふ》かないでしょう? いくら風《かぜ》がないといったって、大概《たいがい》の日《ひ》には、表《おもて》へ出《で》ると少《すこ》しは吹《ふ》いているもんです。今日《きょう》のように、薄《すすき》の葉《は》や蜘蛛《くも》の巣《す》までがまるきり動《うご》かないような、こんな日《ひ》はめったにありゃしません。どうしても今《こん》夜《や》あたりは大地震《おおじしん》がありますよ。ちょうど安政《あんせい》の地震《じしん》の日《ひ》にも、昼間《ひるま》はこんな天気《てんき》でしたっけ。」

いつしか老婆《ろうば》が彼《かれ》の枕元《まくらもと》へ来《き》て、一国《いっこく》らしい、*妙《みょう》にぎらぎら底光《そこびか》りのする瞳《ひとみ》をすえて、脅《おび》やかすように彼《かれ》にいった。

「そんな馬鹿《ばか》なことがあるもんか。今日《きょう》のような風《かぜ》のない日《ひ》はいくらもあるさ。」

こういって、笑《わら》おうとした彼《かれ》の唇《くちびる》は、意地《いじ》わるくもピリピリと痙攣《けいれん》を起《お》こして、微《かす》かにふるえた。

「いいえ、あなた、こんなに風《かぜ》のない日《ひ》というものは、容易《ようい》にありはいたしません。どんなにないように思《おも》われても、よく気《き》をつけてみると、あの高《たか》い所《ところ》にある銀杏《いちょう》の葉《は》なんぞが、きっと少《すこ》しは動《うご》いているんです。旦那《だんな》は今《いま》までに、それを試《ため》してごらんになった事《こと》がないんでしょう。嘘《うそ》だと思《おぼ》し召《め》したら、*この後気《あとき》をつけてごらんなさい。――もっとも今夜《こんや》の大地震《おおじしん》に、運《うん》よく助《たす》かったらの話《はなし》ですが、……」

日《ひ》が暮《く》れたら風《かぜ》が出《で》るだろう。夜《よる》が近《ちか》づくに従《したが》って、少《すこ》しは涼《すず》しくなるだろう。そういつまでも、朝《あさ》から晩《ばん》まで無風状態《むふうじょうたい》が継続《けいぞく》するはずはない。……しかしだんだん日《ひ》が翳《かげ》り

微塵《みじん》も　少《すこ》しも。

それごらんなさい　主人公《しゅじんこう》の内面《ないめん》を見透《みすか》したように不意《ふい》に語《かた》りかけてくる老婆《ろうば》。夢《ゆめ》に特有《とくゆう》の現象《げんしょう》である。これ以降《いこう》の老婆《ろうば》の言動《げんどう》が、刻々《こっこく》と妖怪《ようかい》めいてゆくのに留意《りゅうい》。

一国《いっこく》らしい　頑固《がんこ》なこと。「一刻者《いっこくもの》」とも。

思《おぼ》し召《め》したら　思《おも》われるなら。「思《おも》う」の尊敬語《そんけいご》「おぼす」に「めす」を付《つ》けて敬意《けいい》を強《つよ》めた表現《ひょうげん》。

だして、薄暗《うすぐら》くなった天井《てんじょう》に、電燈《でんとう》のカアボンが、紅《あか》い、ルビーのような光《ひかり》を滲《にじ》ませてきたが、依然《いぜん》として風《かぜ》はまったく死《し》んでいる。息《いき》のつかえるような、頭《あたま》を圧《お》しつけるような暑熱《しょねつ》が、天地《てんち》の間《あいだ》に磅礴《ほうはく》*して、寝《ね》ている彼《かれ》はややともすると、重苦《おもくる》しさに気《き》が遠《とお》くなりそうである。そのくせ神経《しんけい》は刻々《こくこく》に興奮《こうふん》しているらしく、時々《ときどき》、なんの理由《りゆう》もないのに動悸《どうき》がドキドキと早鐘《はやがね》を打《う》って、襟頸《えりくび》から蟀谷《こめかみ》*の辺《へん》へ、血《ち》が恐《おそ》ろしく上《のぼ》ってくる。

「さあ、いよいよ夜《よる》になりましたよ。ね、旦那《だんな》、やっぱり風《かぜ》がないでございましょう?……………この塩梅《あんばい》*じゃあどうしても揺《ゆす》りますよ。………ようございますか。いつかもお話《はな》ししました通《とお》り、大地震《おおじしん》には必《かなら》ずその前《まえ》に地鳴《じな》りがいたしますからね。始終枕《しじゅうまくら》に耳《みみ》をつけて、地鳴《じな》りに気《き》をつけていらっしゃいましよ。もし、遠《とお》くの方《ほう》からゴウゴウという音《おと》が聞《き》こえたら、その時《とき》こそいち早《はや》くお逃《に》げなさいまし。そうすればあなた、たいがい無事《ぶじ》に助《たす》かりますよ。」

老婆《ろうば》は子供《こども》を諭《さと》すように、噛《か》んでふくめるようにいった。

「だがお婆《ばあ》さん、私《わたし》はこんなに熱《ねつ》があって、体《からだ》がふらふらしているんだからなあ。………

逃《に》げるって、全体《ぜんたい》どこへ逃《に》げたらいいだろう。」

「………」

その時老婆《ときろうば》は、黙然《もくぜん》*として首《くび》を傾《かたむ》けつつ、なにか外《ほか》の事《こと》に注意《ちゅうい》を奪《うば》われているようであった。あたりはもうまっ暗《くら》な夜《よる》になっていた。庭《にわ》に立《た》っている黒《くろ》い木《き》の影《かげ》が、やはり人間《にんげん》と同《おな》じ恐怖《きょうふ》に襲《おそ》われて、まさに起《お》こらんとする天変地異《てんぺんちい》を、息《いき》を凝《こ》らしつつ待《ま》ちかまえている。………

「ちょいと、旦那《だんな》、………あれをお聞《き》きなさい。」

ふと、老婆《ろうば》は低《ひく》い声《こえ》で、こういいながらにやにやと笑《わら》って、なおも熱心《ねっしん》に耳《みみ》を澄《す》ませている。

「ね、旦那《だんな》、あれがあなたに聞《き》こえませんか。………」

磅礴《ほうはく》　広《ひろ》く満《み》ちわたるさま。
蟀谷《こめかみ》　耳《みみ》の上部《じょうぶ》と目尻《めじり》の間《あいだ》の物《もの》を噛《か》むときに動《うご》く部分《ぶぶん》。「顳顬《こめかみ》」とも表記《ひょうき》。
塩梅《あんばい》　物事《ものごと》のほどあい。
黙然《もくぜん》　物《もの》を言《い》わないさま。

笑《わら》っていた老婆《ろうば》の顔《かお》は、やがて生真面目《きまじめ》に引《ひ》きしまって、例《れい》の怪《あや》しい瞳《ひとみ》の底《そこ》には、極度《きょくど》に緊張《きんちょう》した神経《しんけい》が、しだいに強《つよ》く光《ひか》りはじめる。

「なにが聞《き》こえるのさ、お婆《ばあ》さん。なにがさ………」

半分物《はんぶんもの》をいいかけた彼《かれ》は、にわかに何事《なにごと》にか怯《おび》えたように、黙《だま》ってしまった。この時突然《ときとつぜん》ある音響《おんきょう》を聞《き》いたのである。――聞《き》こえる、………たしかに聞《き》こえる。彼《かれ》の耳《みみ》は、それはいつから鳴《な》りだしたのか分《わ》からないが、遠《とお》くの方《ほう》で、鉄瓶《てつびん》の湯《ゆ》の沸《たぎ》るような音《おと》が、微《かす》かにゴウゴウとうなっている。思《おも》うによほど以前《いぜん》から鳴《な》っていたのであろう。そうして彼《かれ》が気《き》がついた頃《ころ》には、大分《だいぶん》ハッキリ聞《き》きとれるようになって、見《み》るみるうちに、汽車《きしゃ》が走《はし》ってくるほどの速力《そくりょく》で、ますます近《ちか》く、ますます騒然《そうぜん》と響《ひび》いている。もはや一点《いってん》の疑《うたが》う余地《よち》もない。………

「あれが地鳴《じな》りかい?」

「そうです。」という代《か》わりに、老婆《ろうば》は堅《かた》く口《くち》をつぐんで、頤《おとがい》*でうなずいた。その間《あいだ》に、もう音響《おんきょう》は遠雷《えんらい》ぐらいの強《つよ》さになっていた。彼《かれ》はあわてて夜着《よぎ》を撥《は》ねのけて、立《た》ちあがろうとしたが、老婆《ろうば》はしごく落《お》ち着《つ》きはらって、まだ枕元《まくらもと》にすわっている。

「お婆《ばあ》さん、まだ逃《に》げないでも大丈夫《だいじょうぶ》かい。」

彼《かれ》は、恐怖《きょうふ》が下腹《したばら》の辺《へん》から胸《むね》の方《ほう》へ、薄荷《はっか》*のようにすウッと滲《し》みあがってくるのを感《かん》じた。

「いいえ、もう逃《に》げなければいけませんよ。……けれど私《わたし》は逃《に》げないつもりなんです。私《わたし》なんざあ、安政《あんせい》の大地震《おおじしん》にも寝《ね》ていて助《たす》かった人間《にんげん》ですもの。こうしていても、たいがいうまく助《たす》かりますよ。だが、あなたは早《はや》くお逃《に》げなさい。逃《に》げるなら今《いま》のうちです。一刻《いっこく》もぐずぐずしてはいられません。もうすぐ地震《じしん》がやってきますから。……」

この時地鳴《ときじな》りは、さながら耳《みみ》を聾《ろう》するような大音響《だいおんきょう》となって、老婆《ろうば》の話《はな》し声《ごえ》を圧《あっ》してしまった。彼《かれ》はとっさに再《ふたた》び夜着《よぎ》を撥《は》ねのけたが、うっかり立《た》ちあがったら逆上《ぎゃくじょう》して眼《め》がくらみそうなので、それがまた非常《ひじょう》に心配《しんぱい》になった。

「おい、みんなどうしたんだ、お光《みつ》はいないかお光《みつ》は?」

頤《おとがい》　下《した》あご。
薄荷《はっか》　ここでは「薄荷油《はっかあぶら》」の略《りゃく》。ハッカの葉《は》から採《と》れる精油《せいゆ》で主成分《しゅせいぶん》はメントール。揮発性《きはっせい》で芳香《ほうこう》と辛味《からみ》があり、清涼剤《せいりょうざい》や香料《こうりょう》に用《もち》いられる。

彼《かれ》は一生懸命《いっしょうけんめい》に咽喉《のど》をしぼって、妻《つま》の名《な》を呼《よ》んだ。しかしその声《こえ》もやっぱり地鳴《じな》りに搔《か》きけされて、自分《じぶん》の耳《みみ》にすら聞《き》きとれない。急《きゅう》に動悸《どうき》が激《はげ》しく打《う》ちだしたので、彼《かれ》は面喰《めんく》らって、両手《りょうて》でしっかりと心臓《しんぞう》の上《うえ》を抑《おさ》えた。このぐあいでは逃《に》げだしたり逆上《ぎゃくじょう》したりする前《まえ》に、まず心臓《しんぞう》が破裂《はれつ》して死《し》ぬかもしれない。……もう助《たす》かろうという望《のぞ》みはなかった。ただ、俎上《そじょう》の魚《うお》*が跳《は》ねまわるように、最後《さいご》の断末魔《だんまつま》*まで、死《し》に物狂《ものぐる》いに暴《あば》れるだけの話《はなし》であった。彼《かれ》は相変《あいか》わらず、後生大事《ごしょうだいじ》*に心臓《しんぞう》を抑《おさ》えたまま、勃然《ぼつぜん》*と身《み》をていして立《た》ちあがったが、案《あん》の定《じょう》、頭《あたま》の中《なか》がグラグラして精神《せいしん》が渾沌《こんとん》*となり、バッタリ倒《たお》れかかったので、再《ふたた》び四《よ》つんばいになってしまった。……たちまち天地《てんち》を震撼《しんかん》*するような、海嘯《かいしょう》*の押《お》しよせるような、一段《いちだん》と豪壮《ごうそう》な、雄大《ゆうだい》な地鳴《じな》りが始《はじ》まって、百獣《ひゃくじゅう》*の咆《ほ》えるがごとく轟《とどろ》いている。……

その瞬間《しゅんかん》に彼《かれ》は喜《よろこ》ばしい事《こと》を発見《はっけん》した。「なんだ、これはほんとうの地震《じしん》ではない。おれは大丈夫死《だいじょうぶし》ぬはずがない。」と、彼《かれ》は思《おも》った。彼《かれ》は幸《さいわ》いにも、自分《じぶん》が現在夢《げんざいゆめ》を見《み》ているのだという事《こと》を、夢《ゆめ》の中《なか》で意識《いしき》したのである。けれども夢《ゆめ》の中《なか》にもせよ、地鳴《じな》りはいよいよ物凄《ものすご》く、動悸《どうき》はますます昂進《こうしん》して、少《すこ》しも恐《おそ》ろしさに変《か》わりはない。おまけにいくら眼《め》を覚《さ》まそうと焦《あせ》っても、どうしたわけか容易《ようい》に夢《ゆめ》を振《ふ》りほどく事《こと》ができない。彼《かれ》はまた、もう一《ひと》つ不思議《ふしぎ》な現象《げんしょう》に心《こころ》づいた。*——よくよく考《かんが》えると、地鳴《じな》りだけは確《たし》かに夢《ゆめ》に違《ちが》いないが、動悸《どうき》の方《ほう》は夢《ゆめ》ばかりではないらしく、実際《じっさい》に心臓《しんぞう》が気味悪《きみわる》く鳴《な》っているのである。それゆえ地震《じしん》は夢《ゆめ》であっても、心臓《しんぞう》が破裂《はれつ》すればやっぱり死《し》ぬに違《ちが》いない。夢《ゆめ》の中《なか》で死《し》ぬと同時《どうじ》に、ほんとうに死《し》んでしまうかもしれない。

そう思《おも》っているうちに、彼《かれ》はハッと眼《め》を覚《さ》ましたが、はたして動悸《どうき》がドキドキと響《ひび》いている。もう少《すこ》し夢《ゆめ》を続《つづ》けていたら、正《まさ》しく心臓《しんぞう》が破裂《はれつ》するところであった。あたりを見《み》まわすと、枕元《まくらもと》には老婆《ろうば》もいず、隣《となり》の部屋《へや》では妻《つま》が機嫌《きげん》よく笑《わら》いながら、子供《こども》をあやしている。

俎上《そじょう》の魚《うお》　まないたの上《うえ》に載《の》せられた魚《さかな》。
断末魔《だんまつま》　死《し》の間際《まぎわ》に感《かん》ずる苦痛《くつう》。
後生大事《ごしょうだいじ》　後世《ごせ》の安楽《あんらく》を大切《たいせつ》に生前一心《せいぜんいっしん》に修行《しゅぎょう》すること。ここでは、大事《だいじ》にするの意《い》。
勃然《ぼつぜん》　にわかに。いきなり。
渾沌《こんとん》　物事《ものごと》や事態《じたい》が混乱《こんらん》して、先《さき》のなりゆきがはっきりしないさま。
震撼《しんかん》　ふるい動《うご》かすこと。
海嘯《かいしょう》　津波《つなみ》。
百獣《ひゃくじゅう》　多《おお》くの獣《けもの》。あらゆる獣《けもの》。
心《こころ》づいた　気《き》がついた。

「そうだ、案《あん》に違《たが》わず*夢《ゆめ》だったのだ。地震《じしん》ではなかったのだ。地鳴《じな》りもなんにも聞《き》こえはしない。」——

けれども彼《かれ》は地鳴《じな》りの代《か》わりに、耳《みみ》がガンガン鳴《な》っていることを発見《はっけん》した。恐《おそ》らくその耳鳴《みみな》りが夢《ゆめ》の中《なか》へ現《あらわ》れて、あの凄《すさ》まじい地響《じひび》きに聞《き》こえたのであろう。畢竟《ひっきょう》*、眼《め》が覚《さ》めてみても、夢《ゆめ》と実際上《じっさいじょう》の間《あいだ》にはほとんどこれという差別《さべつ》がなく、彼《かれ》はいまだに幻想《げんそう》の世界《せかい》にいるような心地《ここち》がする。そうして、いつのまにやら実際《じっさい》の世界《せかい》も、夢《ゆめ》で見《み》たのと同《おな》じような蒸《む》し暑《あつ》い夜《よる》になっている。依然《いぜん》として、風《かぜ》がちっとも吹《ふ》かない。わずかに老婆《ろうば》のいない事《こと》と、地鳴《じな》りが耳鳴《みみな》りに変《か》わっただけで、やっぱり不安《ふあん》な不愉快《ふゆかい》な、大地震《おおじしん》の揺《ゆ》りそうな宵《よい》である。

全体彼《ぜんたいかれ》は、どこまでが実際《じっさい》で、どこから夢《ゆめ》に入《はい》ったのか*分《わ》からなかった。たしかに夢《ゆめ》だと思《おも》われる箇所《かしょ》もあるけれど、どうしても夢《ゆめ》でなさそうな気《き》のする点《てん》が矢鱈《やたら》*にあった。なんでも彼《かれ》はだいぶ前《まえ》から、ぼんやりした半意識《はんいしき》の境《さかい》*をうろついて、幾度《いくど》となくいろいろの夢《ゆめ》を見《み》たり覚《さ》めたりしていたのであろう。紗《しゃ》のように薄《うす》い柔《やわ》らかい衣《きぬ》を、何枚《なんまい》も何枚《なんまい》も身《み》にまとうように、夢《ゆめ》の上《うえ》へ夢《ゆめ》をかさね、一《ひと》つの泡《あわ》から無数《むすう》の泡《あわ》を噴《ふ》きだして、果《は》てしもなく妄想《もうそう》の影《かげ》をおうかと思《おも》うと、やがてまた一枚《いちまい》いちまいにその衣《きぬ》を脱《ぬ》ぎ、一《ひと》つひとつその泡《あわ》を失《うしの》うて、明《あか》るい現実《げんじつ》の世界《せかい》へ戻《もど》る。——そんな真似《まね》をなんべんとなく繰《く》りかえしていたのであろう。

彼《かれ》は今《いま》、ややハッキリと意識《いしき》を回復《かいふく》したけれど、しかしまだ完全《かんぜん》に、現実《げんじつ》の世界《せかい》へ帰《かえ》ったような気分《きぶん》ではなかった。どうもどこかしらに、紗《しゃ》の衣《きぬ》が一枚《いちまい》か二枚《にまい》かぶさったまま、取《と》りのこされているらしかった。そうして、せっかくハッキリしかけた意識《いしき》が、純白《じゅんぱく》な半紙《はんし》を墨汁《ぼくじゅう》へひたしたように、隅《すみ》の方《ほう》からしだいしだいに曇《くも》りはじめて、捨《す》てておくと白《しろ》い部《ぶ》分《ぶん》がだんだん小《ちい》さくなっていった。数限《かずかぎ》りもない夢《ゆめ》の夢《ゆめ》を潜《くぐ》ってきた*のに、まだまだ後《あと》か

案《あん》に違《たが》わず　思《おも》ったとおり。

畢竟《ひっきょう》　つまり。

どこまでが実際《じっさい》で、どこから夢《ゆめ》に入《はい》ったのか　おそらく読者《どくしゃ》もまた、この作品《さくひん》の主人公《しゅじんこう》と同《おな》じく、そうした感覚《かんかく》を味《あじ》わうことだろう。夢《ゆめ》と現《うつつ》の不穏《ふおん》なボーダーランド（＝半意識《はんいしき》の境《さかい》）を、これほどリアルに、そしてゴージャスに描《えが》き出《だ》した作品《さくひん》も珍《めずら》しい。

矢鱈《やたら》に　むやみに。「矢鱈《やたら》」は当《あ》て字《じ》。

半意識《はんいしき》の境《さかい》　意識《いしき》と無意識《むいしき》の境界《きょうかい》。

数限《かずかぎ》りもない夢《ゆめ》の夢《ゆめ》を潜《くぐ》って　この作品《さくひん》を象徴《しょうちょう》するような表現《ひょうげん》である。

らもくもくと夢《ゆめ》の雲《くも》が押《お》しよせてくる。あたかも高山《こうざん》を行《い》く旅人《たびびと》のように、彼《かれ》の心《こころ》は今晴《いまは》れたかと思《おも》うまもなく、すぐまた霧《きり》に包《つつ》まれる。……

「おれはもう夢《ゆめ》を見《み》てはいない。今《いま》おれが聞《き》いているのは、地鳴《じな》りでなくてたしかに耳鳴《みみな》りだ。しかしそれにしても、今夜《こんや》は実際大地震《じっさいおおじしん》が揺《ゆす》りそうな晩《ばん》だ。おれはほんとうに、地《じ》鳴《な》りに注意《ちゅうい》していなければならない。」

と、彼《かれ》は考《かんが》えはじめた。

体《からだ》がふらふらするにもせよ、地震《じしん》が揺《ゆす》ったら逃《に》げられるだけは逃《に》げてみよう。その代《か》わり、この大地震《おおじしん》に首尾《しゅび》よく助《たす》かりさえすれば、もう安心《あんしん》だ。人間一生《にんげんいっしょう》のうちに、大地震《おおじしん》はたいがい一度《いちど》しかないのだから、今度《こんど》の奴《やつ》をうまく逃《のが》れたら、もう心配《しんぱい》な事《こと》はないのだ。後《あと》は体《からだ》を丈夫《じょうぶ》にして、病気《びょうき》にかからぬ用心《ようじん》さえすれば、いくらでも長生《ながい》きはできるのだ。そうなったらどんなに彼《かれ》はせいせいするだろう。どんなに自己《じこ》の幸運《こううん》を天地《てんち》に謝《しゃ》する事《こと》であろう。――どうせ一度《いちど》はぶつかるものなら、いっそ一日《いちにち》も早《はや》く、自分《じぶん》の運命《うんめい》をいずれかへ片《かた》づけてしまった方《ほう》が、かえって思《おも》いきりがいいかもしれない。

とにもかくにも、今夜《こんや》の大地震《おおじしん》が彼《かれ》の一生《いっしょう》の運試《うんだめ》しなのだ。泣《な》いても笑《わら》っても、彼《かれ》の天命《てんめい》*はその時定《ときさだ》まるのだ。彼《かれ》が短命《たんめい》な横死《おうし》*を遂《と》げるか、幸運《こううん》な長寿《ちょうじゅ》を保《たも》つか、のるかそるか*の大事件《だいじけん》が、一《ひとえ》にその際《さい》の彼《かれ》の挙措《きょそ》*にかかっているのだ。こうなってみると、彼《かれ》はいかにかして巧妙《こうみょう》に狡猾《こうかつ》に、難関《なんかん》を躍《おど》りこえてやりたかった。彼《かれ》はあらん限《かぎ》りの思慮《しりょ》をめぐらし知《ち》恵《え》を絞《しぼ》って、万全《ばんぜん》な避難策《ひなんさく》を工夫《くふう》しなければならなかった。そのためにあんまり頭《あたま》を使《つか》いすぎて、一生馬鹿《いっしょうばか》になってもいいから、ぜひとも緻密《ちみつ》な研究《けんきゅう》を遂《と》げ、念《ねん》には念《ねん》を加《くわ》えた上《うえ》で、充分《じゅうぶん》に確《たし》かな成案《せいあん》*を立《た》てた後《あと》、身《み》に降《ふ》りかかる大難《たいなん》を、冷静《れいせい》に沈着《ちんちゃく》に、スポリと潜《くぐ》りぬけてやろう。もし、今夜《こんや》の大地震《おおじしん》が、古来《こらい》いまだかつて前例《ぜんれい》のない、ほとんどこの世《よ》の終《お》わりとも称《しょう》すべき空前絶後《くうぜんぜつご》のものであって、東京市中《とうきょうしちゅう》が海中《かいちゅう》へ陥没《かんぼつ》するほどの大震《たいしん》であったら、とうてい免《まぬが》れる術《すべ》はないのだから、避難策《ひなんさく》を講《こう》じたところで無駄《むだ》な話《はなし》である。

天命《てんめい》　ここでは、天《てん》から与《あた》えられた寿命《じゅみょう》の意《い》。
横死《おうし》　思《おも》いがけない危難《きなん》に遭《あ》って死《し》ぬこと。
のるかそるか　成功《せいこう》か失敗《しっぱい》か。いちかばちか。
挙措《きょそ》　立《た》ち居《い》ふるまい。
成案《せいあん》　完成《かんせい》された考《かんが》え、計画《けいかく》。

そこで、仮《か》りに今夜《こんや》の地震《じしん》の強《つよ》さを、安政《あんせい》のそれと同《おな》じくらいの程度《ていど》だとして、まず第一《だいいち》に、彼《かれ》の現在《げんざい》住《す》んでいる家《いえ》は、はたして全然崩壊《ぜんぜんほうかい》するであろうか。全部《ぜんぶ》でなくて、一部分《いちぶぶん》だけが崩《くず》れるだろうか。一部分《いちぶぶん》が崩《くず》れるとしたら、そもそもいかなる部分《ぶぶん》であろうか。そうしてまた、全部《ぜんぶ》あるいは一部分《いちぶぶん》が崩壊《ほうかい》する際《さい》、一寸《いっすん》の隙《すき》*もないほど、ぴたんこ*に潰《つぶ》れてしまうだろうか。——これらが一番重大《いちばんじゅうだい》な問題《もんだい》である。

安政《あんせい》の記録《きろく》に徴《ちょう》*するに、当時《とうじ》の江戸《えど》の人家《じんか》が、一軒《いっけん》も残《のこ》らず潰《つぶ》れてしまったわけではない。かえって、潰《つぶ》れた家《いえ》の数《かず》の方《ほう》が、潰《つぶ》れない家《いえ》の数《かず》に比《ひ》すると遥《はる》かに少《すく》ない。その他《ほか》はたいがい、震災《しんさい》よりも火災《かさい》のために焼失《しょうしつ》している。*直接地震《ちょくせつじしん》で潰《つぶ》れた家《いえ》は、ほとんどことごとく本所深川浅草等《ほんじょふかがわあさくさなど》の、地盤《じばん》の脆《もろ》い下町《したまち》にあって、江戸《えど》の大部分《だいぶぶん》を占《し》める山《やま》の手方面《てほうめん》の建物《たてもの》は、割《わ》り合《あ》いに災害《さいがい》を受《う》けなかった。この事実《じじつ》から推定《すいてい》すると、家屋《かおく》の崩壊《ほうかい》するとしないとは、建物自身《たてものじしん》の強弱《きょうじゃく》よりも、むしろ建物《たてもの》の立《た》っている地盤《じばん》の強弱《きょうじゃく》いかんという事《こと》に、余《よ》計関係《けいかんけい》を持《も》つようである。そうだとすれば、彼《かれ》の家《いえ》はいわゆる東京《とうきょう》の山《やま》の手《て》——小石川《こいしかわ》の高台《たかだい》に位《くらい》するのだから、*十中《じゅっちゅう》の八九《はっく》まで、崩壊《ほうかい》の憂《うれい》*はないともいえる。もし十中《じゅっちゅう》の八九《はっく》でなく、十《じゅう》が十《じゅう》まで崩壊《ほうかい》の憂《うれい》がなければ、それこそ絶対《ぜったい》に安全《あんぜん》であるから、格別心配《かくべつしんぱい》する必要《ひつよう》はないが、ここにどうしても、十中《じゅっちゅう》の一二分《いちにぶ》だけは崩壊《ほうかい》のポシビリティー*が残《のこ》っていて、その僅《わず》かなる一二分《いちにぶ》のために、彼《かれ》は非常《ひじょう》な脅威《きょうい》を受《う》けているのであった。

下町《したまち》よりも山《やま》の手《て》の方《ほう》が地盤《じばん》が強《つよ》い。これは一般《いっぱん》に確《たし》かに事実《じじつ》である。しかし安政《あんせい》の地震《じしん》の際《さい》に、下町《したまち》の災害《さいがい》が激甚《げきじん》*であったのは、必《かなら》ずしも地盤《じばん》の脆《もろ》いためのみならず、下町《したまち》の位置《いち》が当時《とうじ》の震源地《しんげんち》に近《ちか》かったという原因《げんいん》もある。すなわちあの時《とき》の地震《じしん》の中心地《ちゅうしんち》は、今《いま》の亀戸駅《かめいどえき》*の附近《ふきん》であった。それゆえ、今夜《こんや》の地震《じしん》がまったく同一《どういつ》の地点《ちてん》に震源《しんげん》を置《お》かない限《かぎ》り、山《やま》の手《て》と下町《したまち》との災害《さいがい》の程度《ていど》が、安政《あんせい》の時《とき》のように顕著《けんちょ》なる差異《さい》を示《しめ》すかどうか、すこぶる疑《うたが》わしい。不幸《ふこう》にして震源《しんげん》が山《やま》の手方面《てほうめん》、ことに小石川《こいしかわ》にでも発生《はっせい》したなら、恐《おそ》ら

一寸《いっすん》の隙《すき》　ほんのわずかな空間《くうかん》。
ぴたんこ　ぺちゃんこ。押《お》し潰《つぶ》されて平《ひら》たくなったさま。
徴《ちょう》するに　照《て》らしてみると。比較《ひかく》してみると。
震災《しんさい》よりも火災《かさい》のために焼失《しょうしつ》している　後《のち》に関東大震災《かんとうだいしんさい》で、作《さく》者自身《しゃじしん》の家《いえ》が、同じ運命《うんめい》に見舞《みま》われるとは……。

位《くら》する　位置《いち》する。
崩壊《ほうかい》の憂《うれい》　崩壊《ほうかい》の心配《しんぱい》。
ポシビリティー　(possibility) 可能性《かのうせい》。
激甚《げきじん》　きわめて激《はげ》しいこと、はなはだしいこと。
亀戸駅《かめいどえき》　現在の東京都江東区《とうきょうとこうとうく》にあるＪＲと東武鉄道《とうぶてつどう》の接続駅《せつぞくえき》。

く彼《かれ》の家《いえ》は滅茶々々《めちゃめちゃ》に潰《つぶ》れてしまうだろう。そんな場合《ばあい》はきわめて稀《まれ》であるけれど、少《すく》なくとも自分《じぶん》の家《いえ》が多少《たしょう》は崩壊《ほうかい》するものと、断定《だんてい》する方《ほう》が間違《まちが》いがないらしい。次《つぎ》に平屋《ひらや》よりも二階屋《にかいや》の方《ほう》が、抵抗力《ていこうりょく》の微弱《びじゃく》なことは明瞭《めいりょう》である。彼《かれ》の家《いえ》は総二階《そうにかい》ではないけれど、ちょうど病室《びょうしつ》と北《きた》の廊下《ろうか》との真上《まうえ》にあたって八畳《はちじょう》と四畳半《よじょうはん》の二階座敷《にかいざしき》が載《の》っている。だから彼《かれ》の家《いえ》の中《なか》で、一番危険《いちばんきけん》なのは病室《びょうしつ》である。――そう気《き》がつくと、彼《かれ》は覚《おぼ》えず竦然《しょうぜん》＊とした。――いざという時《とき》、たとえ遠《とお》くへ逃《に》げる事《こと》ができないまでも、せめてこの病室《びょうしつ》からはぜひとも逃《に》げださなければならない。かりに、二階《にかい》が病室《びょうしつ》の上《うえ》へ潰《つぶ》れてくるとして、天井《てんじょう》の平面《へいめん》が規則正《きそくただ》しく、垂直《すいちょく》に沈下《ちんか》するはずはない。必《かなら》ず幾分《いくぶん》か曲《まが》ったりしなったりして、凹凸《おうとつ》を作《つく》りつつ降《お》りてくるであろう。つまり、梁《はり》が緩《ゆる》んだ場合《ばあい》には、二階《にかい》の床《ゆか》の、一番重《いちばんおも》い物《もの》を載《の》せている部分《ぶぶん》が、まっ先《さき》に下《した》へめりこむわけである。そう考《かんが》えると、最《もっと》も危《あぶ》ないのは八畳《はちじょう》と四畳半《よじょうはん》との境界《きょうかい》にあたる箇所《か》である。そこには高《たか》さ六尺《ろくしゃく》＊に余《あま》る、頑丈《がんじょう》なオーク材《ざい》の本箱《ほんばこ》があって、中《なか》には洋書《ようしょ》が一杯《いっぱい》に詰《つ》まっているから、多分五十貫目《たぶんごじゅっかんめ》＊以上《いじょう》の重量《じゅうりょう》がかかっている。ふだんからその辺《へん》の立《た》てつけ*が狂《くる》っているのを見《み》ても、いかにあの本箱《ほんばこ》の重《おも》いかという事《こと》は想像《そうぞう》される。疑《うたが》いもなく、そこが第一《だいいち》に潰《つぶ》れてくるに違《ちが》いない。すると、その本箱《ほんばこ》の真下《ました》になるのは、病室《びょうしつ》の北《きた》の廊下《ろうか》であるから、大体《だいたい》において天井《てんじょう》が北《きた》に歪《ゆが》みつつ沈下《ちんか》するだろう。だから、病室《びょうしつ》をのがれる時《とき》にはなるべく北《きた》へ寄《よ》らないようにして、逃《に》げだすことを忘《わす》れてはならない。

病室《びょうしつ》の北《きた》を避《さ》けて逃《に》げえる道《みち》に、二《ふた》つの方向《ほうこう》がある。一《ひと》つは南《みなみ》の庭《にわ》である。一《ひと》つは西隣《にしどな》りの六畳《ろくじょう》の座敷《ざしき》である。この座敷《ざしき》は平屋《ひらや》であって、おまけに箪笥《たんす》という、究竟《くっきょう》*な庇護物《ひごぶつ》が置《お》いてあるから、病室《びょうしつ》よりは遥《はる》かに安全《あんぜん》である。万一潰《まんいちつぶ》れても、遅《おそ》く潰《つぶ》れるにきまっている。問題《もんだい》はただ、この六畳《ろくじょう》と南《みなみ》の庭《にわ》と、いずれが余計安全《よけいあんぜん》であるかという点《てん》に帰着《きちゃく》*する。天井《てんじょう》の面《めん》が垂直《すいちょく》に、病室《びょうしつ》の上《うえ》に潰《つぶ》れてこない事《こと》は前《まえ》にもいった。それと同時《どうじ》に、天井板《てんじょういた》ばかりでなく、二階座敷全体《にかいざしきぜんたい》もまた、必《かなら》ず東西南北《とうざいなんぼく》のいずれかへ傾《かたむ》きつつ倒《たお》れる事《こと》は明《めい》

竦然《しょうぜん》　ぞっと恐怖《きょうふ》するさま。
六尺《ろくしゃく》　一間《いっけん》。約《やく》一・八一八メートル。
五十貫目《ごじゅっかんめ》　約《やく》一八七・五キログラム。
立《た》**てつけ**　戸《と》や障子《しょうじ》といった建具《たてぐ》の開閉《かいへい》の具合《ぐあい》。
究竟《くっきょう》　ここでは、堅固《けんご》の意《い》。
帰着《きちゃく》　ここでは、問題《もんだい》や議論《ぎろん》が最終的《さいしゅうてき》におちつくこと。いきつくこと。

瞭《りょう》である。好《よ》い塩梅《あんばい》に、*真北《まきた》か真東《まひがし》へ倒《たお》れてくれれば仕合《しあ》わせ*であるが、もし少《すこ》しでも、南《みなみ》か西《にし》へ傾《かたむ》くとすれば、庭《にわ》と六畳《ろくじょう》とのうち、いずれか一《ひと》つの上《うえ》へ落《お》ちかかってくる危険《きけん》がある。なるほど本箱《ほんばこ》のある箇所《かしょ》は、そこの天井《てんじょう》だけめりめりと凹《へこ》んで、まっ先《さき》に下《した》へ落《お》ちるであろう。しかし、例《れい》の本箱《ほんばこ》が北《きた》にあるからといって、必《かなら》ず二階全体《にかいぜんたい》が、屋根《やね》ぐるみ*北《きた》へ倒《たお》れるという理屈《りくつ》はない。思《おも》うに二階全体《にかいぜんたい》の倒《たお》れる方向《ほうこう》は、本箱《ほんばこ》の位置《いち》よりも、むしろ地震《じしん》の方向《ほうこう》によって決定《けってい》するだろう。すなわち地震《じしん》が北《きた》から来《く》れば南《みなみ》へ倒《たお》れ、東《ひがし》から来《く》れば西《にし》へ倒《たお》れる。これが一般《いっぱん》の原則《げんそく》であろう。

彼《かれ》の家《いえ》は東西《とうざい》に細長《ほそなが》く、南北《なんぼく》に短《みじか》い建物《たてもの》であるから、地震《じしん》が東西《とうざい》に揺《ゆ》れる際《さい》には、比較的《ひかくてき》抵抗力《ていこうりょく》が強《つよ》い。これに反《はん》して、南北《なんぼく》に揺《ゆ》すぶられたら、たちまち崩壊《ほうかい》するかもしれない。そうすると、六畳《ろくじょう》の方《ほう》へ二階座敷《にかいざしき》の倒《たお》れる時《とき》は、つまり東西《とうざい》の震動《しんどう》であって、非常《ひじょう》に稀《まれ》な場合《ばあい》である。よし倒《たお》れても、倒《たお》れるまでにはかなりの時間《じかん》を要《よう》するであろう。反対《はんたい》に、庭《にわ》の方《ほう》へ倒《たお》れる時《とき》は南北《なんぼく》の震動《しんどう》であるから、この場合《ばあい》にはなんらの猶予《ゆうよ》なく、即座《そくざ》に崩《くず》れかかるであろう。それゆえ、南《みなみ》の縁側《えんがわ》からただちに庭《にわ》へ飛《と》びおりるのは、どうかするとはなはだ危険《きけん》である。地震《じしん》が東西《とうざい》から来《き》ても、南北《なんぼく》から来《き》ても、とにかく一旦西隣《いったんにしどな》りの六畳《ろくじょう》へ落《お》ちのびて、しかる後《のち》そこからさらに、もっと安全《あんぜん》な避難所《ひなんじょ》へ移《うつ》るのが最善《さいぜん》の手段《しゅだん》である。人《ひと》はよく、地震《じしん》の際《さい》に戸外《こがい》へ出《で》るのは危《あぶ》ないというけれども、この説《せつ》を一概《いちがい》に首肯《しゅこう》する*事《こと》はできない。土蔵《どぞう》のそばとか下見《したみ》*の前《まえ》とか、家屋《かおく》の倒《たお》れかかる範囲内《はんいない》の戸外《こがい》にいれば、むろん危《あぶ》ないに違《ちが》いないが、迅速《じんそく》にその範囲《はんい》を逸脱《いつだつ》して、広闊《こうかつ》*な地面《じめん》へ逃《に》げれば、今度《こんど》は非常《じょう》に安全《あんぜん》である。安政《あんせい》の地震《じしん》にも、いち早《はや》く家《いえ》を飛《と》びだして、広《ひろ》い四《よ》つ角《かど》のまん中《なか》などへのがれた者《もの》は多《おお》く助《たす》かっている。もっとも、地割《じわ》れというような恐《おそ》れはあるが、これは地《じ》面《めん》が海中《かいちゅう》へ陥没《かんぼつ》するのと同様《どうよう》に、とうてい人力《じんりき》では防《ふせ》ぎがたい災《わざわい》で、そんな時《とき》には室内《しつない》にいてもやっぱり助《たす》かる道理《どうり》はない。*彼《かれ》の家《いえ》は地盤《じばん》の丈夫《じょうぶ》な小石川《こいしかわ》にあって、南《みなみ》の方《ほう》から西《せい》南《なん》の方《ほう》へ広闊《こうかつ》な庭園《ていえん》を控《ひか》えているのだから、結局《けっきょく》その庭園《ていえん》の西《にし》の隅《すみ》の地域《ちいき》、――すなわ

好《よ》い塩梅《あんばい》に　うまい具合《ぐあい》に。
仕合《しあ》わせ　ここでは、幸運《こううん》の意《い》。
屋根《やね》ぐるみ　屋根《やね》ごと。
一概《いちがい》に首肯《しゅこう》する　いつでも正《ただ》しいと認《みと》める。

下見《したみ》　家屋《かおく》の外壁《がいへき》を被《おお》う横板張《よこいたば》りで、各板《かくいた》が少《すこ》しずつ重《かさ》なり合《あ》うように取《と》りつけたもの。
広闊《こうかつ》　広々《ひろびろ》と眺《なが》めのひらけているさま。
助《たす》かる道理《どうり》はない　助《たす》かるわけはない。

ちいずれの方面《ほうめん》から見《み》ても、家屋《かおく》の倒《たお》れかかる範囲外《はんいがい》に位《くらい》する地点《ちてん》、そこが彼《かれ》の家中《いえじゅう》で最《もっと》も安全《あんぜん》な、絶対《ぜったい》の避難所《ひなんじょ》である。臨機《りんき》＊の処置《しょち》として、いったん西《にし》の六畳《ろくじょう》へのがれた彼《かれ》は、なおいまだ完全《かんぜん》に危難《きなん》を脱《だっ》しているのではない。最後《さいご》に、なんとかして今《いま》いった庭《にわ》の西隅《にしすみ》まで到達《とうたつ》すれば、ここに始《はじ》めて、滞《とどこお》りなく＊脅威《きょうい》を免《まぬが》れたわけである。六畳《ろくじょう》の座敷《ざしき》にも、南《みなみ》に縁側《えんがわ》があって、そこから庭《にわ》へ降《お》りるのに差支《さしつか》えはない。しかしそうすると今度《こんど》は六畳《ろくじょう》の座敷自身《ざしきじしん》が、縁側《えんがわ》の外《そと》へ斜《なな》めに倒《たお》れてきて、いまだ範囲外《はんいがい》へ落《お》ちのびないうちに、彼《かれ》を後《うし》ろから圧《お》しつぶすという心配《しんぱい》がある。いわんや彼《かれ》は病体《びょうたい》＊で、敏捷《びんしょう》＊な行動《こうどう》が取《と》れないのだから、この心配《しんぱい》はますます多《おお》い。従《したが》って、六畳《ろくじょう》の座敷《ざしき》からただちに庭《にわ》へ出《で》る事《こと》は禁物《きんもつ》である。そこからもう一度《いちど》、より安全《あんぜん》な室《しつ》へのがれて、さておもむろに機会《きかい》をうかがい、圧《お》しつぶされる恐《おそ》れのないのを見定《みさだ》めてから、ゆうゆうと庭《にわ》へ抜《ぬ》けだした方《ほう》がいい。………

どうしたのか、その時彼《ときかれ》はぱっちりと眼《め》を開《ひら》いた。が、相変《あいか》わらず意識《いしき》はどんよりと曇《くも》って、心《しん》から＊眼覚《めざ》めたのではないらしい。彼《かれ》は今《いま》まで眼《め》をつぶって、大地震《おおじしん》の避難策《ひなんさく》を講《こう》じていた事《こと》を想《おも》いだした。再《ふたた》び眼《め》をつぶれば、すぐその思想《しそう》が復活《ふっかつ》して、ついにはなにか形《かたち》のある夢《ゆめ》を育《はぐく》みそうであった。

ぼん、ぼん、ぼん、………と、時計《とけい》＊が十時《じゅうじ》を打《う》っている。彼《かれ》の病蓐《びょうじょく》のそばには、うす暗《ぐら》い、陰鬱《いんうつ》な電燈《でんとう》の明《あか》りを浴《あ》びながら、妻《つま》と子供《こども》とがすやすやと眠《ねむ》っている。

「ああ、もう夜半《やはん》だ。天変地異《てんぺんちい》が刻々《こくこく》に近《ちか》づいているのだ。おれは大急《おおいそ》ぎで、研究《けんきゅう》を続行《ぞっこう》しなければいけない。ぜひとも地震《じしん》の来《く》る前《まえ》に、結論《けつろん》に到達《とうたつ》してしまおう。」

彼《かれ》はあわてて、再《ふたた》び思索《しさく》＊に没頭《ぼっとう》した。

………かつ、夜半《やはん》とはいえ、こう厳重《げんじゅう》に四方《しほう》の雨戸《あまど》が締《し》まっていては、庭《にわ》へ出《で》るにもおいい、それと＊というわけにいかない。そうかといって、わざわざ妻《つま》を呼《よ》びおこして、今《いま》から雨戸《あまど》を

臨機《りんき》　時《とき》と場所《ばしょ》に応《おう》じて手段《しゅだん》を講《こう》ずること。
滞《とどこお》りなく　すんなりと。
病体《びょうたい》　病気《びょうき》のからだ。
敏捷《びんしょう》　すばやいこと。
心《しん》から　ここでは、本当《ほんとう》に、の意《い》。
時計《とけい》　ここでは「振《ふ》り子時計《こどけい》」（柱時計《はしらどけい》、掛時計《かけどけい》）と呼《よ》ばれるクラシックなタイプの時計《とけい》を指《さ》す。一時間《いちじかん》ごとにボーンボーンという音《おと》を発《はっ》する。
思索《しさく》　筋道《すじみち》立《た》てて物事《ものごと》を考《かんが》え進《すす》めること。
おいそれと　（「おい」と声《こえ》をかけられ「それ」と応《おう》ずるように）あっさり引《ひ》き受《う》けること。すんなりと。

明《あ》けさせるのも、あまり突飛《とっぴ》＊な、臆病《おくびょう》な話《はなし》である。………

そうだ、雨戸《あまど》なんかは岐路《きろ》＊の問題《もんだい》だ。そんな事《こと》に頓着《とんちゃく》＊している余裕《よゆう》はないのだ。早《はや》くさっきの論点《ろんてん》に戻《もど》って、大急《おおいそ》ぎで結末《けつまつ》をつけなければ、ぐずぐずしていると間《ま》に合《あ》わない。

大至急《だいしきゅう》！　ほんとうに大至急《だいしきゅう》だ！

家屋《かおく》が、東西《とうざい》に倒《たお》れる憂《うれい》＊少《すく》なく、南北《なんぼく》に倒《たお》れる憂多《うれいおお》しとすれば、彼《かれ》は六畳《ろくじょう》の座敷《ざしき》から、どこまでも東西《とうざい》の線《せん》に沿《そ》うて逃《に》ぐるにしかない。＊ちょうど、母屋《おもや》の西端《せいたん》に二《ふ》た坪《つぼ》＊ばかりの湯殿《ゆどの》がある。いうまでもなく、それはすこぶる簡単《かんたん》な平屋造《ひらやづく》りで、床《ゆか》は頑丈《がんじょう》なたたき＊であるから、屋根《やね》の下《した》ではここが一番最後《いちばんさいご》に倒《たお》れる部分《ぶぶん》である。彼《かれ》はまず、六畳《ろくじょう》の座敷《ざしき》からこの湯殿《ゆどの》へ突貫《とっかん》＊する。そうして、あたかもディオゲネス＊のように、風呂桶《ふろおけ》の中《なか》へ身《み》を潜《ひそ》めて、その上《うえ》を蓋《ふた》でふさいでおく。こうすれば万一湯殿《まんいちゆどの》が倒壊《とうかい》しても、彼《かれ》は桶《おけ》によって擁護《ようご》されるに違《ちが》いない。………ところで、湯殿《ゆどの》には南《みなみ》と西《にし》とに出口《でぐち》があって、それが二《ふた》つとも庭《にわ》へ通《つう》じているのだから、………

もう少《すこ》しで結論《けつろん》に到達《とうたつ》しようとする一刹那《いっせつな》、＊彼《かれ》の耳《みみ》は、不意《ふい》に、遠《とお》くの方《ほう》で鉄瓶《てつびん》の沸《たぎ》るような音響《おんきょう》を聞《き》いた。

「ああ、おれはなんという不運《ふうん》な人間《にんげん》だろう。もう少《すこ》しという所《ところ》で、とうとう地鳴《じな》りに追《お》いつかれてしまった。……しかし、まだ地震《じしん》が揺《ゆす》るまでには多少《たしょう》の余裕《よゆう》があるに相違《そうい》ない。その間《ま》を利用《りよう》して、おれは一《ひ》と息《いき》に結論《けつろん》を捕《とら》えてしまおう。」

そう思《おも》っている隙《すき》に、音響《おんきょう》は一層接近《いっそうせっきん》したらしく、この世《よ》の破滅《はめつ》の知《し》らせのように、殷々《いんいん》*として深《ふか》い地《ち》の底《そこ》から湧《わ》いてくる。

突飛《とっぴ》　思《おも》いもよらないこと。言行《げんこう》などが奇抜《きばつ》なこと。

岐路《きろ》　分《わ》かれ道《みち》。ふたまた道《みち》。ここでは、どちらにするか選《えら》べばよいだけのこと。

頓着《とんちゃく》　「とんじゃく」とも発音《はつおん》。深《ふか》く心《こころ》にかけること。気《き》にすること。

憂《うれ》い　心配《しんぱい》。懸念《けねん》。

逃《に》ぐるにしかない　逃《に》げるのがベストだ。

二《ふ》た坪《つぼ》　約《やく》六・六二平方《へいほう》メートル。

たたき　「叩《たた》き土《つち》」の略《りゃく》で「三和土《たたき》」とも表記《ひょうき》。石灰《せっかい》・赤土《あかつち》・砂利《じゃり》などに苦塩《にがり》を混《ま》ぜ、水《みず》を加《くわ》えて練《ね》り固《かた》め、家《いえ》の土間《どま》などに塗《ぬ》って、叩《たた》き固《かた》めたもの。

突貫《とっかん》　一気《いっき》に突《つ》き進《すす》むこと。

ディオゲネス（Diogenēs　?〜前《ぜん》三二三）　古代《こだい》ギリシアの哲学者《てつがくしゃ》。同名《どうめい》の哲学者《てつがくしゃ》が複数《ふくすう》いるため、出身地《しゅっしんち》を冠《かん》して「シノペのディオゲネス」と呼《よ》ばれる。樽《たる》を住居《じゅうきょ》にするような極貧《ごくひん》生活《せいかつ》を貫《つらぬ》いたことから「樽《たる》の中《なか》の哲人《てつじん》」とも称《しょう》される。小《しょう》ソクラテス学派《がくは》のキュニコス派《は》（犬儒派《けんじゅは》）の代表的存在《だいひょうてきそんざい》。ちなみに「山《やま》の日記《にっき》から」の佐藤春夫《さとうはるお》もディオゲネスの逸《いつ》話《わ》を好《この》んだようで、江戸川乱歩《えどがわらんぽ》との対談《たいだん》「樽《たる》の中《なか》に住《す》む話《はなし》」（一九五七）を残《のこ》している。

一刹那《いっせつな》　その瞬間《しゅんかん》。

殷々《いんいん》　音響《おんきょう》の盛《さか》んなさま。雷鳴《らいめい》や砲撃音《ほうげきおん》が轟《とどろ》くさま。

「……南《みなみ》と西《にし》とに出口《でぐち》があって、それが二《ふた》つとも庭《にわ》へ通《つう》じているのだから、……ああ神《かみ》よ、願《ねが》わくば今《いま》すぐに結論《けつろん》に到着《とうちゃく》するまで、しばらく地震《じしん》を控《ひか》えさせたまえ！」

彼《かれ》は口《くち》の中《なか》でこういいながら手《て》を合《あ》わせた。そうしてなおも工夫《くふう》を続《つづ》けた。――二《ふた》つとも庭《にわ》へ通《つう》じているのだから、あくまでも東西《とうざい》の線《せん》に沿《そ》うて行《い》く原則《げんそく》にのっとり、南《みなみ》の出口《でぐち》を避《さ》け、西《にし》の出口《でぐち》の雨戸《あまど》を外《はず》して庭《にわ》へ飛《と》びだし、そこから西《にし》の隅《すみ》の地点《ちてん》へ、まっ直《す》ぐに逃《に》げる。すでに湯殿《ゆどの》へのがれた彼《かれ》は、潰《つぶ》されても心配《しんぱい》はないのだから、できるだけ沈着《ちんちゃく》に、充分《じゅうぶん》に機会《きかい》を待《ま》って、ゆっくりと落《お》ちのびるがいい。逃《に》げる時《とき》には、たとえ体《からだ》がふらふらしても、なるべく四《よ》つばい*にはわぬ*事《こと》である。四《よ》つばいになれば、*どうしても圧《お》しつぶされる面積《めんせき》が拡大《かくだい》するし、なにかの際《さい》に身《み》をかわすことが不自由《ふじゆう》になる。柱《はしら》や植木《うえき》に摑《つか》まっても、立《た》って歩《ある》くにこしたことはない。……

「さあ、これでもう結論《けつろん》が済《す》んだ。だいぶ地鳴《じな》りが強《つよ》くなっている。おれは一刻《いっこく》の猶予《ゆうよ》もせず、ただちに実行《じっこう》に取《と》りかかろう。今《いま》から支度《したく》を始《はじ》めれば、大丈夫《だいじょうぶ》庭《にわ》まで逃《に》げられる。」

けれども彼《かれ》が蒲団《ふとん》を撥《は》ねのけて、立《た》ちあがろうとする瞬間《しゅんかん》に、たちまち轟然《ごうぜん》*たる爆音《ばくおん》を発《はっ》して、素晴《すば》らしい＊大地震《おおじしん》が襲《おそ》ってきた。それは明治《めいじ》二十六年《にじゅうろくねん》の七月《しちがつ》の時《とき》に比《くら》べると、十倍《じゅうばい》も二十倍《にじゅうばい》も激甚《げきじん》＊であった。「あっ」という間《ま》に、座敷《ざしき》の床《ゆか》は自動車《じどうしゃ》のごとく一方《いっぽう》へ疾駆《しっく》しだした。……

彼《かれ》は愕然《がくぜん》＊として眼《め》を覚《さ》ました。部屋《へや》の中《なか》には元《もと》のように、物静《ものしず》かな電燈《でんとう》の光《ひかり》が朦朧《もうろう》と漂《ただよ》うて、妻子《さいし》はやっぱり眠《ねむ》っている。

「なぜおれは、こんな無気味《ぶきみ》な夢《ゆめ》ばかり見《み》るのだろう。今度《こんど》こそほんとうに、おれは夢《ゆめ》から覚《さ》めたのであろうか。どうぞほんとうに覚《さ》めてくれればいい。群《むら》がりよせる妄想《もうそう》の中《なか》から、なんとかして早《はや》く逃《のが》れてしまいたい。」

彼《かれ》は眼瞼《まぶた》をぱちぱちやらせて、一生懸命《いっしょうけんめい》に気分《きぶん》を引《ひ》きたてようと努《つと》めた。好《い》い塩梅《あんばい》に、

四《よ》つばい　「よつんばい」とも。両手《りょうて》両足《りょうあし》を地面《じめん》につけて這《は》うこと。

はわぬ　這《は》わない。

四《よ》つばいになれば　えんえんと思考《しこう》したあげく、呆《あき》れるほどトリビアルな結論《けつろん》に達《たつ》する滑稽《こっけい》さが強調《きょうちょう》されているくだりである。

囂然《ごうぜん》　119頁《ぺーじ》を参照《さんしょう》。

素晴《すば》らしい　ここでは、ひどい、はなはだしい、の意《い》。古《ふる》くは、良《よ》くない意味《いみ》で用《もち》いられた。

激甚《げきじん》　133頁《ぺーじ》を参照《さんしょう》。

愕然《がくぜん》　非常《ひじょう》に驚《おどろ》かされたさま。

谷崎潤一郎

だんだん意識《いしき》が判然《はんぜん》とする*様子《ようす》であった。今度《こんど》こそ間違《まちが》いなく、眼《め》が覚《さ》めてくるらしかった。その証拠《しょうこ》に、今《いま》まで心《こころ》に感《かん》じなかった歯《は》の痛《いた》みが、再《ふた》びBiri! Biri-ri! と、*脳天《のうてん》へ響《ひび》きはじめた……。

（「中央公論《ちゅうおうこうろん》」一九一六年《ねん》十一月号掲載《がっごうけいさい》）

判然《はんぜん》とする　はっきりする。

再《ふた》び Biri! Biri-ri! と　こうして思考《しこう》と妄想《もうそう》をえんえん繰《く》りひろげたあげく、主人公《しゅじんこう》は再《ふた》び、始《はじ》まりの地点《ちてん》へ引《ひ》き戻《もど》されるのである。夢《ゆめ》と現《うつつ》の果《は》てしない堂々巡《どうどうめぐ》りを暗示《あんじ》する幕切《まくぎ》れ。

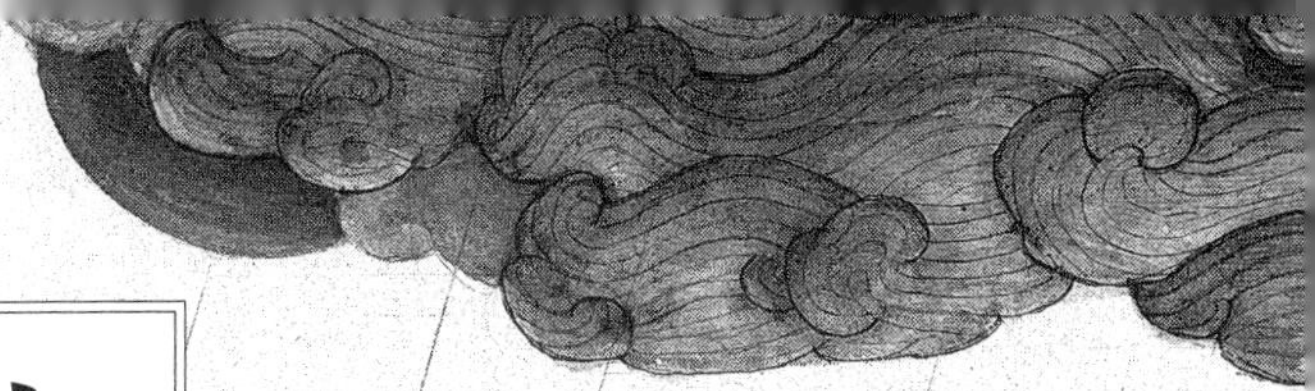

山《やま》の日記《にっき》から

佐《さ》藤《とう》春《はる》夫《お》

自分《じぶん》は脚気《かっけ》*にかかったらしかった。毎晩《まいばん》、脚《あし》のだるいのに閉口《へいこう》した。幾度《いくど》となく寝返《ねがえ》りをしてやっと寝《ね》ついたが、朝《あさ》、目《め》をさましてみると、やっぱり脚《あし》の重《おも》さが第一《だいいち》に気《き》づく。始《はじ》めはなんとも思《おも》わなかったが、あまり毎日《まいにち》の事《こと》なので、自分《じぶん》は病気《びょうき》だと知《し》った。自分《じぶん》は今《いま》までほとんど病気《びょうき》の経験《けいけん》はない、脚気《かっけ》などはむろんだ。しかし父《ちち》や友人《ゆうじん》などがこの病気《びょうき》で苦《くる》しんでいるのを見《み》たことがある。医者《いしゃ》に見《み》せようと思《おも》っているところへ弟《おとうと》が来《き》た。弟《おとうと》にこの様子《ようす》を話《はな》すと、やっぱりそうだろうということであった。ヴェランダの椅子《いす》にかけていた自分《じぶん》の膝《ひざ》の関節《かんせつ》を弟《おとうと》がたたくと、左《ひだり》の脚《あし》はともかくも跳《は》ねたが、右《みぎ》の方《ほう》はだらりと垂《た》れたまま手答《てごた》えがなかった。弟《おとうと》は三四度《さんよんど》試《こころ》みたが同《おな》じことであった。自分《じぶん》は片脚《かたあし》だけ脚気《かっけ》になる場合《ばあい》もあるのかとへんに思《おも》った。弟《おとうと》は脚《あし》の毛《け》をむしってみた。痛《いた》さを感《かん》じなかった。病理学《びょうりがく》の研究生《けんきゅうせい》である弟《おとうと》はこれ以上《いじょう》にはなにもしなかった。開業医《かいぎょうい》の診察《しんさつ》を受《う》けるようにすすめていた。病苦《びょうく》というほどのものではなかったが、どうしても仕事《しごと》をする気《き》にはならない。ところが自分《じぶん》はどっさり仕事《しごと》を背負《しょ》いこんでいる。少《すく》なくとも二十日《はつか》間《かん》ほどの間《あいだ》に、創作《そうさく》を二種《にしゅ》と雑文《ざつぶん》を三種《さんしゅ》ともう一《ひと》つは論文《ろんぶん》みたようなものを全部合《ぜんぶあわ》せると百五十枚《ひゃくごじゅうまい》ほどは書《か》かなければならなかった。腹案《ふくあん》*だけはそれぞれにみんなあったけれども、筆《ふで》をとり上《あ》げるだけの気力《きりょく》が出《で》なかった。創作《そうさく》の一《ひと》つはやや長《なが》い短篇《たんぺん》で、もう一《ひと》つは少《すこ》し風変《ふうがわ》りな一幕物《ひとまくもの》で、これには操《あやつ》り人形《にんぎょう》を使《つか》って見《み》たいと工夫《くふう》していた。

谷崎潤一郎《たにざきじゅんいちろう》*が半年《はんとし》ぶりで上京《じょうきょう》して、五六日《ごろくにち》ほど自分《じぶん》の家《いえ》にいた。彼《かれ》が帰《かえ》るという前夜《ぜんや》

脚気《かっけ》 ビタミンＢ１の欠乏《けつぼう》で起《お》きる病気《びょうき》。末梢神経《まっしょうしんけい》が冒《おか》されて、下肢《かし》の倦怠《けんたい》や知覚麻痺《ちかくまひ》、浮腫《ふしゅ》などの症状《しょうじょう》を呈《てい》する。白米《はくまい》を主食《しゅしょく》とする地方《ちほう》に多発《たはつ》したため「江戸《えど》やまい」とも呼《よ》ばれた。夏《なつ》の季語《きご》。

腹案《ふくあん》 心《こころ》の中《なか》に持《も》っている考《かんが》え、構想《こうそう》。

谷崎潤一郎《たにざきじゅんいちろう》が 関東大震災《かんとうだいしんさい》により関西《かんさい》へ移住《いじゅう》した谷崎《たにざき》は、ちょうどこの頃《ころ》、神戸市東灘区岡本《こうべしひがしなだくおかもと》に新居《しんきょ》を建《た》てている。１１１頁《ページ》を参照《さんしょう》。

になって、自分《じぶん》は旅行《りょこう》を思《おも》いついた。その夜《よる》、谷崎《たにざき》などといっしょに築地小劇場《つきじしょうげきじょう》の「真《ま》夏《なつ》の夜《よる》の夢《ゆめ》」*を帝劇《ていげき》*で見《み》て、そのかえりに銀座《ぎんざ》を歩《ある》いたが、脚《あし》が重《おも》くって、ひとのステッキを借《か》りてやっとみんなについて歩《ある》いた。カクテルを一杯《いっぱい》つき合《あ》ったらもう歩《ある》くのがいやになった。ことに蒸暑《むしあつ》い晩《ばん》で、これからの暑気《しょき》が思《おも》いやられた。自分《じぶん》は今《いま》まで暑《あつ》いのは平《へい》気《き》だった。むしろ好《す》きであった。だから避暑《ひしょ》などというものをいろんな意味《いみ》で軽蔑《けいべつ》していた。それが今年《ことし》は急《きゅう》にどこかへ行《い》ってみたくなった。どこでもいい一《ひと》つ気《き》を変《か》えてみようというつもりであった。割合《わりあい》に気《き》がるに仕事《しごと》のできた自分《じぶん》としては、この点《てん》でも今度《こんど》のようなことは珍《めず》らしかった。そうしてそのすべての理由《りゆう》を自分《じぶん》は体《からだ》の工合《ぐあい》に帰《き》した。この病《びょう》気《き》のためにも転地《てんち》は最《もっと》もいいはずであった。自分《じぶん》は一昨年《いっさくねん》人《ひと》に案内《あんない》されて遊《あそ》んだ養老《ようろう》*へ行こうと決《き》めた。割合《わりあい》に便利《べんり》で、それでいて山《やま》が深《ふか》い感《かん》じがするのと水《みず》の多《おお》いのとがあその取柄《とりえ》で、たいしたところでないだけに田舎《いなか》らしさの多《おお》いのがいいのだ。眠雲聴泉有峯千仭有渓数曲書遊夜宿清意何窮*といっては大《おお》げさだが、山居《さんきょ》*の気持《きもち》は確《たし》かにある。宿《やど》の主人《しゅじん》にも去年《きょねん》よく紹介《しょうかい》されてある。

谷崎《たにざき》は夜行《やこう》*で立《た》つのだが、その夕方《ゆうがた》、偕楽園《かいらくえん》*へ泉鏡花《いずみきょうか》*先生《せんせい》を招待《しょうたい》してあった。自分《じぶん》た

築地小劇場《つきじしょうげきじょう》　一九二四年《ねん》、東京《とうきょう》・築地《つきじ》に設立《せつりつ》された日本初《にほんはつ》の新劇専門劇場《しんげきせんもんげきじょう》および附属《ふぞく》の劇団名《げきだんめい》。ここでは後者《こうしゃ》を指《さ》す。主宰《しゅさい》は小山内薫《おさないかおる》と土方与志《ひじかたよし》。新劇運動《しんげきうんどう》の拠点《きょてん》となった。

「真夏《まなつ》の夜《よる》の夢《ゆめ》」（A Midsummer Night's Dream　一六〇〇）英国《えいこく》の劇作家《げきさっか》シェイクスピア（William Shakespeare　一五六四〜一六一六）の恋愛群像喜劇《れんあいぐんぞうきげき》。いたずら者《もの》の妖精《ようせい》パックが活躍《かつやく》する幻想的《げんそうてき》な作品《さくひん》である。

帝劇《ていげき》　帝国劇場《ていこくげきじょう》の略《りゃく》。東京都千代田区丸《とうきょうとちよだくまる》の内《うち》にあり、一九一一年《ねん》に日本初《にほんはつ》の本格的《ほんかくてき》な洋式劇場《ようしきげきじょう》として開場《かいじょう》。

養老《ようろう》　養老渓谷《ようろうけいこく》および養老温泉《ようろうおんせん》のこと。千葉県夷隅郡大多喜町《ちばけんいすみぐんおおたきまち》から市原市《いちはらし》を流《なが》れる養老川《ようろうがわ》によって形成《けいせい》された渓谷《けいこく》で、紅葉《こうよう》などの美《うつく》しい景観《けいかん》で知《し》られ、中心地《ちゅうしんち》の川沿《かわぞ》いに温泉郷《おんせんきょう》がある。その一軒《いっけん》「川《かわ》の家《や》」は、狭《せま》いトンネルを抜《ぬ》けた先《さき》にあり、漫画家《まんがか》・つげ義春《よしはる》の『貧困旅行記《ひんこんりょこうき》』（一九九一）で有名《ゆうめい》になった。

眠雲聴泉有峯千仞有溪数曲昼遊夜宿清意何窮　「（俗世《ぞくせ》を離《はな》れて）雲《くも》をしとねとし、泉《いずみ》の湧《わ》く音《おと》に耳《みみ》を傾《かたむ》ける　周囲《しゅうい》には千《せん》尋《じん》の峯《みね》が聳《そび》え、幾重《いくえ》にもたたなわる渓谷《けいこく》が広《ひろ》がっている（かくも幽邃《ゆうすい》な別天地《べってんち》で）昼《ひる》は遊《あそ》び夜《よる》は宿《やど》る　これ以上《いじょう》の清《きよ》らかさがあるだろうか」（大意《たいい》）宋《そう》の隠士《いんし》・張愈《ちょうゆ》の四言古詩《しごんこし》。官途《かんと》を嫌《きら》い青城山《せいじょうさん》の白雲渓《はくうんけい》に隠棲《いんせい》、白雲先生《はくうんせんせい》と号《ごう》す。

山居《さんきょ》　山中《さんちゅう》に暮《く》らすこと。

夜行《やこう》　夜行列車《やこうれっしゃ》。

偕楽園《かいらくえん》　日本橋亀島町《にほんばしかめしまちょう》にあった日本最初《にほんさいしょ》の高級中華料理店《こうきゅうちゅうかりょうりてん》。谷崎《たにざき》の親友《しんゆう》・笹沼源之助《ささぬまげんのすけ》の生家《せいか》で、多《おお》くの文人《ぶんじん》が来店《らいてん》した。

泉鏡花《いずみきょうか》　金沢出身《かなざわしゅっしん》の小説家《しょうせつか》（一八七三〜一九三九）。尾崎紅葉《おざきこうよう》に入門《にゅうもん》、硯友社《けんゆうしゃ》の中心作家《ちゅうしんさっか》のひとりとして活躍《かつやく》した。代表作《だいひょうさく》に「高野聖《こうやひじり》」「草迷宮《くさめいきゅう》」「山海評判記《さんかいひょうばんき》」など。芥川龍之介《あくたがわりゅうのすけ》、佐藤春夫《さとうはるお》、谷崎潤一郎《たにざきじゅんいちろう》は、いずれもロマン主義文学《しゅぎぶんがく》の先達《せんだつ》として、鏡花《きょうか》を敬愛《けいあい》していた。鏡花晩年《きょうかばんねん》の傑作《けっさく》であり、河童《かっぱ》を愛《あい》した芥川《あくたがわ》へ捧《ささ》げる鎮魂歌《ちんこんか》ともいえる短篇《たんぺん》「貝《かい》の穴《あな》に河童《かっぱ》の居《い》る事《こと》」は、春夫《はるお》が主宰《しゅさい》する雑誌《ざっし》「古東多万《ことたま》」創刊号《そうかんごう》（一九三一）に寄稿《きこう》されたが、同《おな》じ号《ごう》に谷崎《たにざき》の「覚海上人天狗《かくかいしょうにんてんぐ》になる事《こと》」が掲載《けいさい》されると知《し》った鏡花《きょうか》は急遽《きゅうきょ》タイトルを「貝《かい》の穴《あな》に河童《かっぱ》が居《い》る」に変更《へんこう》したという。四者《よんしゃ》の交遊《こうゆう》ぶりが偲《しの》ばれる逸話《いつわ》である。

ち夫婦《ふうふ》もお招伴《しょうばん》*になった。谷崎《たにざき》と泉先生《いずみせんせい》とは去年芥川龍之介《きょねんあくたがわりゅうのすけ》のお弔《とむら》いの帰《かえ》りにやはりこの家《いえ》へ一緒《いっしょ》に来《き》て以来《いらい》、一年《いちねん》ぶりでまたここで会《あ》うのだそうだが、そう言《い》えば今日《きょう》は七月《しちがつ》の二十七日《にじゅうしちにち》で、偶然《ぐうぜん》にもちょうど去年《きょねん》のその日《ひ》と同《おな》じ日《ひ》であった。自分《じぶん》は去年《きょねん》の今日《きょう》は西《せい》湖《こ》*に遊《あそ》んでいて、芥川《あくたがわ》の葬式《そうしき》には列《れつ》しえなかったが、今日《きょう》この席《せき》には偶然《ぐうぜん》、片身《かたみ》わけ*にもらった芥川《あくたがわ》の衣物《きもの》を着《き》ていた。偕楽園《かいらくえん》での食事《しょくじ》はあんがい手間《てま》どって、まだ旅《たび》の用意《ようい》をしていない自分《じぶん》は出発《しゅっぱつ》をもう一日《いちにち》のばそうかとも思《おも》ったが、西《にし》へ帰《かえ》る谷崎《たにざき》と同車《どうしゃ》したかった。いったい、身《み》がるに旅行《りょこう》しつけている自分《じぶん》は三十分《さんじゅっぷん》ほどの間《あいだ》に、妻《つま》や女中《じょちゅう》をせき立《た》てて夫婦《ふうふ》と子供《こども》との旅《たび》の用意《ようい》をさせた。あわてたが、汽車《きしゃ》の時間《じかん》も思《おも》ったよりたっぷりゆとりがあり、なければどうでもいいと思《おも》った寝台車《しんだいしゃ》も買《か》えた。しかし、その寝台《しんだい》へ落《お》ちついてから、自分《じぶん》はやっと重大《じゅうだい》なことを忘《わす》れてきたのを思《おも》いだした。自分《じぶん》は芥川《あくたがわ》の一周忌《いっしゅうき》を記念《きねん》するための写真帳《しゃしんちょう》をつくるつもりで、その写真《しゃしん》を選択《せんたく》したままで製版所《せいはんじょ》の方《ほう》へまわす手《て》はずをいい置《お》くのは忘《わす》れてきた。それはたくさん写真《しゃしん》のなかからよった*のだから、ただ上下《じょうげ》に区別《くべつ》して置《お》いたぐらいではほんの自分《じぶん》の心《こころ》おぼえにはなっても、手紙《てがみ》やなどでは留守番《るすばん》などにはけっして要領《ようりょう》を得《え》させられまい。* そんなことを考《かんが》えていると外《ほか》にもいろいろ忘《わす》れた事《こと》を思《おも》いだした。人《ひと》に預《あず》ってよそへ紹介《しょうかい》するはずの原稿《げんこう》を、紹介状《しょうかいじょう》だけ出《だ》しておいて原《げん》稿《こう》は出《だ》さずにきてしまった。

* * * * * *

養老《ようろう》は、来《き》て二三日《にさんにち》は天気《てんき》だったが、それから雨《あめ》がふり出《だ》した。この山間《やまあい》の空気《くうき》は自分《じぶん》の気《き》に合《あ》ったらしい。雑文《ざつぶん》の方《ほう》だけは寝《ね》ころびながら、すらすらと書《か》きつづけた。もっとも、いっこうに興《きょう》*などは湧《わ》かなかったが、事務的《じむてき》にやっていられたのだ。気《き》のせいか体《からだ》も

お招伴《しょうばん》　正客《しょうきゃく》に陪席《ばいせき》（目上《めうえ》の者《もの》に随《したが》い同席《どうせき》すること）して饗応《きょうおう》を受《う》けること。

西湖《せいこ》　中国浙江省杭州市《ちゅうごくせっこうしょうこうしゅうし》の西郊《せいこう》にある湖《みずうみ》。風光明媚《ふうこうめいび》で古跡《こせき》も多《おお》く、西湖十景《せいこじっけい》でも知《し》られる。

片身《かたみ》わけ　普通《ふつう》は「形見分《かたみわ》け」と表記《ひょうき》。故人《こじん》の遺品《いひん》を親族《しんぞく》や友《ゆう》人《じん》に分《わ》け与《あた》えること。

よった　選《よ》った。選《えら》んだ。

要領《ようりょう》を得《え》させられまい　うまく対応《たいおう》ができないだろう。

興《きょう》　興味《きょうみ》、興趣《きょうしゅ》。面白《おもしろ》いと感《かん》ずること。

いくらか楽《らく》になったように思《おも》うが、やっぱり楽《たの》しくは寝《ね》つかれない。雨《あめ》も四五日《しごにち》はよかったが、一週間《いっしゅうかん》以上《いじょう》になるとわびしくなった。新聞《しんぶん》を見《み》ると東北《とうほく》の一部分《いちぶぶん》を除《のぞ》いてはほとんどこも一体《いったい》に*雨《あめ》らしい。雨《あめ》はここだけではないと思《おも》うと、日本中《にほんじゅう》をいっぱいに一《ひと》つの大《おお》きな雲《くも》がつつんでいるような気《き》がして、一《いっ》そう悲《かな》しくなってくる。この春《はる》書《か》いた長《ちょう》編小説《へんしょうせつ》を単行本《たんこうぼん》にしようと思《おも》って、それの校正刷《こうせいずり》*を持《も》ってきてある。退屈《たいくつ》まぎれにそれを取《とり》だしてみると、もとよりけっして自信《じしん》のある作《さく》ではなかったが、いまさら自分《じぶん》ながら*さっぱり面白《おもしろ》くないのに参《まい》ってしまった。自分《じぶん》は二三年前《にさんねんまえ》からもう三冊《さんさつ》ほど組《く》みかけた本《ほん》を途中《とちゅう》から解版《かいはん》*させた。今度《こんど》またそんなことになっては本屋《ほんや》へもすまないし、それに今度《こんど》の本《ほん》には挿画《そうが》があって画家《がか》は非常《ひじょう》に苦心《くしん》している。だから画家《がか》に対《たい》しても申《もう》しわけがない。画家《がか》の熱心《ねっしん》に対《たい》しても自分《じぶん》の書《か》きなぐった仕事《しごと》がきまりが悪《わる》い。自分《じぶん》は近《ちか》ごろの自分《じぶん》があまりに無雑作《むぞうさ》に仕事《しごと》をしすぎるのを、このごろ少《すこ》し考《かんが》え直《なお》さなければならぬと思《おも》いだした。しかし自分《じぶん》はそれではなにに苦心《くしん》をしていいのだかその点《てん》がわからない。芥川《あくたがわ》の死後《しご》まだ焚《た》い*てしまわなかった書《か》きかけの原稿《げんこう》が、半《はん》ピラの紙《かみ》*で約三千枚近《やくさんぜんまいちか》くあるというのを聞《き》いている自分《じぶん》は、彼《かれ》のそんな全力的《ぜんりょくてき》な努力《どりょく》に感心《かんしん》してしまった。〆切《しめきり》の日《ひ》は空《むな》しく迫《せま》ってきて、長《なが》い方《ほう》の創作《そうさく》は今度《こんど》は間《ま》にあいそうもない。その代《かわ》りに操《あやつ》り人形《にんぎょう》のへんな脚本《きゃくほん》を書《か》いてその方《ほう》の約束《やくそく》ははたすとして、それではもう一《ひと》つのこの脚本《きゃくほん》を書《か》くつもりでいたところには、なにを書《か》いたものだろうか。自分《じぶん》の身辺《しんぺん》の出来事《できごと》や、片々《へんぺん》たる見聞録《けんぶんろく》みたようなものなどをいくら書《か》いてみてもまったくしかたがない。

*　*　*　*　*

雨《あめ》は毎日《まいにち》やまず、子供《こども》が東京《とうきょう》で貰《もら》って持《も》ってきた花火《はなび》もマッチも湿《しめ》ってしまって火《ひ》がつ

一体《いったい》に　ここでは、総《そう》じて、の意《い》。
校正刷《こうせいずり》　文字《もじ》や文章《ぶんしょう》の誤《あやま》りや不備《ふび》を訂正《ていせい》するために用《もち》いられる仮《かり》の印刷物《いんさつぶつ》。
自分《じぶん》ながら　我《われ》ながら。自分《じぶん》でも。
解版《かいはん》　活版印刷《かっぱんいんさつ》で、すでに組《く》まれてある版面《はんづら》の活字《かつじ》をばらしてしまうこと。
焚《た》いて　燃《も》やして。
半《はん》ピラの紙《かみ》　半《はん》ピラは「半片《はんぺん》」。ここでは、二〇〇字詰《じづめ》の原稿《げんこう》用紙《ようし》の意《い》。

きにくい。夜《よる》になるとしきりに犬《いぬ》が吠《ほ》える。

＊　＊　＊　＊　＊

芥川《あくたがわ》と谷崎《たにざき》とが自分《じぶん》の家《いえ》のヴェランダから食堂《しょくどう》の方《ほう》へ歩《ある》きながら、谷崎《たにざき》は芥川《あくたがわ》に本《ほん》をあげようと言《い》っている。芥川《あくたがわ》が開《ひら》いて見《み》ている本《ほん》をのぞきこむと、その大《おお》きな本《ほん》はアルフレッド・クウビン＊の「髑髏舞《トオテンタンツ》」＊という草画集《そうがしゅう》＊である。自分《じぶん》も芥川《あくたがわ》にやろうと思《おも》って買《か》っておいた本《ほん》があったのを思《おも》いだして、そのことを芥川《あくたがわ》に言《い》いながら、自分《じぶん》は書斎《しょさい》へ行《い》ってみると、自分《じぶん》の本《ほん》もやっぱりクウビンの「トオテン・タンツ」である。そんなはずではなかったがと思《おも》っても、どうしても、それより他《ほか》に芥川《あくたがわ》に進呈《しんてい》すべき本《ほん》はない。同《おな》じ本《ほん》を二冊《にさつ》

アルフレッド・クウビン（Alfred Kubin　一八七七〜一九五九）クービン、クビーンとも。オーストリアの画家《がか》。ドイツ表現《ひょうげん》主義《しゅぎ》のグループ「青騎士《あおきし》」に参加《さんか》。幻想的《げんそうてき》な線描画《せんびょうが》で知られ、ポオやホフマンなどの怪奇幻想小説《かいきげんそうしょうせつ》の挿絵《さしえ》を描《えが》いたほか、みずからも長篇幻想小説《ちょうへんげんそうしょうせつ》『裏面《りめん》』（一九〇八）を発表《はっぴょう》している。

「髑髏舞《トオテンタンツ》」　クービンの画集《がしゅう》。普通《ふつう》は「死《し》の舞踏《ぶとう》」と訳《やく》される。

草画集《そうがしゅう》　素描集《そびょうしゅう》。デッサン集《しゅう》。

も、芥川《あくたがわ》だって必要《ひつよう》ではあるまいし、しかし今《いま》、面白《おもしろ》い本《ほん》を進呈《しんてい》するといってきた手前《てまえ》、自分《じぶん》は非常《ひじょう》に困《こま》ってしまった。芥川《あくたがわ》の書《か》いた脚本《きゃくほん》は、上演《じょうえん》されて今日《きょう》は初日《しょにち》である。自分《じぶん》と谷崎《たにざき》とは作者《さくしゃ》につれられてそれを見物《けんぶつ》するのである。幕《まく》はあいているが、芥川《あくたがわ》の芝居《しばい》は実《じつ》にへんなものである。舞台《ぶたい》の奥《おく》の方《ほう》に小《ちい》さな家《いえ》が一軒《いっけん》あって、登場人物《とうじょうじんぶつ》はひとりもない。この一軒家《いっけんや》は怪物屋敷《ばけものやしき》だということだが、そこから洩《も》れてくる光《ひかり》は赤《あか》くなったり青《あお》くなったりする。それだけの事《こと》である。芥川《あくたがわ》はその変色《へんしょく》する光線《こうせん》で怪物屋敷《ばけものやしき》の効果《こうか》を出《だ》そうとしたらしいのだが、電気装置《でんきそうち》でそんなものはわけなくできることを知《し》っている我々《われわれ》は、そんな子供《こども》だましみたようなものでは凄《すご》さは少《すこ》しも感《かん》じないわけである。君《きみ》の芝居《しばい》は、この意味《いみ》で全然失敗《ぜんぜんしっぱい》だ。自分《じぶん》は芥川《あくたがわ》にむかってそういった。実際自分《じっさいじぶん》はひどく失望《しつぼう》してしまった。芥川《あくたがわ》は自分《じぶん》の批評《ひひょう》に対《たい》しては、青白《あおじろ》い顔《かお》を自分《じぶん》の方《ほう》へまともに向《む》けたままで、無言《むごん》だった。そのうちに芝居《しばい》は進《すす》んだ。見物人《けんぶつにん》のつもりだった自分《じぶん》は実《じつ》は役者《やくしゃ》の一人《ひとり》であったので、座席《ざせき》から花道《はなみち》＊へ上《あが》った。例《れい》の怪物小屋《ばけものごや》のかたわらには石垣《いしがき》があり、その石垣《いしがき》と家《いえ》との間《あいだ》にはかなりの大《おお》きさの柿《かき》の枯木《かれき》がある。自分《じぶん》はその柿《かき》の枝《えだ》をよじのぼって石垣《いしがき》の向《む》こうへおどりこさなければいけない。自分《じぶん》は柿《かき》の木《き》につかまり、石垣《いしがき》の石《いし》の隙間《すきま》を足場《あしば》にわけなく登《のぼ》った。

しかし、いざ乗《の》りこそうとする時《とき》に、急《きゅう》に柿《かき》の枯枝《かれえだ》がまるで生《い》きたもののようにぐっと自分《じぶん》を石垣《いしがき》の方《ほう》へ押《お》しつけた。自分《じぶん》はその枝《えだ》と石垣《いしがき》との間《あいだ》へはさみこまれてしまって、木《き》から下《お》りることも、石垣《いしがき》を跳《おど》りこすこともできなくなってしまった。中有《ちゅうう》*に足《あし》をぶらさげたまま、自分《じぶん》は自分《じぶん》の体《からだ》の処置《しょち》に困《こま》ってしまった。

その時《とき》、ふと、自分《じぶん》のすぐわきのこの一軒家《いっけんや》が怪物屋敷《ばけものやしき》だったと気《き》がつくと、自分《じぶん》はその家《いえ》が非常《ひじょう》におそろしくなってしまった。なるほど芥川《あくたがわ》はこういう効果《こうか》をねらって、最初《さいしょ》にあの怪物屋敷《ばけものやしき》の遠景《えんけい》だけを見《み》せておいたのだな。芥川《あくたがわ》の芝居《しばい》はつまらないと思《おも》ったのは、こうなってみると確《たし》かに自分《じぶん》の間違《まちが》いだった。なんにしても困《こま》ったものだ。いつまでもこ

怪物屋敷《ばけものやしき》　幽霊《ゆうれい》などの化物《ばけもの》が出《で》ると噂《うわさ》される屋敷《やしき》。春夫《はるお》は不思議《ふしぎ》と化物屋敷《ばけものやしき》に縁《えん》があり、そこでの体験《たいけん》を「化《ば》け物屋敷第一号《ものやしきだいいちごう》」「怪談《かいだん》」「化物屋敷《ばけものやしき》」などの随筆《ずいひつ》や小説《しょうせつ》に記《しる》している。

花道《はなみち》　歌舞伎《かぶき》の劇場《げきじょう》で、舞台《ぶたい》の延長《えんちょう》として客席《きゃくせき》に設《もう》けられた、役者《やくしゃ》の出入《でいり》する通路《つうろ》。

中有《ちゅうう》　仏教《ぶっきょう》で、人間《にんげん》が死《し》んで次《つぎ》の生《せい》を享《う》けるまでの期間《きかん》。日本《にほん》では四十九日間《にちかん》とされる。中陰《ちゅういん》。ここでは、宙《ちゅう》ぶらりんの状態《じょうたい》の意《い》。

んな姿勢《しせい》でいなけりゃならないなら苦《くる》しくてしかたがない、足《あし》がだるくってしかたがない
――夢《ゆめ》はここでさめた。
犬《いぬ》が吠《ほ》えている。ガラス戸《ど》に風《かぜ》が当《あ》たっている。噴水《ふんすい》のせせらぎの音《おと》にまぎれて雨《あめ》の音《おと》はわからないが、筒樋《とい》*に雨《あま》だれがしきりにするのをみると雨《あめ》も大《だい》ぶんふっているらしい。夢《ゆめ》のなかの恐《おそ》ろしさはむろんすぐ消《き》えたが、さびしさだけは目《め》がさめてもそっくりそのままに残《のこ》っている。夢《ゆめ》のなかの谷崎《たにざき》はぼんやりしていたが、芥川《あくたがわ》は写真《しゃしん》のようにはっきり印象《いんしょう》に残《のこ》っている。臆病《おくびょう》な自分《じぶん》は小便《しょうべん》をもよおしているが便所《べんじょ》へ行《い》くのがいやになった*。
自分《じぶん》は部屋《へや》の小窓《こまど》のことを考《かんが》えた。その下《した》は庭《にわ》といえばまず庭《にわ》だが、少《すこ》し崖《がけ》のようになり雑草《ざっそう》が茂《しげ》ったたままだから、それにこれだけ雨《あめ》が降《ふ》っていれば差支《さしつか》えはあるまいと思《おも》った。その窓《まど》をあけて、そこから小便《しょうべん》をした。外《そと》は、この窓《まど》は藤棚《ふじだな》でおおわれているから雨《あめ》はたいして当《あ》たらず、自分《じぶん》が自然《しぜん》に目《め》をやったあたりは、楓《かえで》や桜《さくら》や松《まつ》などのしげった枝《えだ》の隙間《すきま》から低《ひく》いところにある大《おお》きな池《いけ》の水面《すいめん》へほんの一部分《いちぶぶん》が、そこらに立《た》っている電燈《でんとう》を反映《はんえい》して光《ひか》っている。その水面《すいめん》が大《おお》きな池《いけ》の中心《ちゅうしん》にある小《ちい》さな噴水《ふんすい》の余波《よは》で、ゆらゆらと揺《ゆ》れ

うねっている。樹々《きぎ》の枝《えだ》は風《かぜ》で音《おと》を立《た》てた。

再《ふたた》び寝床《ねどこ》へ入《はい》っても、犬《いぬ》はまだ吠《ほ》えつづけている。自分《じぶん》は今日《きょう》、宿《やど》の女中《じょちゅう》が妻《つま》に話《はな》していたことを思《おも》いだした。

なんでもこの宿《やど》の隣《となり》——といっても樹《き》や池《いけ》や路《みち》などをへだててだいぶ遠《とお》いが、そこの主《しゅ》人《じん》というのが二三年来《にさんねんらい》、理由《りゆう》のわからない熱病《ねつびょう》であったが、この二三日《にさんにち》は重態《じゅうたい》だそうである。その人《ひと》はまだ三十《さんじゅう》かそこらだが女房《にょうぼう》にさき立《だ》たれて、後妻《ごさい》には先妻《せんさい》の妹《いもうと》を貰《もら》った。先《せん》妻《さい》の子《こ》はまだ五《いつ》つかそこらの男《おとこ》の子《こ》だが、それを夜中《よなか》に急《きゅう》に枕《まくら》もとへ呼《よ》んで自分《じぶん》の亡《な》き後《あと》のことをいって聞《き》かせたという噂《うわさ》である。話《はなし》の模様《もよう》では後妻《ごさい》は姉《あね》ののこして行《い》った子供《こども》を、あまり愛《あい》していないらしい。

話《はなし》をする若《わか》い女中《じょちゅう》はいいながら涙《なみだ》ぐんでいたが、田舎《いなか》の娘《むすめ》らしい単純《たんじゅん》な態度《たいど》を自分《じぶん》はい

筒樋《とい》　屋根《やね》を流《なが》れ落《お》ちる雨水《あまみず》を受《う》けて、地上《ちじょう》へ流《なが》す溝状《みぞじょう》もしくは筒状《つつじょう》の装置《そうち》。

便所《べんじょ》へ行《い》くのがいやになった　自殺《じさつ》した芥川《あくたがわ》が、ありありと無《ぶ》気味《きみ》な夢《ゆめ》の中《なか》に出《で》てきた余韻《よいん》に怯《おび》えているのである。ちなみに春夫《はるお》には、深夜《しんや》の便所《べんじょ》で与謝野晶子《よさのあきこ》の霊《れい》と遭遇《そうぐう》するという短篇小説《たんぺんしょうせつ》「永《なが》く相《あい》おもふ」もある。

いと思《おも》った。今吠《いまほ》えている犬《いぬ》は、その病人《びょうにん》の愛犬《あいけん》であるが、ふだんはあまり吠《ほ》えもしないのに、この二三日《にさんにち》どうしたかやかましく吠《ほ》えるのだそうである。

自分《じぶん》はすっかり目《め》がさめてしまった。そうしてさっきの芥川《あくたがわ》の夢《ゆめ》の分析《ぶんせき》を始《はじ》めてみた、ごく浅《あさ》い眠《ねむ》りのなかで見《み》たものらしく、たいていの事《こと》は昨今《さっこん》の実生活《じっせいかつ》となにか関係《かんけい》のあることばかりであった。自分《じぶん》は夢《ゆめ》のなかでさえも実生活《じっせいかつ》から脱《だっ》しさることのできない自分《じぶん》をみずから憫《あわ》れんだ。

クウビンの「トオテン・タンツ」は実際《じっさい》ある本《ほん》である。自分《じぶん》は自分《じぶん》の書斎《しょさい》で谷崎《たにざき》にそれを見《み》せたものだ。ただ怪物屋敷《ばけものやしき》という観念《かんねん》だけはどこから来《き》たかわからない。

＊　＊　＊　＊　＊　＊

その夢《ゆめ》から三日《みっか》ほど後《あと》である。

留守宅《るすたく》から小包《こづつみ》がとどいた。その中《なか》から田中貢太郎《たなかこうたろう》*君《くん》が送《おく》ってくれた同君《どうくん》の近著怪談《きんちょかいだん》全集歴史篇《ぜんしゅうれきしへん》*が一冊《いっさつ》あった。偶然《ぐうぜん》のことだが、自分《じぶん》はへんな気《き》がした。自分《じぶん》の軽微《けいび》な脚気《かっけ》はじき*治《なお》りそうであるが、その代《かわ》りに自分《じぶん》は久《ひさ》しぶりで神経衰弱《しんけいすいじゃく》にかかったらしい。

* * * * *

雨《あめ》が晴《は》れた。花火《はなび》を日向《ひなた》にほして、その夕方《ゆうがた》子供《こども》と一緒《いっしょ》にそれを燃《も》やして遊《あそ》んだ。

その時《とき》、自分《じぶん》は思《おも》いだした。この間《あいだ》の夢《ゆめ》の怪物小屋《ばけものごや》の色《いろ》の変《か》わる光《ひかり》は、この花火《はなび》の光《ひかり》と同《おな》じものだった。女中《じょちゅう》の話《はなし》では隣家《りんか》の主人《しゅじん》はまた持《も》ちなおしそうだという。

そのせいか犬《いぬ》はもうあまり鳴《な》かない。

（「平凡《へいぼん》」一九二八年《ねん》十一月号掲載《がつごうけいさい》）

田中貢太郎《たなかこうたろう》（一八八〇～一九四一）高知出身《こうちしゅっしん》の作家《さっか》。大町桂月《おおまちけいげつ》に師事《しじ》。代表作《だいひょうさく》に「旋風時代《せんぷうじだい》」など。一九二〇年代《ねんだい》に怪談小説《かいだんしょうせつ》、怪談実話《かいだんじつわ》を大量《たいりょう》に手《て》がけ、『剪燈新話《せんとうしんわ》』『聊斎志異《りょうさいしい》』など中国志怪小説《ちゅうごくしかいしょうせつ》の翻訳《ほんやく》でも知《し》られた。

怪談全集 歴史篇《かいだんぜんしゅうれきしへん》　田中貢太郎《たなかこうたろう》が一九二八年《ねん》七月《がつ》に改造社《かいぞうしゃ》から刊行《かんこう》した怪談集《かいだんしゅう》。「歴史篇《れきしへん》」と「現代篇《げんだいへん》」の二冊《にさつ》から成《な》る。ちなみに「歴史篇《れきしへん》」には「山《やま》の怪《かい》」「山寺《やまでら》の怪《かい》」「山姑《やまうば》の怪《かい》」といったタイトルが目《め》につく。「山寺《やまでら》の怪《かい》」は渓流沿《けいりゅうぞ》いの温泉宿《おんせんやど》に滞在中《たいざいちゅう》の武士《ぶし》が体験《たいけん》する怪異譚《かいいたん》である。

じき　すぐに。

病《びょう》中《ちゅう》夢《む》

志《し》賀《が》直《なお》哉《や》

月夜《つきよ》。私《わたし》は版画《はんが》の下絵《したえ》にする神社《じんじゃ》の境内《けいだい》を今夜《こんや》のうちに見《み》ておこうと思《おも》った。帰《かえ》る友《とも》、二人《ふたり》を送《おく》って一緒《いっしょ》に戸外《そと》に出《で》る。

私《わたし》の家《うち》というのは寺《てら》の庫裡《くり》*のような、いやにどっしりとした家《いえ》であった。二人《ふたり》の友《とも》は月光《げっこう》の中《なか》に立《た》ち話《ばなし》をしている。白《しろ》い砂《すな》をしいたように明《あか》るく、そこには木《き》のかげも建物《たてもの》の影《かげ》もなかった。

立《た》ち話《ばなし》が長《なが》かったので私《わたし》はその間《あいだ》にちょっと社《やしろ》を見《み》てこようと思《おも》った。

人家《じんか》のない道《みち》で、夜《よ》ふけで、人《ひと》は一人《ひとり》も歩《ある》いていない。月光《げっこう》はそれほど度強《どぎつ》く*ないが、しかし明《あか》るかった。

路《みち》に小《ちい》さな白黒《しろくろ》のぶち犬《いぬ》*が死《し》んで横倒《よこだお》しになっていた。死《し》んでだいぶになるらしく腹《はら》なども厚《あつ》みがなくなり、眼《め》の玉《たま》も一方《いっぽう》はなくなってそこが凹《へこ》んでいた、水《みず》で死《し》んだ犬《いぬ》*か、長《なが》い毛《け》がよれよれになって、ぐっしょり濡《ぬ》れていた。自分《じぶん》は立《た》ちどまらず、何気《なにげ》なくそれだけのことを見《み》て、そのそばを通《とお》りすぎた。そして十歩《じゅっぽ》ほど行《い》きすぎた時《とき》、なにか気配《けはい》を感《かん》じ振《ふ》りかえると、その死《し》んだ犬《いぬ》が死《し》んだまま、起《お》きあがって首《くび》を垂《た》れ、私《わたし》の後《うしろ》からついて来《き》た。

石段《いしだん》の上《うえ》にある神社《じんじゃ》の門《もん》は閉《しま》っていた。

私《わたし》はわきの一間《いっけん》*ほどの白《しろ》っぽい石垣《いしがき》をよじ上《のぼ》って*境内《けいだい》を眺《なが》めようとした。石垣《いしがき》の上には胸《むね》ほどの高《たか》さに要垣《かなめがき》*があり、それにつかまって私《わたし》は中《なか》をのぞいているのだが、要《かなめ》の根《ね》がゆるんでいて、力《ちから》をかけると、前《まえ》に後《うしろ》に、倒《たお》れそうになった。

死《し》んだ犬《いぬ》は石垣《いしがき》の下《した》からしきりに私《わたし》にとびつこうとする。私《わたし》は着物《きもの》の裾《すそ》をくわえられる

庫裡《くり》　寺《てら》の台所《だいどころ》・庫院《くいん》。
度強《どぎつ》く　強烈《きょうれつ》なさま。
ぶち犬《いぬ》　ぶちは「斑《ぶち》」と表記《ひょうき》。いろいろな毛色《けいろ》の混《ま》じっているもの。まだら。
水《みず》で死《し》んだ　溺《おぼ》れて死《し》んだ。

一間《いっけん》　約《やく》一・八一八メートル。
石垣《いしがき》をよじ上《のぼ》って　「山《やま》の日記《にっき》から」の夢《ゆめ》で、語《かた》り手《て》が石垣《いしがき》を越《こ》えようとする場面《ばめん》と響《ひび》き交《か》わしていることに留意《りゅうい》。157頁《ページ》参照《さんしょう》。
要垣《かなめがき》　カナメモチ（バラ科《か》の常緑小高木《じょうりょくしょうこうぼく》）を植《う》えた生《い》け垣《がき》。

と面倒《めんどう》なので片方《かたほう》の足《あし》で、はらいのけようとするが、要垣《かなめがき》がぐらぐらするのでなかなかうまくそれができなかった。

境内《けいだい》、静《しず》かな景色《けしき》だった。

門《もん》と社殿《しゃでん》の間《あいだ》はひろびろとした玉砂利《たまじゃり》＊の広場《ひろば》で、私《わたし》はそこを黒白《くろしろ》の木版《もくはん》にしようと考《かんが》えているのだ。門《もん》は大《おお》きい屋根《やね》の二階作《にかいづく》りの建築《けんちく》で、その一《ひと》つの柱《はしら》のそばに四五歳《しごさい》くらいの鹿《しか》が、これまた犬《いぬ》と同《おな》じようにびしょ濡《ぬ》れに濡《ぬ》れて横倒《よこだお》しに四本《よんほん》の足《あし》をつき出《だ》して死《し》んでいた。死《し》んで日《ひ》も経《た》っている。私《わたし》は私《わたし》がもしこの要垣《かなめがき》を越《こ》して境内《けいだい》に入《はい》っていくと、今度《こんど》はこの鹿《しか》が犬《いぬ》の代《かわ》りに起《お》きあがって私《わたし》について来《く》るのだなと思《おも》って、それを眺《なが》めた。

（「新風土《しんふうど》」一九三九年《ねん》十月号掲載《がっごうけいさい》）

玉砂利《たまじゃり》　砂利《じゃり》の粒《つぶ》の大《おお》きめなもの。庭先《にわさき》や道路《どうろ》などに敷《し》く。

夢《ゆめ》野《の》久《きゅう》作《さく》

怪《かい》夢《む》

工《こう》　場《じょう》

おごそかに明《あか》るくなっていく鉄工場《てっこうじょう》の霜朝《しもあさ》*である。

二三日前《にさんにちまえ》からコークス*を焚《た》きつづけた大坩堝《おおるつぼ》*が、鋳物工場《いものこうじょう》*のうす暗《くら》がりの中《なか》で、夕日《ゆうひ》のように熟《じゅく》しきっている時刻《じこく》である。

黄色《きいろ》い電燈《でんとう》の下《した》で、汽鑵《ボイラー》*の圧力計指針《はり》が、二百封度《にひゃくポンド》*を突破《とっぱ》すべく、無言《むごん》の戦慄《せんりつ》を続《つづ》けている数分間《すうふんかん》である。

まっ黒く煤《すす》けた工場《こうじょう》の全体《ぜんたい》に、地下千尺《ちかせんじゃく》*の静《しず》けさが感《かん》じられる一刹那《いっせつな》*である。

……そのシンカン*とした一刹那《いっせつな》が暗示《あんじ》する、測《はか》りしれない、ある不吉《ふきつ》な予感《よかん》……この工《こう》場《じょう》が破裂《はれつ》してしまいそうな……。

私《わたし》はゆうゆうと腕《うで》を組《く》みなおした。そんな途方《とほう》もない、想像《そうぞう》のおよばない出来事《できごと》に対《たい》する予感《よかん》を、心《こころ》の奥底《おくそこ》で冷笑《れいしょう》しつつ、高《たか》い天井《てんじょう》のアカリ取《と》り窓《まど》*をあおいだ。そこから斜《なな》めに、青空《あおぞら》はるかに黒煙《こくえん》を吐《は》きだす煙突《えんとつ》を見《み》あげた。その斜《なな》めに傾《かたむ》いた煙突《えんとつ》の半面《はんめん》が、旭《あさひ》のオリーブ色《いろ》をクッキリと輝《かがや》かしながら、今《いま》にも頭《あたま》の上《うえ》に倒《たお》れかかってくるような錯覚《さっかく》の眩暈《めまい》を感《かん》じつつ、頭《あたま》を強《つよ》く左右《さゆう》にふった。

私《わたし》は、私《わたし》の父親《ちちおや》が頓死《とんし》*をしたために、まだ学士《がくし》*になったばかりの無経験《むけいけん》のまま、この工《こう》場《じょう》を受《う》けつがせられた……そうしてタッタ今《いま》、生《う》まれて初《はじ》めての実地作業《じっちさぎょう》を指揮《しき》すべく、

霜朝《しもあさ》　霜《しも》が降《お》りた寒《さむ》い朝《あさ》。

コークス　(coke) 石炭《せきたん》を乾留《かんりゅう》(空気《くうき》を遮断《しゃだん》した状態《じょうたい》で固形物《こけいぶつ》を高温加熱《こうおんかねつ》・分解《ぶんかい》し、溜出物《りゅうしゅつぶつ》と残留物《ざんりゅうぶつ》とに分離《ぶんり》する操作《そうさ》)し揮発分《きはつぶん》を除《のぞ》いた、灰黒色《かいこくしょく》で金属性光沢《きんぞくせいこうたく》のある固形燃料《こけいねんりょう》。骸炭《がいたん》とも。

坩堝《るつぼ》　物質《ぶっしつ》を溶《と》かしたり熱《ねっ》するために用《もち》いられる耐火性《たいかせい》の容器《ようき》。

鋳物工場《いものこうじょう》　鉄《てつ》・アルミニウム・青銅《せいどう》・マグネシウム・アンチモン・錫《すず》・鉛《なまり》などの金属《きんぞく》を溶融《ようゆう》し鋳型《いがた》に流《なが》し込《こ》んで器物《きぶつ》を製造《せいぞう》する工場《こうじょう》。

気罐《ボイラー》　(boiler) 密閉《みっぺい》した鋼製《こうせい》の容器内《ようきない》で水《みず》を加熱《かねつ》し、高温高圧《こうおんこうあつ》の蒸気《じょうき》を発生《はっせい》させる装置《そうち》。

二百封度《にひゃくポンド》　(pound) ヤード・ポンド法《ほう》での質量《しつりょう》の単位《たんい》。九〇・七二〇グラム。

千尺《せんじゃく》　約《やく》三〇三・〇三メートル。

一刹那《いっせつな》　瞬間《しゅんかん》。ひととき。

シンカン　「森閑《しんかん》」と表記《ひょうき》。ひっそり静《しず》まりかえっているさま。

アカリ取《と》り窓《まど》　アカリは「明《あ》かり」。屋内《おくない》に光《ひかり》を採《と》り入《い》れるための窓《まど》。採光窓《さいこうまど》。

頓死《とんし》　にわかに死《し》ぬこと。突然死《とつぜんし》。なお、久作《きゅうさく》の父《ちち》・杉山茂丸《すぎやましげまる》は、政界《せいかい》の黒幕《くろまく》として精力的《せいりょくてき》に活動《かつどう》していたが、一九三五年《ねん》七月《がつ》に頓死《とんし》。翌春《よくしゅん》に久作自身《きゅうさくじしん》も頓死《とんし》している。

学士《がくし》　大学《だいがく》の学部卒業者《がくぶそつぎょうしゃ》に授与《じゅよ》される学位《がくい》。それを得《え》た人《ひと》。

引《ひ》っぱりだされたのである。若《わか》い、新米《しんまい》の主人《しゅじん》に対《たい》する職工《しょっこう》*たちの侮辱《ぶじょく》と、冷罵《れいば》*とを予期《よき》させられつつ……。

しかし私《わたし》の負《ま》けじ魂《だましい》*は、そんな不吉《ふきつ》な予感《よかん》のすべてを、腹《はら》の底《そこ》の底《そこ》の方《ほう》へ押《お》しかくしてしまった。誇《ほこ》りかな*気軽《きがる》い態度《たいど》で、バット*を横《よこ》ぐわえにしいしい、*持場《もちば》もちばについている職工《しょっこう》たちの白《しろ》い呼吸《こきゅう》を見《み》まわした。

私《わたし》の眼《め》の前《まえ》には巨大《きょだい》なフライホイール*が、黒《くろ》い虹《にじ》のようにピカピカと微笑《びしょう》している。その向《む》うに消《き》えのこっている昨夜《さくや》からの暗黒《あんこく》の中《なか》には、大小《だいしょう》の歯車《はぐるま》が幾個《いくこ》となく、無限《むげん》の歯《は》がみを*しあっている。

ピストンロッド*は灰色《はいいろ》の腕《うで》をニューと突《つ》きだしたまま……。

水圧打鋲機《すいあつだびょうき》*は天井裏《てんじょううら》の暗《くら》がりをにらみ上《あ》げたまま……。

スチームハンマー*は片足《かたあし》を持《も》ちあげたまま……。

……すべてが超自然《ちょうしぜん》の巨大《きょだい》な馬力《ばりき》と、物理原則《ぶつりげんそく》が生《う》む確信《かくしん》とを百《ひゃく》パーセントに身《み》がまえて、私《わたし》の命令一下《めいれいいっか》*を待《ま》つべく、あくまでも静《しず》まりかえっている。

……シイ——イイ……という音《おと》がどこからともなく聞《き》こえるのは、セーフチーバルブ*の唇《くちびる》を洩《も》るスチームの音《おと》であろう……それとも私《わたし》の耳《みみ》の底《そこ》の鳴《な》る音《おと》か……。

私《わたし》の背筋《せすじ》をある力《ちから》が伝《つた》わった。右手《みぎて》が自《おのず》から高《たか》くあがった。

職工長《しょっこうちょう》がうなずいて去《さ》った。

職工《しょっこう》　工員《こういん》。工場労働者《こうじょうろうどうしゃ》。
冷罵《れいば》　あざけり、ののしること。
負《ま》**けじ魂**《だましい》　人《ひと》に負《ま》けたくないと思《おも》う気持《きも》ち。負《ま》けず嫌《ぎら》いの性分《しょうぶん》。
誇《ほこ》**りかな**　自信満々《じしんまんまん》なさま。
バット　(bat)「ゴールデン・バット」の略《りゃく》。一九〇六年《ねん》の発売《はつばい》以来《いらい》、現在《げんざい》まで親《した》しまれている紙巻煙草《かみまきたばこ》の銘柄《めいがら》。金色《きんいろ》の蝙蝠《こうもり》がパッケージ図案《ずあん》に用《もち》いられている。
しいしい　しながら、の意《い》。
フライホイール　(flywheel) はずみ車《くるま》。回転軸《かいてんじく》に取《と》りつける重《おも》い車《くるま》で、軸《じく》の回転《かいてん》をなめらかにしたり安定《あんてい》させたりなどするための装置《そうち》。「勢車《せいしゃ》」とも表記《ひょうき》。
歯《は》**がみ**　本来《ほんらい》は「歯《は》ぎしり」の意《い》。ここでは、歯車《はぐるま》が嚙《か》み合《あ》う様子《ようす》だが、本来《ほんらい》のニュアンスも加味《かみ》されていよう。
ピストンロッド　(piston rod) ピストン棒《ぼう》。ピストン(往復機関《おうふくきかん》やポンプのシリンダー内《ない》を往復運動《おうふくうんどう》する円筒状《えんとうじょう》の部材《ぶざい》)が生《う》み出《だ》す動力《どうりょく》をクランク(往復運動《おうふくうんどう》と回転運動《かいてんうんどう》を相互変換《そうごへんかん》するための屈曲《くっきょく》した回転軸《かいてんじく》)に伝《つた》える棒状《ぼうじょう》の部材《ぶざい》。
水圧打鋲機《すいあつだびょうき》　水圧《すいあつ》を利用《りよう》して鋲《びょう》(リベット)を打《う》ち込《こ》む装置《そうち》。
スチームハンマー　(steam-hammer) 蒸気《じょうき》ハンマー。蒸気《じょうき》の力《ちから》でハンマーを駆動《くどう》し、金属《きんぞく》を鍛造《たんぞう》する機械《きかい》。
命令一下《めいれいいっか》　命令《めいれい》を下《くだ》すこと。
セーフチーバルブ　(safety valve) 安全弁《あんぜんべん》。ボイラー内《ない》の圧力《あつりょく》が規定《きてい》を越《こ》えると自動的《じどうてき》に弁《べん》が開《ひら》いて蒸気《じょうき》を放出《ほうしゅつ》、圧力《あつりょく》を一定《いってい》に抑《おさ》えるように工夫《くふう》された装置《そうち》。

……極《きわ》めて徐々《じょじょ》に……徐々《じょじょ》に……工場内《こうじょうない》に重《かさ》なりあった一切《いっさい》の機械《きかい》が眼《め》ざめはじめる。

工場《こうじょう》の隅《すみ》から隅《すみ》まで、スチームが行《い》きわたり初《はじ》めたのだ。

そうして次第《しだい》しだいに早《はや》く……ついには眼《め》にも止《と》まらぬ鉄《てつ》の眩覚《げんかく》*が私《わたし》の周囲《しゅうい》から一時《いっとき》に渦巻《うずま》きおこる。……人間《にんげん》……狂人《きょうじん》……超人《ちょうじん》……野獣《やじゅう》……猛獣《もうじゅう》……怪獣《かいじゅう》……巨獣《きょじゅう》*……それらの一切《いっさい》の力《ちから》をものともせぬ鉄《てつ》の怒号《どごう》*……いかなる偉大《いだい》なる精神《せいしん》をも一瞬《いっしゅん》のうちに恐怖《きょうふ》と死《し》の錯覚《さっかく》の中《なか》に誘《さそ》いこまねばおかぬまっ黒《くろ》な、残忍冷酷《ざんにんれいこく》な呻吟《しんぎん》*が、いたるところに転《ころ》がりまわる。

今《いま》までに幾人《いくにん》となく引《ひ》きさかれ、切《き》りちぎられ、タタきつけられた女工《じょこう》や、幼年工《ようねんこう》の亡《ぼう》霊《れい》をあざける響《ひび》き……。

このあいだ打《う》ちくだかれた老職工《ろうしょっこう》の頭蓋骨《ずがいこつ》を罵倒《ばとう》する声《こえ》……。

ずっと前《まえ》にヘシおられた大男《おおおとこ》の両足《りょうあし》を愚弄《ぐろう》*する音《おと》……。

すべての生命《せいめい》を冷眼視《れいがんし》*し、度外視《どがいし》*して、鉄《てつ》と火《ひ》との激闘《げきとう》に熱中《ねっちゅう》させる地獄《じごく》の騒音《そうおん》……。

はるかの木工場《もっこうじょう》からむせんで来《く》る旋回円鋸機《せんかいえんきょき》*の悲鳴《ひめい》は、首筋《くびすじ》から耳《みみ》の付《つ》け根《ね》を伝《つた》わって、頭髪《とうはつ》の一本一本《いっぽんいっぽん》ごとにしみこんで震《ふる》える。あの音《おと》も数本《すうほん》の指《ゆび》と、腕《うで》と、人《ひと》の若者《わかもの》の前額《ぜんがく》を斬《き》りさいた。その血《ち》しぶきは今《いま》でも梁木《はりき》の胴腹《どうばら》に黒《くろ》ずんで残《のこ》っている。

私《わたし》の父親《ちちおや》は世間《せけん》から狂人《きょうじん》あつかいにされていた。それは仕事《しごと》にかかったが最後《さいご》、昼夜《ちゅうや》ブッ通《とお》しに、血《ち》も涙《なみだ》もない鋼鉄色《こうてついろ》の瞳《ひとみ》をギラギラさせる、無学《むがく》な、*醜怪《しゅうかい》な老職工《ろうしょっこう》だからであった。それがこの工場《こうじょう》の十字架《じゅうじか》*であり、誇《ほこ》りであると同時《どうじ》に、数十《すうじゅう》の鉄工所《てっこうじょ》に対《たい》する不《ふ》断《だん》*の脅威《きょうい》となっていたからであった。

眩覚《げんかく》　目眩《めまい》を起《お》こさせるような感覚《かんかく》。

……**人間**《にんげん》……**狂人**《きょうじん》……**超人**《ちょうじん》……**野獣**《やじゅう》……**猛獣**《もうじゅう》……**怪獣**《かいじゅう》……**巨獣**《きょじゅう》……
まるで後世《こうせい》の特撮映画《とくさつえいが》を先取《さきど》りするかのようなヒエラルキー（上下構造《じょうげこうぞう》）ではないか！

怒号《どごう》　怒《いか》り叫《さけ》ぶこと。

呻吟《しんぎん》　うめき苦《くる》しむこと。

愚弄《ぐろう》　あなどり、からかうこと。

冷眼視《れいがんし》　冷《ひ》ややかに突《つ》き放《はな》して見《み》ること。

度外視《どがいし》　問題《もんだい》にしないこと。無視《むし》すること。

旋回円鋸機《せんかいえんきょき》　「丸鋸盤《まるのこばん》」とも。鋼製《こうせい》の円板《えんばん》の周囲《しゅうい》に歯《は》を刻《きざ》んだ円形《えんけい》のこぎりを回転《かいてん》させて木材《もくざい》などを切断《せつだん》する機械《きかい》。

無学《むがく》**な**　教育《きょういく》を受《う》けていない。

十字架《じゅうじか》　ここでは、背負《せお》うべき宿業《しゅくごう》といったニュアンス。

不断《ふだん》**の**　絶《た》え間《ま》ない。

だから人体《じんたい》の一部分《いちぶぶん》、もしくは生命《せいめい》そのものを奪《うば》った経験《けいけん》を持《も》たぬ機械《きかい》は、この工場《こうじょう》に一《ひと》つもなかった。まっ黒《くろ》い壁《かべ》や、天井《てんじょう》の隅々《すみずみ》までも血《ち》の絶叫《ぜっきょう》と、冷笑《れいしょう》がしみこんでいた。それ程《ほど》さようにこの工場《こうじょう》の職工達《しょっこうたち》は熱心《ねっしん》であった。それ程《ほど》さようにこの工場《こうじょう》の機械《きかい》らは真剣《しんけん》であった。

しかも、それらの一切《いっさい》を支配《しはい》して、鉄《てつ》も、血《ち》も、肉《にく》も、霊魂《れいこん》も、残《のこ》らず蔑視《べっし》*して、木ッ《こ》葉《ぱ》のごとく相闘《あいたたか》わせ、相呪《あいのろ》わせる……そうしてさらに新《あたら》しく、偉大《いだい》な鉄《てつ》の冷笑《れいしょう》を創造《そうぞう》させる……それが私《わたし》の父親《ちちおや》の遺志《いし》であった。……と同時《どうじ》に私《わたし》が微笑《びしょう》すべき満足《まんぞく》ではなかったか……。

「ナアニ。やって見《み》せる。児戯《じぎ》に類《るい》する*仕事《しごと》だ……」

私《わたし》は腕《うで》を組《く》んだまままゆうゆうと歩《ある》きだした。まだまだこれからドレくらいの生霊《いきりょう》を、鉄《てつ》の餌食《えじき》に投《な》げだすかしれないと思《おも》いつつ……馬鹿馬鹿《ばかばか》しいくらい荘厳《そうごん》な全工場《ぜんこうじょう》の、叫喚《きょうかん》、*大叫喚《だいきょうかん》を耳《みみ》に慣《な》れさせつつ……残虐《ざんぎゃく》を極《きわ》めた空想《くうそう》を微笑《びしょう》させつつ運《はこ》んでいく、私《わたし》の得意《とくい》の最高潮《さいこうちょう》……。

「ウワッ。タタ大将《たいしょう》オッ」

という悲鳴《ひめい》に近《ちか》い絶叫《ぜっきょう》が私《わたし》の背後《はいご》に起《お》こった。

「……また誰《だれ》かやられたか……」

と私《わたし》は瞬間《しゅんかん》に神経《しんけい》を冴《さ》えかえらせた。そうしておもむろに*振《ふ》りかえった私《わたし》の鼻《はな》の先《さき》へ、クレエン*に釣《つ》られた太陽色《たいよういろ》の大坩堝《おおるつぼ》が、白《しろ》い火花《ひばな》を一面《いちめん》にちりばめながらキラキラとゆらめきせまっていた。ふれるもののすべてを燃《も》やすべく……。

私《わたし》は眼《め》がくらんだ。ポンプの鋳型《いがた》*を踏《ふ》みくだいて飛《と》びのいた。全身《ぜんしん》の血《ち》を心臓《しんぞう》に集中《しゅうちゅう》さしたまま木工場《もっこうじょう》の扉《ドア》に衝突《しょうとつ》して立《た》ちどまった。

私《わたし》の前《まえ》に五六人《ごろくにん》の鋳物工《いものこう》が駆《か》けよって来《き》た。ピョコピョコと頭《あたま》を下《さ》げつつ不注意《ふちゅうい》を詫《わ》び

蔑視《べっし》　さげすむこと。
児戯《じぎ》に類《るい》する　子供《こども》の遊《あそ》びと同《おな》じで、なんの価値《かち》もないこと。
叫喚《きょうかん》　大声《おおごえ》でわめき叫《さけ》ぶこと。
おもむろに　ゆっくりと。

クレエン　(crane) 重量物《じゅうりょうぶつ》を吊《つ》り上《あ》げて移動《いどう》させる機械《きかい》の総称《そうしょう》。起重機《きじゅうき》。
鋳型《いがた》　溶《と》かした金属《きんぞく》を注入《ちゅうにゅう》して鋳物《いもの》の形《かたち》をつくるために用《もち》いられる型《かた》。

た。

その顔《かお》を見《み》まわしながら私《わたし》はポカンと口《くち》を開《あ》いていた。……額《ひたい》と、頬《ほほ》と、鼻《はな》の頭《あたま》に受《う》けた軽《かる》い火傷《やけど》に、冷《つめ》たい空気《くうき》がヒリヒリとしみるのを感《かん》じていた……そうして工場全体《こうじょうぜんたい》の物音《ものおと》が一《ひと》つ一《ひと》つに嘲笑《ちょうしょう》しているのを聴《き》いていた……。

「エヘヘヘヘヘヘヘヘ」*

「オホホホホホホホホ」

「イヒヒヒヒヒヒヒヒ」

「ハハハハハハハハハ」

「フフフフフフフフフ」

「ゲラゲラゲラゲラゲラ」

「ガラガラガラガラガラ」

「エヘヘヘヘヘヘヘヘ」 これ以降《いこう》の機械《きかい》たちが発《はっ》するオノマトペ（擬音語《ぎおんご》）の連《つら》なりは、「病蓐《びょうじょく》の幻想《げんそう》」におけるランボーの「母音《ぼいん》」のくだり、さらには口腔内《こうくうない》の花園《はなぞの》のイメージと響《ひび》き交《か》わすものがあろう。

「ゴロゴロゴロゴロゴロ」

「……ザマア見《み》やがれ……」

空《くう》中《ちゅう》

T11と番号《ばんごう》を打《う》った単葉《たんよう》*の偵察機《ていさつき》が、緑《みどり》の野山《のやま》を蹴《け》おとしつつスバラシイ急角度《きゅうかくど》で上《じょう》昇《しょう》しはじめた。

「……オイ……。Y中尉《ちゅうい》。*あの11の単葉《たんよう》なら止《よ》せ。君《きみ》は赴任《ふにん》そうそうだから知《し》るまいが、アイツは今《いま》までに二度《にど》も搭乗者《とうじょうしゃ》が空中《くうちゅう》で行方不明《ゆくえふめい》になったんだ。おまけに二度《にど》とも機体《きたい》だけが、不思議《ふしぎ》に無疵《むきず》のまま落《お》ちていたという曰《いわ》くつき*のシロモノなんだ。発動機《はつどうき》*も機体《きたい》もまだシッカリしているんだが、みんな乗《の》るのをいやがるもんだから、天井裏《てんじょううら》にくっつけておいたんだ……止《よ》せ止《よ》せ……」

そういって忠告《ちゅうこく》した司令官《しれいかん》の言葉《ことば》も、心配《しんぱい》そうに見送《みおく》った同僚《どうりょう》の顔《かお》も、みるみるうちに旧世紀《きゅうせいき》の出来事《できごと》のように層雲《そううん》＊の下《した》に消《き》えうせていった。そうして間《ま》もなく私《わたし》の頭《あたま》の上《うえ》には朝《あさ》の清新《せいしん》な太陽《たいよう》に濡《ぬ》れ輝《かがや》いている夏《なつ》の大空《おおぞら》が、青《あお》く青《あお》く涯《は》てしもなく拡《ひろ》がっていった。

私《わたし》は得意《とくい》であった。

機体《きたい》の全部《ぜんぶ》に関《かん》する精確《せいかく》な検査能力《けんさのうりょく》と、天候《てんこう》に対《たい》する鋭敏《えいびん》な観察力《かんさつりょく》と、あらゆる危険《きけん》を突破《とっぱ》した経験以外《けいけんいがい》には、何者《なにもの》をも信用《しんよう》しない事《こと》にきめている私《わたし》は、そうした司令官《しれいかん》や同《どう》僚《りょう》たちの、迷信《めいしん》じみた心配《しんぱい》に対《たい》する単純《たんじゅん》な反感《はんかん》から、思《おも》いきってこうした急角度《きゅうかくど》の上《あ》げ舵《かじ》＊を取《と》ったのであった。……そんなことで戦争《せんそう》に行《い》けるか……という気《き》になって……。

だが……ソンナような反感《はんかん》も、ヒイヤリと流《なが》れかかる層雲《そううん》の一角《いっかく》を突破《とっぱ》して行《い》くうちに、あとかたもなく消《き》えうせていった。そうして、あとには二千五百米《にせんごひゃくメートル》突を示《しめ》す高度計《こうどけい》と、不《ふ》

単葉《たんよう》　単葉機《たんようき》。主翼《しゅよく》が一枚《いちまい》の飛行機《ひこうき》。この作品《さくひん》が書《か》かれた時期《じき》は、複葉機《ふくようき》から単葉機《たんようき》への移行期《いこうき》にあたる。

中尉《ちゅうい》　陸海軍将校《りくかいぐんしょうこう》の階級《かいきゅう》で、大尉《たいい》と少尉《しょうい》との間《あいだ》。

曰《いわ》くつき　特異《とくい》な事情《じじょう》がある事柄《ことがら》や物《もの》。

発動機《はつどうき》　エンジン。

層雲《そううん》　下層雲《かそううん》の一種《いっしゅ》。大気《たいき》の下層《かそう》、地上《ちじょう》から約《やく》二〇〇〇メートルに生《しょう》ずる雲《くも》。雲頂《うんちょう》が平《たい》らに層状《そうじょう》をなしている。

上《あ》げ舵《かじ》　機体《きたい》を上昇《じょうしょう》させるための操縦桿《そうじゅうかん》の操作《そうさ》。

思議《しぎ》なほど静《しず》かなプロペラのうなりと、なんともいえず好調子《こうちょうし》なスパーク*の霊感《れいかん》だけが残《のこ》っていた。

……この11機《き》はトテモ素敵《すてき》だぞ……。

……もう三百《さんびゃく》キロを突破《とっぱ》しているのにこの静《しず》かさはドウダ……。

……おまけにコンナ日《ひ》にはエア・ポケツ*もないはずだからナ……。

……層雲《そううん》がなければここいらで一《ひと》つ、高等飛行《こうとうひこう》*をやって驚《おどろ》かしてくれるんだがナア……。

……なぞと思《おも》いつづけながら、軽《かる》い上《あ》げ舵《かじ》を取《と》っていくうちに、私《わたし》はフト、私《わたし》の脚下《あしもと》二三百米《にさんびゃくメートル》突のところにある層雲《そううん》の上《うえ》を、11機《き》の投影《とうえい》が高《たか》くなり、低《ひく》くなりつつ相《あい》ならんですべって行《い》くのを発見《はっけん》した。

それを見《み》るとさすがに飛行《ひこう》慣《な》れた私《わたし》も、なんともいえない嬉《うれ》しさを感《かん》じないわけにいかなかった。大空《おおぞら》のただ中《なか》で、空《そら》の征服者《せいふくしゃ》のみが感《かん》じえる、澄《す》みきった満足《まんぞく》をシミジミ味《あじ》わずにはいられなかった。……真《しん》に子供《こども》らしい……胸《むね》のドキドキする……。

……二千五百《にせんごひゃく》の高度《こうど》……。

……静《しず》かなプロペラのうなり……。

……好調子《こうちょうし》なスパークの霊感《れいかん》……。

私《わたし》の眼《め》に、なにもかも忘《わす》れた熱《あつ》い涙《なみだ》がニジミ出《だ》した。太陽《たいよう》と、青空《あおぞら》と、雲《くも》の間《あいだ》を、ヒトリポッチ*で飛《と》んでいく感激《かんげき》の涙《なみだ》が……それを押《お》ししずめるべく私《わたし》は、眼鏡《めがね》の中《なか》で二三度《にさんど》パチパチと瞬《また》きをした。

……その瞬間《しゅんかん》であった……。

ちょうどプロペラのま正面《しょうめん》にピカピカ光《ひか》っている、大《おお》きな鏡《かがみ》のような青空《あおぞら》の中《なか》から、一《いち》台《だい》の小《ちい》さな飛行機《ひこうき》があらわれて、ズンズン形《かたち》を大《おお》きくしはじめたのは……。

私《わたし》は不思議《ふしぎ》に思《おも》った。あまりに突然《とつぜん》のことなので眼《め》の誤《あやま》りかと思《おも》ったが、そう思《おも》ううち

スパーク　スパークプラグ（spark plug）のこと。エンジンの点火装置《てんかそうち》。

高等飛行《こうとうひこう》　高《たか》い操縦《そうじゅう》技術《ぎじゅつ》を要《よう》する飛行《ひこう》。アクロバット飛行《ひこう》など。

エア・ポケツ　エア・ポケット（air pocket）のこと。気流《きりゅう》の乱《みだ》れなどにより飛行機《ひこうき》が急激《きゅうげき》に下降《かこう》する地点《ちてん》。

ヒトリポッチ　ひとりぼっち。

に向《むこ》うの黒《くろ》い影《かげ》はグングン大《おお》きくなって、ハッキリした単葉《たんよう》の姿《すがた》をあらわして来《き》た。

私《わたし》は心構《こころがま》えしながら舵機《だき》*をシッカリと握《にぎ》り締《し》めた。

……二千五百《にせんごひゃく》の高度《こうど》……。

……静《しず》かなプロペラのうなり……。

……好調子《こうちょうし》なスパークの霊感《れいかん》……。

私《わたし》は驚《おどろ》いた。固唾《かたず》をのんで*眼《め》をみはった。向《むこ》うから来《く》るのは私《わたし》の乗機《じょうき》と一分一厘《いちぶいちりん》たがわぬ*陸上《りくじょう》の偵察機《ていさつき》である。搭乗者《とうじょうしゃ》も一人《ひとり》らしい。機《き》のマークや番号《ばんごう》はむろん見《み》えないが……。

……二千五百《にせんごひゃく》の高度《こうど》……。

……静《しず》かなプロペラ……。

……好調子《こうちょうし》なスパーク……。

……青空《あおぞら》……。

……太陽《たいよう》……。

……層雲《そううん》の海《うみ》……。

私《わたし》はアット声《こえ》を立《た》てた。

私《わたし》が大《おお》きく左舵《ひだりかじ》を取《と》って避《さ》けようとすると、同時《どうじ》に向《むこ》うの機《き》も薄暗《うすぐら》い左《ひだり》の横腹《よこばら》を見《み》せつつ大《おお》きく迂回《うかい》して私《わたし》のま正面《しょうめん》に向《むか》ってきた。

私《わたし》の全身《ぜんしん》に冷汗《ひやあせ》がニジミ出《で》た。……コンナ馬鹿《ばか》な事《こと》がと思《おも》いつつあわてて機体《きたい》を右《みぎ》に向《む》けると、向《むこ》うの機《き》も真似《まね》をするかのように右《みぎ》の横腹《よこばら》を眩《まぶ》しく光《ひか》らせつつ、やはりま正面《しょうめん》に向《むか》ってくる。

……鏡面《きょうめん》に映《えい》ずる影《かげ》の通《とお》りに……。

舵機《だき》　操縦桿《そうじゅうかん》。
固唾《かたず》をのんで　先《さき》のなりゆきを案《あん》じるなどして、思《おも》わず息《いき》をこらすさま。
一分一厘《いちぶいちりん》たがわぬ　ごくわずかな違《ちが》いもない。

私《わたし》の全神経《ぜんしんけい》が強直《ごうちょく》*した。歯《は》の根《ね》がカチカチと鳴《な》りだした。

その途端《とたん》に私《わたし》の機体《きたい》が、軽《かる》いエア・ポケツに陥《おちい》ったらしくユラユラと前《まえ》に傾《かたむ》いた。……と同時《どうじ》に向《むこ》うの機《き》もユラユラと前《まえ》に傾《かたむ》いたが、その一刹那《いっせつな》に見《み》えた対機《むこう》のマークは紛《まぎ》れもなく……T11……と読《よ》まれたではないか……。*

……と思《おも》う間《ま》もなくその両翼《りょうよく》を、こっちと同時《どうじ》に立《た》てなおして向《むこ》うの機《き》は、ま正面《しょうめん》から一直線《いっちょくせん》に衝突《しょうとつ》してきたではないか……。

……私《わたし》はスイッチを切《き》った。

……ベルトを解《と》いた。

……座席《ざせき》から飛《と》びだした。

……パラシュートを開《ひら》かないまま百米突《ひゃくメートル》ほど落《お》ちていった。

私《わたし》と同《おな》じ姿勢《しせい》で、パラシュートを開《ひら》かないまま、弾丸《だんがん》のように落下《らっか》していく私《わたし》そっくりの相手《あいて》の姿《すがた》……私《わたし》そっくりの顔《かお》を凝視《ぎょうし》しながら……。

……はてしもない青空《あおぞら》……。
……眩《まぶ》しい太陽《たいよう》……。
……黄色《きいろ》く光《ひか》る層雲《そううん》の海《うみ》……。

街《がい》　路《ろ》

大東京《だいとうきょう》の深夜《しんや》……。
クラブで遊《あそ》びつかれたあげく、タッタ一人《ひとり》でうなだれて、トボトボと歩《ある》きながら自宅《じたく》の

強直《ごうちょく》　硬《かた》くこわばること。硬直《こうちょく》とも。
対機《むこう》のマークは紛《まぎ》れもなく　飛行機《ひこうき》と列車《れっしゃ》の違《ちが》いはあるが、フランスの作家《さっか》マルセル・シュオッブの怪奇小説《かいきしょうせつ》「列車《れっしゃ》〇八一」（一八九一）と酷似《こくじ》した趣向《しゅこう》であるのが面白《おもしろ》い。「われわれの列車《れっしゃ》の番号《ばんごう》は、一八〇と石盤《せきばん》の上《うえ》にチョークで印《しる》してある。――われわれと向《む》かい合《あ》って、ちょうど同《おな》じ場所《ばしょ》に、大《おお》きな白《しろ》い板《いた》がかかっていて、〇八一と黒《くろ》く数字《すうじ》が書《か》いてある」（創元推理文庫版《そうげんすいりぶんこばん》『怪奇小説傑作集《かいきしょうせつけっさくしゅう》４』所収《しょしゅう》「列車《れっしゃ》〇八一」青柳瑞穂訳《あおやぎみずほやく》より）ちなみに「Ｔ11」は、字形《じけい》が左右《さゆう》対称《たいしょう》なので、鏡像《きょうぞう》で左右《さゆう》が反転《はんてん》しても変《か》わりがない点《てん》に注《ちゅう》目《もく》。

方《ほう》へ帰《かえ》りかけた私《わたし》はフト顔《かお》を上《あ》げた。そこいら中《じゅう》がパアット明《あか》るくなったので……。

……そのトタン……飛《と》び上《あが》るようなサイレンの音《おと》に、ハッと驚《おどろ》いて飛《と》びのく間《ま》もなく、一台《いちだい》の自動車《じどうしゃ》が疾風《はやて》のように私《わたし》を追《お》いぬいた。……続《つづ》いて起《おこ》る砂《すな》ほこり……ガソリンの臭《にお》い……4444の番号《ばんごう》と、赤《あか》いランプが見《み》る見《み》るうちに小《ちい》さく小《ちい》さく……。

……ハテナ……あの自動車《じどうしゃ》の主《ぬし》は人形《にんぎょう》じゃなかったかしら……あんまりきれい過《す》ぎる横《よこ》顔《がお》であった。着物《きもの》はよくわからなかったが、水《みず》の滴《したた》るような束髪《そくはつ》に結《ゆ》って、まっ白《しろ》に白粉《おしろい》をつけて、緑色《みどりいろ》の光《ひか》りの下《した》にチンと澄《す》まして……黒水晶《くろずいしょう》*のような眼《め》をパッチリと開《ひら》いて、こころ持《も》ち微笑《ほほえ》みをふくみながら、運転手《うんてんしゅ》と一緒《いっしょ》に、一直線《いっちょくせん》のまま正面《しょうめん》を見《み》つめていった。あの反《そ》り身《み》になった澄《す》まし加減《かげん》がイカニモ人形《にんぎょう》らしかった……と思《おも》ううちにまた一台《いちだい》あとから自動車《じどうしゃ》が来《き》た。

私《わたし》はすぐに振《ふ》りかえってみた。

その自動車《じどうしゃ》の主《ぬし》はパナマ帽《ぼう》*をかぶった紳士《しんし》であった。赭《あか》ら顔《がお》の堂《どう》々と肥《ふと》った、富豪《ふごう》の典《てん》型《けい》のような……それが両手《りょうて》をチャンと膝《ひざ》に置《お》いて、心持《こころも》ち反《そ》り身《み》になったまま、運転手《うんてんしゅ》と一緒《いっしょ》に、一直線《いっちょくせん》のま正面《しょうめん》をニコニコと凝視《ぎょうし》しながら、私《わたし》の前《まえ》をスーッと通《とお》りすぎた。自《じ》動車《どうしゃ》の番号《ばんごう》は１１１１……。

……人形《にんぎょう》だ人形《にんぎょう》だ。今《いま》の紳士《しんし》はたしかに人形《にんぎょう》だった……ハテナ……オカシイゾ……。

……と考《かんが》えているうちに私《わたし》はまた、石《いし》のように固《かた》くなったまま向《む》うから来《き》かかった自動《じどう》車《しゃ》の内部《ないぶ》を凝視《ぎょうし》した。

……今度《こんど》は金襴《きんらん》＊の法衣《ほうえ》を着《き》た坊《ぼう》さんであった。若《わか》い、品《ひん》のいい宮様《みやさま》＊のように鼻筋《はなすじ》のとおった人形《にんぎょう》……それが心持《こころも》ち＊眼《め》をふせて、両手《りょうて》を拝《おが》みあわせたままスーッとすべって行《い》った。

私《わたし》はブルブルと身震《みぶる》いをした。あたりは森閑《しんかん》＊とした街路《がいろ》……大空《おおぞら》は星《ほし》で一《いっ》パイ……。

……深夜《しんや》の東京《とうきょう》の怪《かい》……私《わたし》がタッタ一人《ひとり》で見《み》た……。

私《わたし》は、私《わたし》の周囲《しゅうい》に迫《せま》りつつある、なんともしれない、気味《きみ》のわるい、巨大《おおき》な、恐《おそ》ろしい

黒水晶《くろすいしょう》　近《ちか》くにある放射能鉱物《ほうしゃのうこうぶつ》の影響《えいきょう》を受《う》けて黒色《こくしょく》に色《いろ》が着《つ》いた水晶《すいしょう》。魔除《まよ》けの力《ちから》があるとされる。
パナマ帽《ぼう》　43頁《ページ》を参照《さんしょう》。
金襴《きんらん》　金糸《きんし》を緯糸《よこいと》として織《お》り込《こ》み、それをベースに文様《もんよう》を表《ひょう》出《しゅつ》した煌《きら》びやかな織物《おりもの》の総称《そうしょう》。
宮様《みやさま》　皇族《こうぞく》の敬称《けいしょう》。
心持《こころも》ち　やや。ほんの少《すこ》し。
森閑《しんかん》　169頁《ページ》を参照《さんしょう》。

ものを感《かん》じた。一刻《いっこく》も早《はや》く家《うち》に帰《かえ》るべくスタスタと歩《ある》きだした。

その時《とき》に私《わたし》の前《まえ》と背後《うしろ》から、二台《にだい》の自動車《じどうしゃ》が音《おと》もなく近《ちか》づいてきた。

……私《わたし》と……。

……私《わたし》の夢《ゆめ》の……。

……結婚式当日《けっこんしきとうじつ》の姿《すがた》……。

私《わたし》は逃《に》げだした。クラブの玄関《げんかん》へ駆《か》けこんで、マットの上《うえ》にぶッ倒《たお》れた。

「助《たす》けてくれ」

病《びょう》　院《いん》

私《わたし》はいつの間《ま》にか頑丈《がんじょう》な鉄《てつ》の檻《おり》の中《なか》に入《い》れられている。白《しろ》い金巾《かなきん》*の患者服《かんじゃふく》を着《き》せられて、ガーゼの帯《おび》を巻《ま》きつけられて、コンクリートの床《ゆか》のまん中《なか》に大《だい》の字型《じなり》に投《な》げだされている。

……精神病院《せいしんびょういん》らしい……。*

しかし私《わたし》は驚《おどろ》かなかった。そのまま声《こえ》も立《た》てずにジット考《かんが》えた。ここが精神病院《せいしんびょういん》だとわかれば、騒《さわ》いでも無駄《むだ》だからである。騒《さわ》げば騒《さわ》ぐほどひどい目《め》に合《あ》うことがわかりきっているからである。おまけに今《いま》は深夜《しんや》である。かなり大《おお》きい病院《びょういん》らしいのにコットリとも物音《ものおと》がしない。……騒《さわ》いではいけない、憤《おこ》ってはいけない。否々《いないな》＊泣《な》いても笑《わら》ってもいけないのだ。いよいよキチガイと思《おも》われるばかりだから……。

私《わたし》はそろそろとコンクリートの床《ゆか》のまん中《なか》に座《すわ》りなおした。両手《りょうて》を膝《ひざ》の上《うえ》に並《なら》べて静座《せいざ》＊をして、眼《め》を半眼《はんがん》に開《ひら》いて、檻《おり》の鉄棒《てつぼう》の並《なら》んだ根元《ねもと》を凝視《ぎょうし》した。神経《しんけい》を鎮《しず》めるつもりで……。

金巾《かなきん》　(canequim) カナキン。細《ほそ》くて上質《じょうしつ》の綿糸《めんし》を用《もち》いて、目《め》を細《こま》かく薄地《うすじ》に織《お》った綿布《めんぷ》。

……精神病院《せいしんびょういん》らしい……。　作者《さくしゃ》の代表作《だいひょうさく》『ドグラ・マグラ』を想起《そうき》させる設定《せってい》の物語《ものがたり》である。

否々《いないな》　いやいや。

静座《せいざ》　心《こころ》を落《お》ちつけて静《しず》かに座《すわ》ること。

はたして私《わたし》の神経《しんけい》はズンズンと鎮静《ちんせい》していった。かなり広《ひろ》い病院《びょういん》の隅《すみ》から隅《すみ》までシンカン*となって……。

その時《とき》であった。私《わたし》が正面《しょうめん》している*鉄《てつ》の檻《おり》の向《む》うから誰《だれ》か一人《ひとり》ポツポツと歩《ある》いてきた。それは白《しろ》い診察着《しんさつぎ》を着《き》た若《わか》い男《おとこ》らしく、私《わたし》が座《すわ》っているコンクリートの床《ゆか》よりも一尺《いっしゃく》*ばかり高《たか》くなっている板張《いたば》りの廊下《ろうか》を、なにか考《かんが》えているらしい緩《ゆる》やかな歩度《ほど》*でコトリコトリと近《ちか》づいてくるのであったが、やがて私《わたし》の檻《おり》の前《まえ》まで来《く》るとピッタリと立《た》ちどまった。そうして両手《りょうて》をポケットにつっこんだまま、ジット私《わたし》を見《み》おろしているらしく、爪先《つまさき》を揃《そろ》えたスリッパ兼用《けんよう》の靴《くつ》が、私《わたし》の上瞼《うわまぶた》の下《した》に並《なら》んだまま動《うご》かなくなった。

私《わたし》はソロソロと顔《かお》を上《あ》げた。

その私《わたし》の視界《しかい》の中《なか》には、まず膝《ひざ》の突《と》んがった縞《しま》のズボンと、インキの汚染《しみ》のついた診察着《しんさつぎ》が入《はい》ってきた……が……それはどこかで見《み》たことのある縞《しま》ズボンと診察着《しんさつぎ》であった……と思《おも》ってチョット眼《め》を閉《と》じて考《かんが》えたが……間《ま》もなく私《わたし》はハッと気《き》づいた。眼《め》をまん丸《まる》くむき出《だ》して、その顔《かお》を見《み》あげた。

それは私《わたし》が予想《よそう》した通《とお》りの顔《かお》であった。……青白《あおしろ》く痩《や》せこけて……髪毛《かみのけ》をクシャクシャにかき乱《みだ》して……無精髪《ぶしょうがみ》を蓬々《ぼうぼう》と＊生《は》やして……憂鬱《ゆううつ》な黒《くろ》い瞳《め》をふせた……受難《じゅなん》のキリスト＊じみた……。

それは私《わたし》であった……かつてこの病院《びょういん》の医務局《いむきょく》で勉強《べんきょう》していた私《わたし》に相違《そうい》なかった。

私《わたし》の胸《むね》が一《ひと》しきりドキドキドキドキと躍《おど》りだした。そうしてまたドクドクドク……コツコツコツコツと静《しず》まっていった。

診察着《しんさつぎ》の背後《うしろ》の巨大《きょだい》な建物《たてもの》の上《うえ》を流《なが》れただよう銀河《ぎんが》が、思《おも》いだしたようにギラギラと輝《かがや》いた。

……と……同時《どうじ》に私《わたし》は、一切《いっさい》の疑問《ぎもん》が解決《かいけつ》したように思《おも》った。私《わたし》を精神病患者《せいしんびょうかんじゃ》にして、この檻《おり》に入《い》れたのは、たしかにこの鉄格子《てつごうし》の外《そと》に立《た》っている診察着《しんさつぎ》の私《わたし》であった。この診《しん》

蓬々《ぼうぼう》と　髪《かみ》が乱《みだ》れてぼさぼさな様子《ようす》。
受難《じゅなん》のキリスト　処刑《しょけい》のため十字架《じゅうじか》にかけられたイエス・キリスト。または、その光景《こうけい》を描《えが》いた絵画《かいが》や彫刻《ちょうこく》など。

シンカン　169頁《ぺーじ》を参照《さんしょう》。
正面《しょうめん》している　ま正面《しょうめん》を向《む》いている。
一尺《いっしゃく》　約《やく》〇・三〇三〇三メートル。
歩度《ほど》　歩《ある》く速度《そくど》。

察着《さつぎ》の私《わたし》は、あまりに自分《じぶん》の脳髄《のうずい》を研究《けんきゅう》しすぎた結果《けっか》、精神《せいしん》に異状《いじょう》*を呈《てい》して、自分《じぶん》と間違《まちが》えてこの私《わたし》を、ここにブチこんだものに相違《そうい》なかった。この「診察着《しんさつぎ》の私《わたし》」さえいなければ私《わたし》は、こんなにキチガイ扱《あつか》いされずともすむ私《わたし》であったのだ。

そう気《き》がつくと同時《どうじ》に私《わたし》は思《おも》わずカッとなった。われを忘《わす》れて、鉄檻《てつおり》の外《そと》の私《わたし》の顔《かお》をにらみ付《つ》けながら怒鳴《どな》った。

「……なにしに来《き》たんだ……貴様《きさま》は……」

その声《こえ》は病院中《びょういんじゅう》に大《おお》きな反響《はんきょう》を作《つく》ってグルグルまわりながら消《き》えうせていった。しかし外《そと》の私《わたし》は少《すこ》しも表情《ひょうじょう》を動《うご》かさなかった。診察着《しんさつぎ》のポケットに両手《りょうて》をつっこんだまま、依然《いぜん》として基督《キリスト》じみた憂鬱《ゆううつ》な眼付《めつき》で見《み》おろしつつ、静《しず》かな、澄明《ちょうめい》*な声《こえ》で答《こた》えた。

「お前《まえ》を見舞《みま》いに来《き》たんだ」

私《わたし》はイヨイヨカッとなった。

「……見舞《みま》いに来《く》る必要《ひつよう》はない。コノ馬鹿野郎《ばかやろう》……早《はや》く帰《かえ》れ。そうして自分《じぶん》の仕事《しごと》を勉《べん》

異状《いじょう》 通常《つうじょう》とは違《ちが》った状態《じょうたい》。

澄明《ちょうめい》 澄《す》み切《き》って明《あか》るいさま。

強《きょう》しろ……」

そういう私《わたし》の荒《あら》っぽい声《こえ》の反響《はんきょう》を聞《き》いているうちに私《わたし》は、自分《じぶん》の眼《め》がしらがズウーと熱《あつ》くなってくるように思《おも》った……なぜだかわからないまま……しかし外《そと》の私《わたし》はイヨイヨ冷静《れいせい》になったらしく、その薄《うす》い唇《くちびる》の隅《すみ》にかすかな冷笑《れいしょう》を浮《う》かべたのであった。

「お前《まえ》をこうやって監視《かんし》するのが、俺《おれ》の勉強《べんきょう》なのだ。お前《まえ》が完全《かんぜん》に発狂《はっきょう》すると同時《どうじ》に俺《おれ》の研究《けんきゅう》も完成《かんせい》するのだ。……もうジキ*だと思うんだけれど……」

「おのれ……コノ人非人《にんぴにん》。*キ……貴様《きさま》はコノ俺《おれ》を……オ……オモチャにして殺《ころ》すのか……コ、コ、コノ冷血漢《れいけつかん》*……」

「科学《かがく》はいつも冷血《れいけつ》だ……ハハ……」

相手《あいて》は白《しろ》い歯《は》を出《だ》して笑《わら》った。突然《とつぜん》に空《そら》をあおいで……うそぶくように……。

私《わたし》は夢中《むちゅう》になった。イキナリ立《た》ちあがって檻《おり》の中《なか》から両手《りょうて》を突《つ》きだした。相手《あいて》の白《しろ》い診察着《さつぎ》の襟《えり》をつかんでコヅキ回《まわ》した。

「……サ……ここから出《だ》せ……出《だ》してくれ……この檻《おり》の中《なか》から……そうして一緒《いっしょ》に研究《けんきゅう》を

完成《かんせい》しようじゃないか……ね……ね……後生《ごしょう》だから……」＊

私《わたし》は思《おも》わず熱《あつ》い涙《なみだ》にむせんだ。その塩辛《しおから》い幾流《いくなが》れかを咽喉《のど》の奥《おく》へ流《なが》しこんだ。けれども診察着《しんさつぎ》の私《わたし》は抵抗《ていこう》もしなければ、逃《に》げもしなかった。そうして患者服《かんじゃふく》の私《わたし》に小《こ》づかれながら苦《くる》しそうにいった。

「……ダ……メ……ダ……お前《まえ》は俺《おれ》の……大切《たいせつ》な研究材料《けんきゅうざいりょう》だ……ここを出《だ》すことはできない」

「ナ……ナ……何《なん》だと……」

「お前《まえ》を……ここから出《だ》しちゃ……実験《じっけん》にならない……」

私《わたし》は思《おも》わず手《て》をゆるめた。その代《かわ》りに相手《あいて》の顔《かお》を、自分《じぶん》の鼻《はな》の先《さき》に引《ひ》きつけて、穴《あな》のあくほどのぞきこんだ。

ジキ　すぐ。
人非人《にんぴにん》　ひとでなし。
冷血漢《れいけつかん》　血《ち》も涙《なみだ》もない人《ひと》。温情《おんじょう》が欠《か》けている人《ひと》。

後生《ごしょう》**だから**　人《ひと》に頼《たの》みこむときに使《つか》う言《い》いまわし。「後生《ごしょう》を願《ねが》う」から。

「……なんだと！　モウ一《いっ》ペンいってみろ」

「なんべんいったっておんなじことだよ。俺《おれ》はお前《まえ》をこの檻《おり》の中《なか》に封《ふう》じこめて、完全《かんぜん》に発《はっ》狂《きょう》させなければならないのだ。その経過報告《けいかほうこく》が俺《おれ》の学位論文《がくいろんぶん》になるんだ。国家社会《こっかしゃかい》のために有益《ゆうえき》な……」

「……エエッ……勝手《かって》に……しやがれ……」

といいも終《おわ》らぬうちに私《わたし》は、相手《あいて》のモシャモシャした頭《あたま》の毛《け》を引《ひ》っつかんだ。その眼《め》と鼻《はな》の間《あいだ》へ、一撃《いちげき》を食《く》らわした。そうして鼻血《はなぢ》をポタポタと滴《た》らしながらグッタリとなった身体《からだ》を、力一《ちからいっ》パイ向《むこ》うの方《ほう》へ突《つ》きとばすと、深夜《しんや》の廊下《ろうか》におびただしい音《おと》を立《た》てて……ドターン……と長《なが》くなった。そのまま、死《し》んだように動《うご》かなくなった。

「……ハッハッハッ……ザマを見《み》ろ……アハアハアハアハ」*

七本《ななほん》の海藻《かいそう》

曇《くも》り空《ぞら》の下《した》に横《よこ》たわる陰鬱《いんうつ》な、鉛色《なまりいろ》の海《うみ》の底《そこ》へ、静《しず》かにしずかに私《わたし》は沈《しず》んでいく。金貨《きんか》を積《つ》んで沈《しず》んだオーラス丸《まる》の所在《しょざい》をたしかめよ……という官憲《かんけん》*の命令《めいれい》を受《う》けて……。
潜水着《せんすいぎ》の中《なか》の気圧《きあつ》が次第《しだい》しだいに高《たか》まって、耳《みみ》の底《そこ》がイイ――ンンと鳴《な》りだした。続《つづ》いて心臓《しんぞう》の動悸《どうき》がゴトンゴトン、ボコンボコンという雑音《ざつおん》をふくみながら頭蓋骨《ずがいこつ》の内側《うちがわ》へ響《ひび》きはじめる。それにつれて、あたりの静《しず》けさが、いよいよ深《ふか》まっていくような……。
……どこか遠《とお》くで、お寺《てら》の鐘《かね》が鳴《な》るような*……。

アハアハアハアハ　夢野久作《ゆめのきゅうさく》のトレードマークともいうべき、狂気《きょうき》をはらんだ高笑《たかわら》いの擬音語《ぎおんご》。能楽《のうがく》における能管《のうかん》が、現《げん》世《せ》の空間《くうかん》を切《き》り裂《さ》いて観客《かんきゃく》を異界《いかい》へ誘《いざな》う音《おと》ぶれとなるように、このアハアハアハも、ここぞという瞬間《しゅんかん》に炸裂《さくれつ》し、読者《どくしゃ》を夢《ゆめ》Q魔界《まかい》へと連《つ》れ去《さ》るのだ。

官憲《かんけん》　当局《とうきょく》。その筋《すじ》。

お寺《てら》の鐘《かね》が鳴《な》るような　終盤《しゅうばん》の展開《てんかい》を暗示《あんじ》すると同時《どうじ》に、いわゆる沈鐘伝説《ちんしょうでんせつ》（水中《すいちゅう》に沈《しず》んだ鐘《かね》が奇瑞《きずい》を顕《あら》わす伝承《でんしょう》）も連《れん》想《そう》させる一節《いっせつ》である。

灰色《はいいろ》の海藻《かいそう》の破片《はへん》がスルスルと上《うえ》の方《ほう》へ昇《のぼ》っていく。つづいて、やはり灰色《はいいろ》の小《ちい》さい魚《さかな》の群《むれ》が、整然《せいぜん》と行列《ぎょうれつ》を立《た》てたまま上《うえ》の方《ほう》へ消《き》えうせていく。

眼《め》の前《まえ》がだんだん暗《くら》くなり初《はじ》める。

……とうとう鼻《はな》をつまれても解《わか》らない真《しん》の闇《やみ》になると、そのうちに重《おも》たい靴底《くつぞこ》がフンワリと、海底《かいてい》の泥《どろ》の上《うえ》に落《お》ちついたようである。

私《わたし》は信号綱《しんごうづな》*を引《ひ》いて海面《かいめん》の仲間《なかま》に知《し》らせた。

私《わたし》は潜水兜《せんすいかぶと》*に取《と》りつけた電燈《でんとう》の光《ひか》りをたよりに、ゆっくりゆっくりと歩《ある》きだした。まん丸《まる》い、ゆるやかな斜面《しゃめん》を持《も》った灰色《はいいろ》の砂丘《さきゅう》を、いくつもいくつも越《こ》えていった。

しかし行《い》けども行けども同《おな》じような低《ひく》い、丸《まる》い砂《すな》の丘《おか》ばかりで、見《み》わたしても見《み》わたしても船《ふね》の影《かげ》はおろか、貝殻一《かいがらひと》つ見《み》あたらなかった。……のみならず私《わたし》はしばらく歩《ある》いていくうちに、そこいら中《じゅう》がいつともなくうす明《あか》るくなって、青白《あおじろ》い、燐《りん》*のような光《ひか》りに満《み》ちみちてきたことに気《き》がついた。……沙漠《さばく》の夕暮《ゆうぐれ》のような……冥府《あのよ》へ行《い》く途中《とちゅう》のような……たよりない……気味《きみ》のわるい……。

私《わたし》は静《しず》かに方向《ほうこう》を転換《てんかん》しかけた。なんとなく不吉《ふきつ》な出来事《できごと》が、私《わたし》の行《い》く手《て》に待《ま》っているような予感《よかん》がしたので……。けれども、まだ半回転《はんかいてん》もしないうちに、私《わたし》はハッと全身《ぜんしん》を強《ごう》直《ちょく》*さした。

ツイ私《わたし》の背後《はいご》の鼻《はな》の先《さき》に、いつの間《ま》に立《た》ちあらわれたものか、なんともいえない奇妙《きみょう》な格好《かっこう》をした海藻《かいそう》の森《もり》が、はてしもない砂丘《さきゅう》の起伏《きふく》を背景《はいけい》にしてせまり近《ちか》づいている。

……海藻《かいそう》の森《もり》……その一本一本《いっぽんいっぽん》は、それぞれ五六尺《ごろくしゃく》から一丈《いちじょう》*ぐらいある。頭《あたま》のまん丸《まん》いホンダワラ*のような楕円形《だえんけい》をした……その根元《ねもと》のくれたところから細《ほそ》い紐《ひも》で海底《かいてい》につながっている。並《なら》んだり重《かさ》なりあったりしながら、お墓《はか》のように垂直《すいちょく》につきたっている。

青白《あおじろ》い、燐光《りんこう》の中《なか》に、まっ黒《くろ》く、ハッキリと……数《かぞ》えてみると合計七本《ごうけいななほん》あった。

信号綱《しんごうづな》 潜水中《せんすいちゅう》、船上《せんじょう》の人間《にんげん》に合図《あいず》を送《おく》るための索具《さくぐ》。
潜水兜《せんすいかぶと》 潜水夫《せんすいふ》がかぶるヘルメット。ガラス窓《まど》のついた金属製《きんぞくせい》で密閉《みっぺい》されており、水上《すいじょう》からホースで空気《くうき》を供給《きょうきゅう》する。
燐《りん》 鬼火《おにび》、狐火《きつねび》の類《たぐい》。
強直《ごうちょく》 185頁《ページ》を参照《さんしょう》。
五六尺《ごろくしゃく》から一丈《いちじょう》 約《やく》一・五メートルから三メートル。
ホンダワラ 「馬尾藻《ホンダワラ》」などと表記《ひょうき》。海藻《かいそう》の一種《いっしゅ》。

私《わたし》は啞然《あぜん》となった。とりあえずドキンドキンと心臓《しんぞう》の鼓動《こどう》を高《たか》めながら、二三歩《にさんぽ》ゆるゆると後《あと》じさりをした。

するとその巨大《きょだい》な海藻《かいそう》の一群《ひとむれ》の中《なか》でも、私《わたし》に一番近《いちばんちか》い一本《いっぽん》の中《なか》から人間《にんげん》の声《こえ》がもれ聞《き》こえてきた。

低《ひく》い、カスレた声《こえ》であった。

「モシモシ……」

私《わたし》は全身《ぜんしん》の骨《ほね》が一《ひと》つ一《ひと》つ氷《こおり》のように冷《ひ》え固《かた》まるのを感《かん》じた。同時《どうじ》に、その声《こえ》の正体《しょうたい》はわからないまま、この上《うえ》もなく恐《おそ》ろしい妖怪《ようかい》*に出《で》あったような感《かん》じにとらわれたので、そのままなおもジリジリと後《あと》じさりをしていった。するとまた、右手《みぎて》にある八尺《はっしゃく》*くらいの海藻《かいそう》の中《なか》から、濁《にご》った、けだるそうな声《こえ》が聞《き》こえてきた。

「……あなたは……金貨《きんか》を探《さが》しにこられたのでしょう」

私《わたし》の胸《むね》の動悸《どうき》がまた、突然《とつぜん》に高《たか》まった。そうしてまた、急《きゅう》に静《しず》かに、ピッタリと動《うご》かなくなった。……妖怪《ようかい》以上《いじょう》のなんともしれない恐《おそ》ろしいものに睨《にら》まれていることを自覚《じかく》して……。

するとまた、一番向《いちばんむこ》うの背《せ》の低《ひく》い、すこし離《はな》れている一本《いっぽん》の中《なか》から、悲《かな》しい、優《やさ》しい女《おんな》の声《こえ》がユックリと聞《きこ》えてきた。

「私《わたし》たちは妖怪《ようかい》じゃないのですよ。あなたがお探《さが》しになっているオーラス丸《まる》の船長夫婦《せんちょうふうふ》と……一人《ひとり》の女《おんな》の児《こ》と……一人《ひとり》の運転手《うんてんしゅ》と……三人《さんにん》の水夫《すいふ》の死骸《しがい》なのです。……今《いま》、あなたとお話《はなし》したのは船長《せんちょう》で、わたしはその妻《つま》なのです。おわかりになりまして……。それから一番最初《いちばんさいしょ》にあなたをお呼《よ》びとめしたのは一等運転手《いっとううんてんしゅ》＊なのです」

「……聞《き》いてくんねえ。いいかい……おいらは三人《さんにん》ともオーラス丸《まる》の船長《せんちょう》の味方《みかた》だったのだ」

と別《べつ》の錆《さ》びしずんだ声《こえ》＊がいった。

唖然《あぜん》 呆《あき》れて言葉《ことば》が出《で》ないさま。
妖怪《ようかい》 怪《あや》しく不思議《ふしぎ》な現象《げんしょう》もしくは存在《そんざい》。
八尺《はっしゃく》 約《やく》二・四二メートル。
一等運転手《いっとううんてんしゅ》 一等航海士《いっとうこうかいし》のこと。
錆《さ》びしずんだ声《こえ》 太《ふと》くて低《ひく》い声《こえ》。

「……だから人非人《にんぴにん》*ばかりのオーラス丸《まる》の乗組員《のりくみいん》のやつらに打《う》ちころされて、ズック*の袋《ふくろ》を引《ひ》っかぶせられて、チャン*やタール*で塗《ぬ》りかためられて、足《あし》に錘《おもり》を結《ゆ》わえつけられて、水雑炊《みずぞうすい》*にされちまったんだ」

「…………」

「……それからなあ……ほかのやつらあ、船《ふね》の破片《はへん》を波《なみ》の上《うえ》にブチまいて、沈没《ちんぼつ》したように見《み》せかけながら、行衛《ゆくえ》*をくらましちまやがったんだ」

「…………」

「……その中《なか》でも発頭人《ほっとうにん》*になっていた野郎《やろう》がワザと故郷《こきょう》の警察《けいさつ》に嘘《うそ》をつきに帰《かえ》りやがったんだ。タッタ一人《ひとり》助《たす》かったような面《つら》をしやがって……ここで船《ふね》が沈《しず》んだなんていいふらしやがったんだ……」

「ホントウよ。オジサン……その人がお父《とう》さんとお母《かあ》さんの前《まえ》で、わたしを絞《し》めころしたのよ。オジサンはチャント知《し》っていらっしゃるでしょ」

という可愛《かわい》らしい、悲《かな》しい女《おんな》の児《こ》の声《こえ》が一番最後《いちばんさいご》にきこえて来《き》た。七本《ななほん》のまん中《なか》にある一番丈《いちばんたけ》の低《ひく》い袋《ふくろ》の中《なか》からもれ出《だ》したのであろう……。あとはピッタリと静《しず》かになって、スッスッというすすり泣《な》きの声《こえ》ばかりが、海《うみ》の水《みず》にしみわたって来《き》た。

私《わたし》は棒立《ぼうだ》ちになったまま動《うご》けなくなった。だんだんと気《き》が遠《とお》くなってきた。信号綱《しんごうづな》を引《ひ》く力《ちから》もなくなったまま……。

私《わたし》が、その張本人《ちょうほんにん》の水夫長《すいふちょう》だったのだ……。

……どこかで、お寺《てら》の鐘《かね》が鳴《な》るような……。

人非人《にんぴにん》　194頁《ぺーじ》を参照《さんしょう》。

ズック　(doek)麻《あさ》もしくは綿《めん》の太撚糸《ふとねんし》で、厚《あつ》めの平織《ひらおり》にした織《おり》地《じ》。

チャン　漢字《かんじ》では「瀝青《れきせい》」と表記《ひょうき》。タールを蒸留《じょうりゅう》して得《え》られる残滓《ざんし》で、黒《くろ》ないし濃褐色《のうかっしょく》の粘質《ねんしつ》か固体《こたい》の有機物質《ゆうきぶっしつ》。道路《どうろ》の舗《ほ》装《そう》や塗料《とりょう》などに用《もち》いられる。

タール　(tar)石炭《せきたん》や木材《もくざい》などを乾留《かんりゅう》するときにできる、黒《くろ》い粘《ねば》り気《け》のある液体《えきたい》。防腐塗料《ぼうふとりょう》となる。

水雑炊《みずぞうすい》　人《ひと》を海《うみ》や川《かわ》など水中《すいちゅう》に投《な》げこむこと。

行衛《ゆくえ》　普通《ふつう》は「行方《ゆくえ》」と表記《ひょうき》。

発頭人《ほっとうにん》　首謀者《しゅぼうしゃ》。張本人《ちょうほんにん》。

夢野久作

硝子《ガラス》世界《せかい》

世界《せかい》の涯《はて》の涯《はて》まで硝子《ガラス》でできている。*
河《かわ》や海《うみ》はむろんのこと、町《まち》も、家《いえ》も、橋《はし》も、街路樹《がいろじゅ》も、森《もり》も、山《やま》も水晶《すいしょう》のように透《す》きとおっている。

スケート靴《ぐつ》をはいた私《わたし》は、そうした風景《ふうけい》の中心《ちゅうしん》を一直線《いっちょくせん》に、水平線《すいへいせん》まで貫《つらぬ》いている硝子《ガラス》の舗道《ほどう》をやはり一直線《いっちょくせん》にすべって行《い》く……どこまでも*……どこまでも……。

私《わたし》の背後《はいご》のはるか彼方《かなた》にそびゆるビルデング*の一室《いっしつ》が、まっ赤《か》な血《ち》の色《いろ》に染《そ》まっているのが、外《そと》からハッキリと透《す》かして見《み》える。何度《なんど》振《ふ》りかえってみても依然《いぜん》としてアリアリと見《み》えている。家《いえ》ごし、橋《はし》ごし、並木《なみき》ごしに……すべてが硝子《ガラス》でできているのだから……。

私《わたし》はその一室《いっしつ》でタッタ今《いま》、一人《ひとり》の女《おんな》を殺《ころ》したのだ。ところが、そうした私《わたし》の行動《こうどう》を、はるか向《む》こうの警察《けいさつ》の塔上《とうじょう》から透視《とうし》していた一人《ひとり》の名探偵《めいたんてい》が、その室《へや》が私《わたし》の兇行《きょうこう》でまっ赤《か》になったと見る《み》やいなや、すぐに私《わたし》とおんなじスケート靴《ぐつ》をはいて、警察《けいさつ》の玄関《げんかん》から私《わたし》の方《ほう》向《こう》に向《む》かってすべり出《だ》してきた。スケートの秘術《ひじゅつ》をつくして……弦《つる》を離《はな》れた矢《や》のように一《いっ》直線《ちょくせん》に……。

それと見る《み》や否《いな》や私《わたし》も一生懸命《いっしょうけんめい》に逃《に》げだした。おんなじようにスケートの秘術《ひじゅつ》をつくして……一直線《いっちょくせん》に……矢《や》のように……。

青《あお》いあおい空《そら》の下《した》……ピカピカ光《ひか》る無限《むげん》の硝子《ガラス》の道《みち》を、追《お》う探偵《たんてい》も、逃《に》げる私《わたし》もどちらもお互同志《たがいどうし》に透《す》かしあいつつ……ミジンも*姿《すがた》を隠《かく》すことのできない、息《いき》ぐるしい気持《きもち》のままに……。

探偵《たんてい》はだんだんスピードを増《ま》してきた。だから私《わたし》も死物狂《しにものぐる》いに爪先《つまさき》を蹴《け》たてた。……一《いっ》歩《ぽ》を先《さき》んじてすべり出《だ》した私《わたし》の加速度《かそくど》が、グングンと二人《ふたり》の間《あいだ》の距離《きょり》を引《ひき》はなしていくの

世界《せかい》の涯《はて》の涯《はて》まで硝子《ガラス》でできている。 ミステリーや怪奇《かいき》小《しょう》説《せつ》の一方《いっぽう》で、長篇《ちょうへん》『白髪小僧《しらがこぞう》』をはじめとする大量《たいりょう》の異世界《いせかい》ファンタジー、メルヘンも手《て》がけている久作《きゅうさく》ならではの世界《せかい》観《かん》である。

一直線《いっちょくせん》にすべって行《い》く……どこまでも 代表作《だいひょうさく》のひとつ「氷《こおり》の涯《はて》」のラスト・シーンを髣髴《ほうふつ》させる。

ビルデング ビルディング。

ミジンも 微塵《みじん》も。少《すこ》しも。

を感《かん》じながら……。

私《わたし》は、うしろ向《む》きになってすべりつつ右手《みぎて》をひろげた。拇指《ぼし》*を鼻《はな》の頭《あたま》に当《あ》てがって、はるかに追《お》いかけてくる探偵《たんてい》を指《ゆび》の先《さき》で嘲弄《ちょうろう》し、侮辱《ぶじょく》してやった。

探偵《たんてい》の顔色《かおいろ》が見《み》るみるまっ赤《か》になったのが、遠《とお》くからハッキリとわかった。多分《たぶん》歯《は》がみをしてくやしがっているのであろう。溺《おぼ》れかけた人間《にんげん》のように両手《りょうて》を振《ふ》りまわして、死物《しにもの》狂《ぐる》いに硝子《ガラス》の舗道《ほどう》を蹴《け》りたててくる身《み》ぶりがトテモおかしい……ザマを見《み》やがれ……と思《おも》いながらも、ウッカリすると追《お》いつかれるぞと思《おも》って、いい加減《かげん》なところでクルリと方向《ほうこう》を転換《てんかん》したが……私《わたし》はハッとした。いつの間《ま》にか地平線《ちへいせん》のはしまで来《き》てしまった。……足《あし》の下《した》は無限《むげん》の空虚《くうきょ》である。

私《わたし》はあわてた。一生懸命《いっしょうけんめい》で踏《ふ》みとどまろうとした。その拍子《ひょうし》に足《あし》を踏《ふ》みすべらして硝子《ガラス》の舗道《ほどう》の上《うえ》に身体《からだ》をタタキつけたので、そのまま血《ち》だらけの両手《りょうて》をつっぱって、自分《じぶん》の身体《からだ》を支《ささ》えとめようとしたが、しかし今《いま》まですべって来《き》た惰力《だりょく》*が承知《しょうち》しなかった。私《わたし》の身体《からだ》はそのまま一直線《いっちょくせん》に地平線《ちへいせん》のはしから、すべり出《だ》して無限《むげん》の空間《くうかん》にまっさかさまに落《お》ちこんだ。

私《わたし》は歯《は》がみをした。虚空《こくう》*をつかんだ。手足《てあし》を縦横《じゅうおう》ムジン*に振《ふ》りまわした。しかし私《わたし》は何《なに》物《もの》もつかむことができなかった。

その時《とき》に一直線《いっちょくせん》に切《き》れた地平線《ちへいせん》のはしから、探偵《たんてい》の顔《かお》がニュッとのぞいた。落《お》ちていく私《わたし》の顔《かお》を見《み》おろしながら、白《しろ》い歯《は》を一《いっ》パイにむき出《だ》した。

「わかったか……貴様《きさま》を硝子《ガラス》の世界《せかい》からおい出《だ》すのが、俺《おれ》の目的《もくてき》だったのだぞ」

「…………」

初《はじ》めて計《はか》られたことを知《し》った私《わたし》は、無念《むねん》さのあまり両手《りょうて》を顔《かお》に当《あ》てた。大《おお》きな声《こえ》でオイオイ泣《な》きだしながら無限《むげん》の空間《くうかん》を、どこまでもどこまでも落《お》ちていった……。*


(「文学時代《ぶんがくじだい》」一九三一年《ねん》十月号《がつごう》/「探偵《たんてい》クラブ」一九三二年第《ねんだい》三号掲載《ごうけいさい》)

拇指《ぼし》　おやゆび。
惰力《だりょく》　惰性《だせい》(物体《ぶったい》が運動状態《うんどうじょうたい》を持続《じぞく》する性質《せいしつ》)による力《ちから》。
虚空《こくう》　107頁《ぺーじ》を参照《さんしょう》。

縦横《じゅうおう》**ムジン**　縦横無尽《じゅうおうむじん》。思《おも》う存分《ぞんぶん》に。
どこまでもどこまでも落《お》**ちていった……**　漱石《そうせき》「夢十夜《ゆめじゅうや》」の「第七夜《だいしちや》」に通《つう》じる。

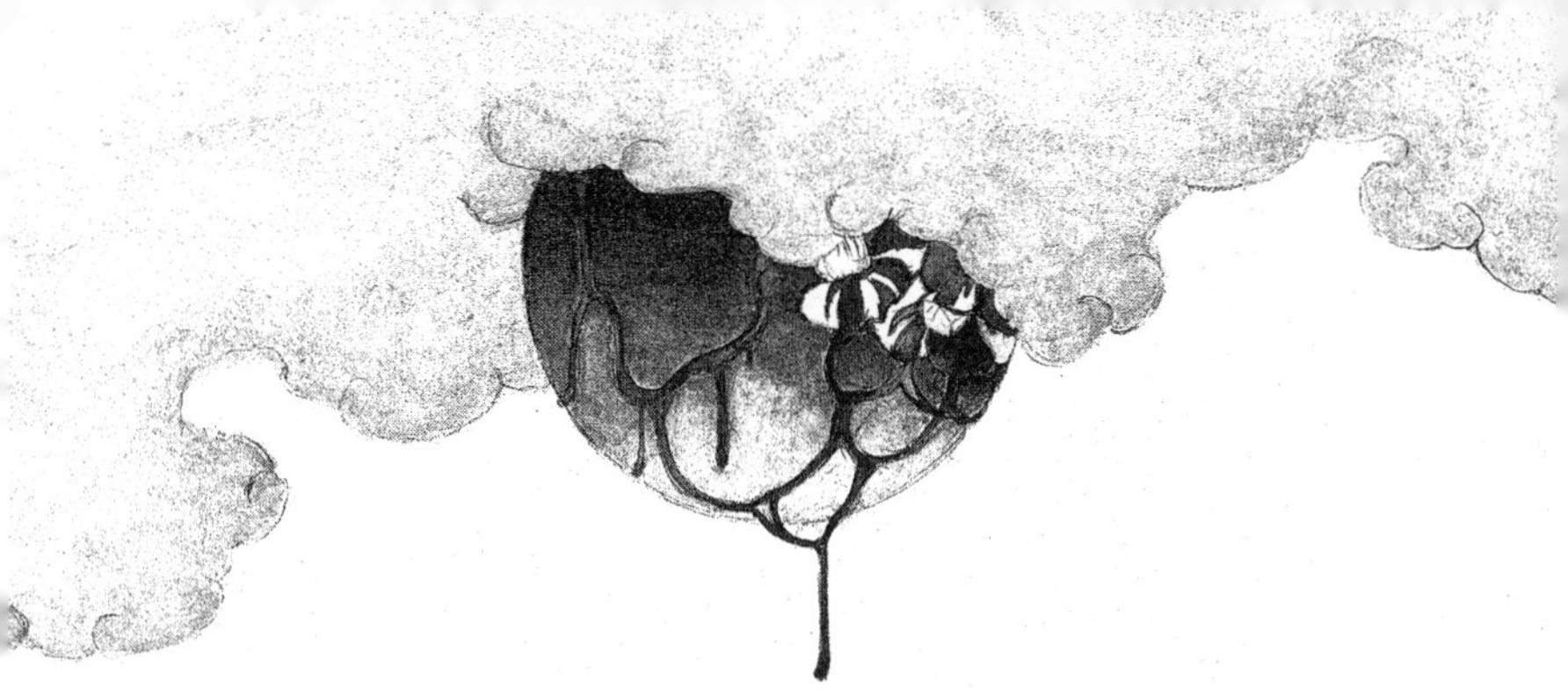

夢《ゆめ》一《いち》夜《や》

北《きた》杜《もり》夫《お》

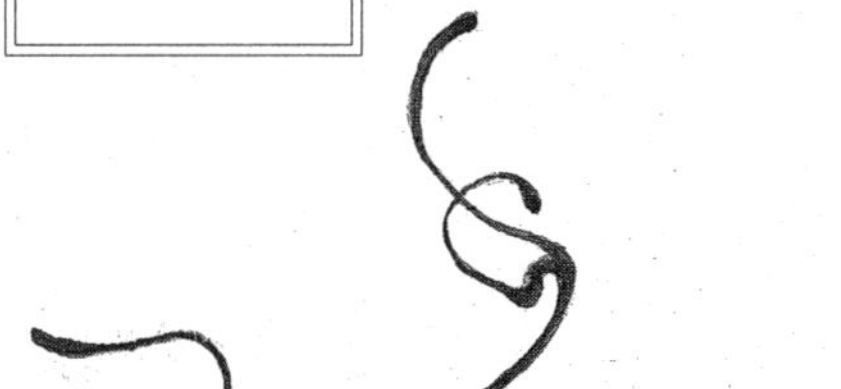

こんな夢《ゆめ》を見《み》た。*

うす暗《ぐら》い部屋《へや》である。そこに汚《きた》ならしい布団《ふとん》がしいてある。布団《ふとん》の中《なか》には、色《いろ》の白《しろ》い、痩《や》せた女《おんな》が一人《ひとり》寝《ね》ていた。

女《おんな》の顔《かお》はあくまで白《しろ》い。死人《しにん》かと思《おも》うばかりに白《しろ》い。ただ唇《くちびる》のいろはなまめかしく、瞳《ひとみ》はあくまでかぐろかった。*

女《おんな》がたえだえ*の声《こえ》で言《い》った。

「もう産《う》まれるわ」

おれはなにが産《う》まれるのかわからなかったので、ぼんやりとこう尋《たず》ねた。

「産《う》まれるって、なにが?」

「あなたの子《こ》よ」

と、女《おんな》は吐息《といき》とともに言《い》った。

「あなたの子《こ》なのよ」

おれは呆然《ぼうぜん》とした。第一《だいいち》、この女《おんな》をおれは知《し》らない。どこか遠《とお》い世《よ》*で会《あ》ったことがあるのかもしれないが、今《いま》のうつつ*、知《し》っている顔《かお》だちでないことは確《たし》かである。その女《おんな》におれの子《こ》が産《う》まれるというのは一体《いったい》どういうことなのか。

「でも、産《う》まれるのよ」

と、女《おんな》がおれの心《こころ》を読《よ》みとったように言《い》った。それから苦悶《くもん》の表情《ひょうじょう》になった。これが、陣痛《じんつう》なのだな、とおれは思《おも》った。すると、見《み》も知《し》らずの、あくまで顔《かお》の白《しろ》い女《おんな》が哀《あわ》れになった。

「苦《くる》しいか」

と、思《おも》わず言《い》った。

こんな夢《ゆめ》を見《み》た。　漱石《そうせき》の「夢十夜《ゆめじゅうや》」と同《おな》じ書《か》き出《だ》しであり、この作品《さくひん》が「夢十夜《ゆめじゅうや》」を踏《ふ》まえて書《か》かれていることを示《しめ》している。

かぐろかった　黒々《くろぐろ》としていた。

たえだえ　途切《とぎ》れ途切《とぎ》れの。

遠《とお》い世《よ》　前世《ぜんせ》。

うつつ　現実《げんじつ》。現世《げんせ》。

「苦《くる》しい。でも、嬉《うれ》しいわ。あなたの子供《こども》が産《う》めるんですもの」

と、女《おんな》が答《こた》えた。

「おれの子《こ》？」

と、いささか腹《はら》だたしくおれは声《こえ》を強《つよ》めた。

「いい加減《かげん》なことを言《い》うな。第一《だいいち》、おれはおまえを知《し》らない。これまで会《あ》ったこともない」

「でも、会《あ》っているのよ」

と、女《おんな》が言《い》った。

「遠《とお》い昔《むかし》に会《あ》っているのよ」

「遠《とお》い昔《むかし》？　それはいつごろだ？」

「あなたが生《う》まれるまえ」

と、女《おんな》は言《い》って、あざけるように、ホホホホとかすかに笑《わら》った。その笑《わら》いが艶然《えんぜん》＊として いるだけ、一方《いっぽう》では、女《おんな》の白《しろ》い顔《かお》に急《きゅう》に死相《しそう》＊が漂《ただよ》ってきているのがはっきりとうかがわれた。

「あたしは死《し》ぬの。あなたの子《こ》を産《う》んで」

と、女《おんな》はうめくように言《い》った。

「ただ、あなたが手《て》を貸《か》してくれないと、赤《あか》ちゃんも死《し》ぬわ」

そう言《い》われたとき、おれはこの見《み》も知《し》らずの、もとより肌《はだ》を接《せっ》したこともない女《おんな》の懐妊《かいにん》した赤子《あかご》は、たしかにおれの子供《こども》だ＊という意識《いしき》に訳《わけ》もなくとらわれていた。

「どうすればいい？」

おれは憮然《ぶぜん》＊とし、かつ切羽《せっぱ》つまった声《こえ》を出《だ》した。

「医者《いしゃ》は遠《とお》いわ」

と、女《おんな》がささやいた。

「それより、あなたの手《て》で、直接《ちょくせつ》、あたしたちの赤《あか》ちゃんを取《と》りだして」

「取《と》りだすって、どうするんだ。おれには……」

艶然《えんぜん》 美人《びじん》がにっこり笑《わら》うさま。
死相《しそう》 死《し》が間近《まぢか》に迫《せま》っているような顔《かお》つき。
たしかにおれの子供《こども》**だ** 「夢十夜《ゆめじゅうや》」の「第三夜《だいさんや》」、17頁《ぺーじ》を参照《さんしょう》。
憮然《ぶぜん》 あやしみ驚《おどろ》く様子《ようす》。

「ふつうに産《う》めるのなら」

と、女《おんな》はあえぎあえぎ言《い》った。

「あなたにこんなことを頼《たの》まないわ。ただ、あたしの赤《あか》ちゃんは、逆子《さかご》*で、帝王切開《ていおうせっかい》*を要《よう》するの。それで、あなたに取《と》りだして欲《ほ》しいの」

「だが、おれにはなんの知識《ちしき》もない。それに、切開《せっかい》をしなくちゃならないんだろ？　ここにはなんの器具《きぐ》もないし」

「器具《きぐ》は要《い》らないわ」

と、女《おんな》が言《い》った。

「あなたの手《て》で、あたしのお腹《なか》を破《やぶ》って、そして赤《あか》ちゃんを取《と》りだしてくれればいいの。それだけだわ。簡単《かんたん》なことよ」

そのときおれは、フィリッピンかどこかで、麻酔《ますい》もなにも使《つか》わず、手《て》で悪性腫瘍《あくせいしゅよう》などの

逆子《さかご》　子宮内《しきゅうない》で胎児《たいじ》の頭《あたま》が子宮底《しきゅうてい》に、尻側《しりがわ》が子宮口《しきゅうこう》に向《む》かって位置《いち》していること。

帝王切開《ていおうせっかい》　通常《つうじょう》の分娩《ぶんべん》が困難《こんなん》なとき、妊婦《にんぷ》の下腹部《かふくぶ》を切開《せっかい》して直接《ちょくせつ》、子宮《しきゅう》から胎児《たいじ》を取《と》り出《だ》す手術《しゅじゅつ》。

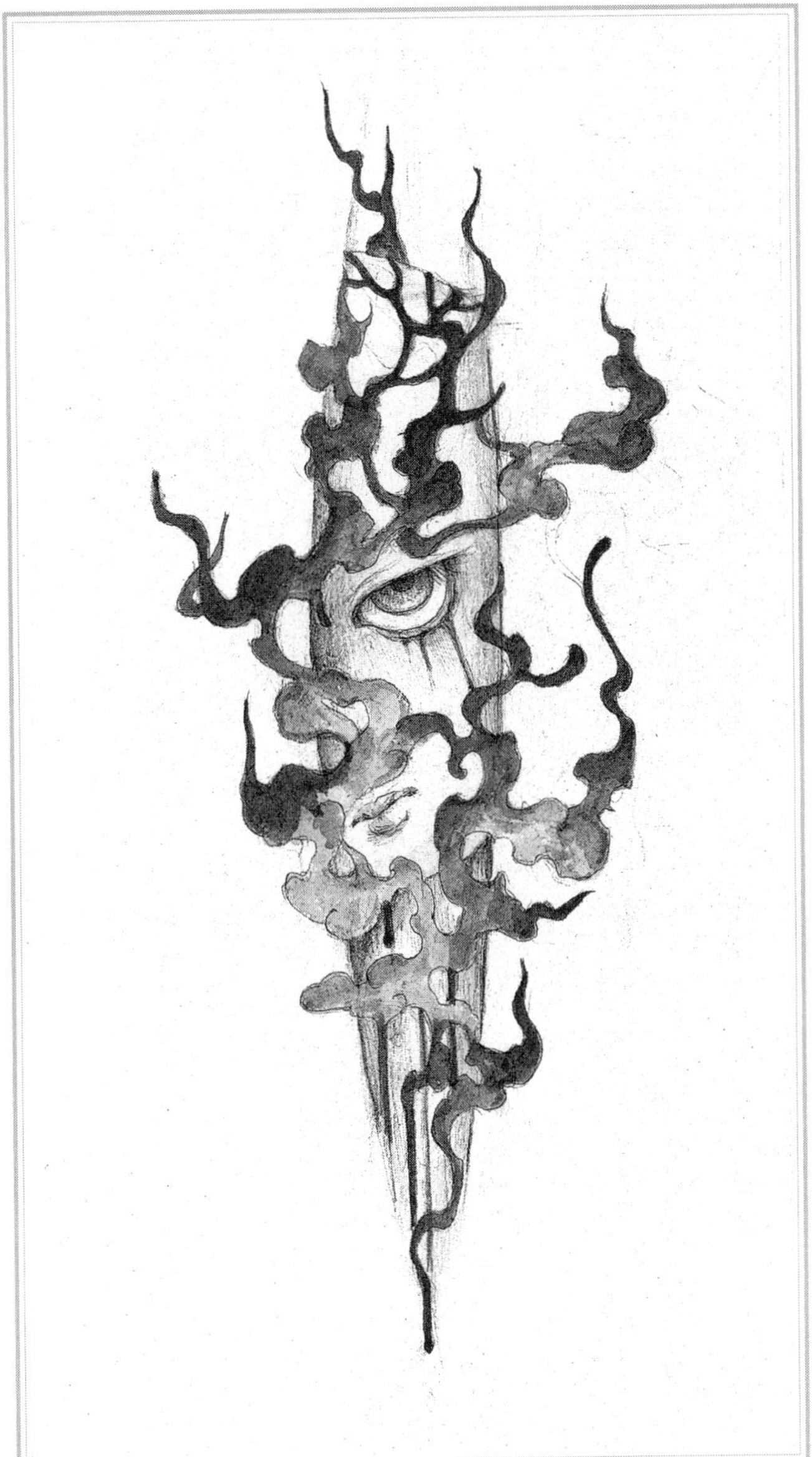

手術《しゅじゅつ》をするという医師《いし》の話《はなし》を思《おも》いだした。奇蹟《きせき》の手術《しゅじゅつ》*と報道《ほうどう》されたこともあったはずだ。

「だが、そんな魔術《まじゅつ》がどうしてできるもんか」

と、おれはきっぱり言《い》おうとしたが、語尾《ごび》はなんのためか震《ふる》えていた。

「あなたにはできるのよ」

と、女《おんな》が艶然《えんぜん》とほほえみながら言《い》った。もう陣痛《じんつう》も去《さ》ったらしく、そのひときわ白《しろ》い顔《かお》はこの世《よ》のものとも思《おも》われぬほど美《うつく》しかった。

と思《おも》ううちにも、また苦悶《くもん》がきた。女《おんな》の体《からだ》の全体《ぜんたい》に硬直《こうちょく》がきて、細《ほそ》い肉《ししむら》がぶるぶると震《ふる》えた。

「あなた」

と、女《おんな》が息《いき》も絶《た》えだえに言《い》った。

「やって！　あたしのお腹《なか》に指《ゆび》をつっこんで、あたしたちの赤《あか》ちゃんをひきだして！」

おれはもう、思念《しねん》するすべ*を失《うしな》っていた。はだけた女《おんな》の白《しろ》い腹《はら》に指《ゆび》を当《あ》てた。それは抵《てい》抗《こう》もなく、するすると肉塊《にくかい》の中《なか》に入《はい》り、もっとはっきり言《い》うと、ずばりと刃物《はもの》で肉《にく》を切《き》りさいた感《かん》じだった。

そのうちに、肉《にく》よりももっと生温《なまあたた》かい、つるつるした物体《ぶったい》に指《ゆび》がふれた。これが子宮《しきゅう》なのだな、とおれは思《おも》った。いやにつるつるとして、そしてなまめかしい。

この中《なか》にはおそらく赤子《あかご》がいるのだろう。そう思《おも》っておれは無理矢理《むりやり》、子宮《しきゅう》の壁《かべ》を指《ゆび》でさいていった。するとはたして、丸《まる》くぬるぬるとした赤子《あかご》めいたものが指《ゆび》にふれた。おれは片手《かたて》でそいつを抱《だ》くようにして、体外《たいがい》に引《ひ》きだした。

おそらく乱暴《らんぼう》なあつかいをしたせいであろう。猿《さる》のように醜《みにく》い赤子《あかご》の顔《かお》は、おれの爪《つめ》か指《ゆび》によって傷《きず》つき、半《なか》ば血《ち》と液汁《えきじゅう》の混合《こんごう》であった。その表情《ひょうじょう》は書《か》きしるすのも怖《おそ》ろしい。目《め》は半分《はんぶん》つぶれ、半分《はんぶん》がぎらぎらとおれを睨《にら》みつけるように光《ひか》っていた。鼻《はな》は半分《はんぶん》もげて＊いた。口《くち》は意外《いがい》に大《おお》きく、横《よこ》からだらだらと赤《あか》い血《ち》を滴《したた》らせていた。赤《あか》いというより朱《しゅ》の

奇蹟《きせき》の手術《しゅじゅつ》　いわゆる「心霊手術《しんれいしゅじゅつ》」を指《さ》す。メスなどの手術《しゅじゅつ》用具《ようぐ》を使用《しよう》せずに神秘的《しんぴてき》な力《ちから》を用《もち》いて、患者《かんじゃ》の体内《たいない》から患部《かんぶ》を取《と》り出《だ》す施術方法《せじゅつほうほう》。フィリピン、韓国《かんこく》やブラジルなどで多《おお》く行《おこな》われており、一時期《いちじき》、日本《にほん》でも報道《ほうどう》され話題《わだい》になった。真偽《しんぎ》のほどは不明《ふめい》。

思念《しねん》するすべ　思考力《しこうりょく》。

もげて　ちぎれ落《お》ちて。

色《いろ》だった。

そのときの恐怖《きょうふ》をどう言《い》いあらわせばよいのか。ただ、おれはそのただならぬ恐怖《きょうふ》のうちにも、この赤子《あかご》はどうしても、おれの子《こ》であるという認識《にんしき》をくまなく全身《ぜんしん》に行《い》きわたらせていた。

もう一度見《いちどみ》やると、あくまで色《いろ》の白《しろ》い、今《いま》は下腹部《かふくぶ》が血《ち》みどろの女《おんな》には、やはり記憶《きおく》がなかった。まして一夜《いちや》をともにした女《おんな》とはまったく想像《そうぞう》だにつかない。* しかし、やはり血《ち》まみれの、おどろおどろしい顔《かお》をした赤子《あかご》は、たしかにおれの子《こ》だという直感《ちょっかん》、いや、確《かく》信《しん》がどうしようもなくおれをつつみこんだ。

臍《へそ》の緒《お》がのびていたから、切《き》ろうとしたが鋏《はさみ》とて見当《みあた》らない。それで歯《は》でかみ切《き》った。瞬間《しゅんかん》、赤子《あかご》はオギャアという叫《さけ》び声《ごえ》をあげた。全身《ぜんしん》ほとんど血《ち》まみれのまま、かすかにギラリとした片目《かため》をおれに向《む》けて、またオギャアと叫《さけ》んだ。

（「野生時代《やせいじだい》」一九七九年《ねん》五月号掲載《がつごうけいさい》）

想像《そうぞう》だにつかない　想像《そうぞう》することもできない。

夢《ゆめ》を喰《くら》うもの

小《こ》泉《いずみ》八《や》雲《くも》／平《ひら》井《い》呈《てい》一《いち》訳《やく》

短夜《みじかよ》*や獏《ばく》*の夢食《ゆめく》うひまもなし　古《こ》句《く》

その動物《どうぶつ》の名《な》は「獏《ばく》」ともいい、また「しろきなかつかみ*」ともいう。特別《とくべつ》の役柄《やくがら》は夢《ゆめ》を喰《くら》うこと*である。獏《ばく》は物《もの》の本《ほん》にいろいろに書《か》かれている。わたしのもっているある古《ふる》い書物《しょもつ》には、雄《おす》の獏《ばく》は馬《うま》の胴《どう》に獅子《しし》の顔《かお》、象《ぞう》の鼻《はな》と牙《きば》、犀《さい》の額毛《ひたいげ》に牛《うし》の尻尾《しっぽ》、それに虎《とら》の足《あし》をもっていると記《しる》してある。雌《めす》の獏《ばく》は雄《おす》とはだいぶ形《かたち》がちがうのだそうだが、その違《ちが》いははっきり書《か》かれていない。

むかし漢字《かんじ》の盛《さか》んだった時代《じだい》には、日本《にほん》の家《いえ》ではよく獏《ばく》の絵《え》をかけておく習慣《しゅうかん》があった。獏《ばく》の絵《え》は本《ほん》ものの獏《ばく》とおなじように効験《こうけん》*の力《ちから》があると思《おも》われていたのである。そういう習《しゅう》慣《かん》について、わたしの持《も》っている古《ふる》い書物《しょもつ》の中《なか》にこんなことが書《か》いてある。

「松声録《しょうせいろく》」＊に、黄帝《こうてい》＊が東《ひがし》の海岸《かいがん》へ狩《かり》に出《で》かけたとき、あるとき形《かたち》けだものにして人語《じんご》を解《かい》する貘《ばく》というものに逢《あ》った。黄帝《こうてい》のいわれるには、「天下泰平《てんかたいへい》の時《とき》、われらなんの故《ゆえ》をもってなお怪物《かいぶつ》を見《み》るべきであるか。＊悪鬼《あっき》を退治《たいじ》するために貘《ばく》が必要《ひつよう》なら、貘《ばく》の絵《え》を人《ひと》の家《いえ》

短夜《みじかよ》　短《みじか》い夏《なつ》の夜《よる》。夏《なつ》の季語《きご》。

貘《ばく》　ウマ目《もく》バク科《か》の哺乳類《ほにゅうるい》の総称《そうしょう》。中南米《ちゅうなんべい》と東南《とうなん》アジアの森《もり》や水辺《みずべ》に棲息《せいそく》。夜明《よあ》けと黄昏時《たそがれどき》に活動《かつどう》する。句《く》の大意《たいい》は「夏《なつ》は夜《よる》が短《みじか》いので、貘《ばく》が夢《ゆめ》を食《た》べる時間《じかん》もない」。

しろきなかつかみ　貘《ばく》の異称《いしょう》。陰陽道《おんみょうどう》で八将神《はっしょうじん》の中央《ちゅうおう》に位《い》置《ち》する神《かみ》を「豹尾神《ひょうびしん》」と呼《よ》ぶことから、「中《なか》つ神《かみ》」すなわち「中《なか》の神《かみ》」は豹《ひょう》の異称《いしょう》とされる（百閒《ひゃっけん》の「豹《ひょう》」を想起《そうき》してみよう！）。そして中国最古《ちゅうごくさいこ》の類語《るいご》・語釈辞典《ごしゃくじてん》で日本最古《にほんさいこ》の漢《かん》和辞典《わじてん》『和名類聚抄《わみょうるいじゅしょう》』の規範《きはん》にもなった『爾雅《じが》』の「釈獣《しゃくじゅう》」篇《へん》には、貘《ばく》の項《こう》に「白豹《しろひょう》」と記《しる》されているのだ。すなわち「白《しろ》き中《なか》つ神《かみ》」である。

喰《くら》う　食《た》べる。

効験《こうけん》　ききめ。祈禱《きとう》や治療《ちりょう》の効果《こうか》。

「松声録《しょうせいろく》」　原文《げんぶん》の表記《ひょうき》は「Shōsei-Roku」。平川祐弘《ひらかわすけひろ》訳《やく》『骨董《こっとう》・怪談《かいだん》』（河出書房新社《かわでしょぼうしんしゃ》）の訳註《やくちゅう》によれば、「正《ただ》しくは『渉世《しょうせい》録《ろく》』である。なおハーンか彼《かれ》の助手《じょしゅ》が参照《さんしょう》した『渉世録《しょうせいろく》』を引用《いんよう》してある古《ふる》い漢籍《かんせき》が何《なに》であるかはまだわからない」とある。

黄帝《こうてい》　中国《ちゅうごく》の伝説上《でんせつじょう》の帝王《ていおう》。三皇五帝《さんこうごてい》のひとりで医学《いがく》の祖《そ》。なお、通説《つうせつ》によれば、東方巡行《とうほうじゅんこう》の際《さい》に黄帝《こうてい》が出逢《であ》ったのは、貘《ばく》ではなく白沢《はくたく》（225頁参照《ぺーじさんしょう》）とされる。この作品《さくひん》で八雲《やくも》は、貘《ばく》と白沢《はくたく》を同一視《どういつし》しているのである。

天下泰平《てんかたいへい》の時《とき》、われらなんの故《ゆえ》をもってなお怪物《かいぶつ》を見《み》るべきであるか　中国《ちゅうごく》では、世《よ》の中《なか》が乱《みだ》れる兆候《ちょうこう》として、異獣《いじゅう》異鳥《いちょう》や怪物《かいぶつ》が出現《しゅつげん》すると考《かんが》えられていたため。最古《さいこ》の志怪書《しかいしょ》（怪《かい》異《い》を記《しる》した書物《しょもつ》）である『捜神記《そうじんき》』などに多《おお》くの事例《じれい》が記録《きろく》されている。

の壁《かべ》にかけておく方《ほう》がよかろう。こうしておけば、たとい妖怪《ようかい》があらわれても、なんの害《がい》をも加《くわ》えることができないだろう」

そういってながながと悪鬼羅刹《あっきらせつ》*の名簿《めいぼ》を掲《かか》げて、それの現《あら》われる時《とき》の前兆《ぜんちょう》が書《か》いてある。

『鶏《にわとり》がやわらかな卵《たまご》を産《う》むとき、その悪鬼《あっき》の名《な》は「タイフウ*」

『蛇《へび》がたがいに絡《から》みあうとき、その悪鬼《あっき》の名《な》は「ジンズウ*」

『犬《いぬ》が耳《みみ》をうしろへ向《む》けて歩《ある》いているとき、その悪鬼《あっき》の名《な》は「タイヨウ*」

『狐《きつね》が人間《にんげん》の声《こえ》で話《はな》すとき、その悪鬼《あっき》の名《な》は「ガイシュウ*」

『人間《にんげん》のきものに血《ち》のあらわれるとき、その悪鬼《あっき》の名《な》は「ユウキ*」

『米櫃《こめびつ》が人間《にんげん》の声《こえ》で話《はな》すとき、その悪鬼《あっき》の名《な》は「カンジョウ*」

『夜《よる》の夢《ゆめ》が悪夢《あくむ》であるとき、その悪鬼《あっき》の名《な》は「リンゲツ*」

その古事《こじ》にはさらにこういう事《こと》が説《と》かれてある。「いつでもこういう魔《ま》がさした*時《とき》には、貘《ばく》の名《な》を*呼《よ》ぶがよい。そうすれば悪鬼《あっき》はたちまち地下三尺《ちかさんじゃく》*の下《した》へ沈《しず》んでしまう。」

しかしわたしはこの悪鬼《あっき》の問題《もんだい》については語《かた》る資格《しかく》がない。それは支那《しな》*の鬼神学《きしんがく》というまだ人《ひと》の知《し》らない恐《おそ》ろしい世界《せかい》のもので、日本《にほん》の貘《ばく》の問題《もんだい》とは事実上全然関係《じじつじょうぜんぜんかんけい》

悪鬼羅刹《あっきらせつ》　悪鬼《あっき》は祟《たた》りをなす妖魔《ようま》。中《なか》でも足《あし》が速《はや》く力《ちから》が強《つよ》く、人《ひと》を魅惑《みわく》し人《ひと》を食《く》うものを「羅刹《らせつ》」と呼《よ》ぶ。

タイフウ　先述《せんじゅつ》の平川祐弘《ひらかわすけひろ》訳《やく》では「大扶《タイフウ》」。

ジンズウ　同《おな》じく「神通《じんずう》」。

タイヨウ　同《おな》じく「太陽《たいよう》」。

ガイシュウ　同《おな》じく「懐珠《がいしゅう》」。

ユウキ　同《おな》じく「遊幾《ゆうき》」。

カンジョウ　同《おな》じく「歛女《かんじょう》」。

リンゲツ　同《おな》じく「臨月《りんげつ》」。

魔《ま》がさした　悪魔《あくま》が心《こころ》に入《はい》りこんだ状態《じょうたい》。

貘《ばく》の名《な》を　先述《せんじゅつ》の平川祐弘《ひらかわすけひろ》による訳註《やくちゅう》には、原文《げんぶん》では「鬼《おに》の名《な》を呼《よ》ぶがよい」だと指摘《してき》されている。

三尺《さんじゃく》　約《やく》一メートル。

支那《しな》　中国《ちゅうごく》。

のないものである。日本《にほん》の獏《ばく》は一般《いっぱん》にただ夢《ゆめ》を喰《くら》うものとして知《し》られているにすぎない。またこの動物《どうぶつ》を日本人《にほんじん》が崇拝《すうはい》しているもっとも著《いちじる》しい例《れい》としては、王侯《おうこう》*の用《もち》いる漆《うるし》ぬりの枕《まくら》にはかならず漢字《かんじ》で獏《ばく》という字《じ》が金《きん》で書《か》いてある事《こと》である。この枕《まくら》に眠《ねむ》るものは、枕《まくら》に書《か》いてある字《じ》の効力《こうりょく》によって悪夢《あくむ》に悩《なや》まされることがないと考《かんが》えられていた。今日《こんにち》こういう枕《まくら》は探《さが》そうと思《おも》っても探《さが》せないし、獏《ばく》（また白沢《はくたく》*ともいう）の絵《え》でさえよほど骨董《こっとう》ものになっている。しかし昔《むかし》からある獏《ばく》に願《ねが》う言葉《ことば》「獏《ばく》くらえ、獏《ばく》くらえ」という言葉《ことば》は今《いま》でも普通人《ふつうひと》と話《はな》しあう話《はなし》の中《なか》に残《のこ》っている。諸君《しょくん》が夜《よる》うなされて目《め》のさめた時《とき》とか、不吉な夢《ゆめ》を見《み》て目《め》のさめた時《とき》とかに、すぐとこの文句《もんく》を三度《さんど》唱《とな》えると、獏《ばく》がその夢《ゆめ》を食《く》って、不《ふ》吉《きつ》を吉《きち》に、恐怖《きょうふ》を喜《よろこ》びにかえてくれるのである。

＊

最近《さいきん》わたしが獏《ばく》を見《み》たのは、土用《どよう》*のあるたいへん蒸暑《むしあつ》い晩《ばん》のことであった。なんだか妙《みょう》に苦《くる》しくなってわたしは目《め》がさめたばかりのところであった。時刻《じこく》は丑《うし》の刻《こく》*である。そこへ獏《ばく》が窓《まど》からはいってきてたずねた。「なにか食《た》べるものがありますか。」
わたしは喜《よろこ》んで答《こた》えた。
「ありますよ。……まあ獏《ばく》さん、わたしの夢《ゆめ》*を聞《き》いてください。
「なんでも燈《あかり》のたくさんついた、大《おお》きな、白《しろ》い壁《かべ》の部屋《へや》でした。そこにわたしが立《た》っているのですね。ところが、敷物《しきもの》のしいてないそこの床《ゆか》の上《うえ》に、わたしの影《かげ》がうつっていない。それからひょいと見《み》ると、すぐそこの寝台《しんだい》の上《うえ》に、わたしの死骸《しがい》がのっている。いつどうして死《し》んだのか、わたしには覚《おぼ》えがありません。寝台《しんだい》のそばには六七人《ろくしちにん》の女《おんな》が腰《こし》をかけていますが、どれも知《し》った顔《かお》の人《ひと》はいません。それがみんな若《わか》いともつかず年寄《としよ》りともつか

王侯《おうこう》　王《おう》と諸侯《しょこう》。支配者《しはいしゃ》たち。ちなみに、ここで八雲《やくも》が言及《げんきゅう》している、獏《ばく》の字《じ》が書《か》かれた枕《まくら》とは、徳川三代将軍《とくがわさんだいしょうぐん》・家光《いえみつ》の枕《まくら》だという。

白沢《はくたく》　中国《ちゅうごく》における想像上《そうぞうじょう》の神獣《しんじゅう》で、人語《じんご》を話《はな》し、有徳《ゆうとく》な為政《いせい》者《しゃ》の治世《ちせい》に出現《しゅつげん》するとされる。

土用《どよう》　109頁《ページ》を参照《さんしょう》。

丑《うし》の刻《こく》　現在《げんざい》の午前《ごぜん》二時《じ》ごろ。深夜《しんや》。「丑《うし》の刻参《こくまい》り」の呪法《じゅほう》で有名《ゆうめい》だろう。

わたしの夢《ゆめ》　八雲《やくも》は夢《ゆめ》を重視《じゅうし》し、好《この》んで創作《そうさく》の源泉《げんせん》にもした作《さっ》家《か》だが、以下《いか》に記《しる》される無気味《ぶきみ》な夢語《ゆめがた》りは、その中《なか》でも傑《けっ》出《しゅつ》したもののひとつ。ゾンビ（動《うご》きまわる死体《したい》）とドッペルゲンガー（分身《ぶんしん》）という近現代《きんげんだい》ホラーの二大《にだい》テーマが、ここには鮮《あざ》やかに融合《ゆうごう》されている。平井呈一《ひらいていいち》による達意《たつい》の訳文《やくぶん》が、恐怖感《きょうふかん》をいっそう掻《か》きたてていることにも注目《ちゅうもく》したい。

ない。そして揃《そろ》って喪服《もふく》を着《き》ている。ははあ、お通夜《つや》に来《き》た人《ひと》たちだなとわたしは思《おも》いました。誰《だれ》も身動《みうご》き一《ひと》つするものも口一《くちひと》つきくものもありません。あたりがしんとして物音《ものおと》一《ひと》つしないから、わたしはなんとなく、だいぶこれは夜《よる》がふけたなと思《おも》いました。

「するとその途端《とたん》に、わたしはその部屋《へや》の空気《くうき》の中《なか》になんとも言《い》うに言《い》われない――まあ、意志《いし》の上《うえ》へのしかかるような重苦《おもくる》しさとでもいうか、とにかくそういう目《め》に見《み》えない、なにか人《ひと》を麻痺《まひ》させるような力《ちから》が、しずかにひろがってきているのに気《き》がつきました。そのうちにお通夜《つや》に来《き》ていた人《ひと》たちが、おたがいにそっと見張《みは》り合《あ》いだした。恐《こわ》くなってきたんですね。するとその中《なか》の一人《ひとり》がつと立《た》ちあがって音《おと》も立《た》てずに部屋《へや》を出《で》ていきました。それから一人《ひとり》立《た》ち二人《ふたり》立《た》ちして、みんな一人《ひとり》ずつ影《かげ》のようにふわふわ部屋《へや》を出《で》ていってしまった。結局私《けっきょくわたし》とわたしの死骸《しがい》だけが部屋《へや》に残《のこ》りました。

「燈《あかり》はあいかわらずかんかん輝《かがや》いています。けれどもあたりを籠《こ》めている例《れい》の恐《おそ》ろしい感《かん》じはだんだん濃《こ》くなってきます。お通夜《つや》の人《ひと》たちはそれに気《き》がつくと同時《どうじ》に出《で》ていったのでしたが、わたしはまだ逃《に》げる暇《ひま》はある、もう少《すこ》しいても大丈夫《だいじょうぶ》だと思《おも》っていました。つまり恐《こわ》いもの見《み》たさ、あの好奇心《こうきしん》がわたしを引《ひ》きとめたのですね。わたしは自分《じぶん》の死骸《しがい》をよく見《み》て調《しら》べてみたいと思《おも》いました。それでそれに近《ちか》づいていった。そして見《み》ました。――ところが不思議《ふしぎ》。その死骸《しがい》というのがおっそろしく長《なが》く見《み》える。*――なんだかどうも不自然《ふしぜん》に長《なが》い。……

「そのうちに片方《かたほう》の瞼《まぶた》が動《うご》いたように思《おも》われた。もっとも、動《うご》いたように見《み》えたのはランプの炎《ほのお》がゆれたせいかもしれません。その眼《め》がなんだかあきそうだ*ったから、わたしはそっと用心《ようじん》しいしい屈《かが》*んでみました。

「『これがおれだな』わたしは屈《かが》みながら考《かんが》えた。『しかし、これあだんだん変《へん》になっていくぞ』……死骸《しがい》の顔《かお》がだんだん伸《の》びていくじゃありませんか。『これあおれじゃあないぞ』わたしは一層腰《いっそうこし》を屈《かが》めながら、もう一度考《いちどかんが》えてみた。『しかしほかの人《ひと》のわけはないな。』

おっそろしく長《なが》く見《み》える　「するとの豹《ひょう》が細長《ほそなが》いからだを一《いち》ぱいに伸《の》ばして、背中《せなか》に一《ひと》うねり波《なみ》を打《う》たせた。その様子《ようす》が非常《ひじょう》におそろしい」（内田百閒《うちだひゃっけん》「豹《ひょう》」61頁《ページ》）悪夢特有《あくむとくゆう》の描写《びょうしゃ》。

あきそう　開《ひら》きそう。

用心《ようじん》しいしい　用心《ようじん》しながら。

そう考《かんが》えると、急《きゅう》に、いいようもなく恐《こわ》くなってきた。死骸《しがい》の眼《め》があきやしないかと思《おも》って。……

「ところがあいた。――その眼《め》があいたのです。――あいたと思《おも》うと、いきなりそいつがわたしに飛《と》びかかってきた。――寝台《しんだい》の上《うえ》からわたしを目《め》がけて飛《と》びかかって、――唸《うな》る、噛《か》みつく、引《ひっ》かきむしる。わたしをぎゅっと押《お》さえてはなさない。こっちはもう恐《こわ》くて、気《き》ちがいみたいになって、遮二無二《しゃにむに》*争《あらそ》った。いやもうその眼《め》の、その唸《うな》り声《ごえ》の、その手《て》ざわりの気味《きみ》のわるさ。あまりの気味《きみ》のわるさに気《き》も転倒《てんとう》して、体《からだ》もなにもはち切《き》れそうになった時《とき》、ふと気《き》がついてみると、どうしたわけやら自分《じぶん》の手《て》に斧《おの》が一挺《いっちょう》*ある。これ幸《さいわ》いと、わたしはその斧《おの》でその唸《うな》るやつを打《う》って打《う》って打《う》ちわり、木ッ葉微塵《こっぱみじん》に叩《たた》きつぶしました。――とうとうそいつは、形《かたち》もなにも見わけのつかない、恐《おそ》ろしい、血《ち》だらけな塊《かたまり》になってわたしの目《め》のまえに横《よこ》たわりました。――それがこのわたしの見《み》るも恐《おそ》ろしい残骸《ざんがい》だったのです。……

「獏《ばく》くらえ、獏《ばく》くらえ、獏《ばく》くらえ。食《た》べてください、獏《ばく》さん。この夢《ゆめ》を食《た》べてください。」

「いや、わたしはめでたい夢《ゆめ》は食《た》べません。」と獏《ばく》は答《こた》えた。「そいつはたいへん仕合《しあわ》せな夢《ゆめ》ですよ。そんな運《うん》のいい夢《ゆめ》は外《ほか》にありませんよ。斧《おの》、――そうだ、妙法《みょうほう》＊の斧《おの》をもって自《じ》我《が》の怪物《かいぶつ》＊を退治《たいじ》する。これあ上々吉《じょうじょうきち》＊の夢《ゆめ》でさあ。わたしは仏《ほとけ》の教《おしえ》を信《しん》じます。」

そして獏《ばく》は窓《まど》から出《で》ていった。わたしはそのあとを見送《みおく》った。――獏《ばく》は月《つき》の照《て》りわたった屋根《やね》の上《うえ》をちょうど大《おお》きな猫《ねこ》のように、棟《むね》から棟《むね》へと音《おと》も立《た》てずにしずかに跳《と》びうつりながら飛《と》んでいった。

（一九〇二年刊《ねんかん》『骨董《こっとう》』所収《しょしゅう》／原題《げんだい》は The Eater of Dreams）

遮二無二《しゃにむに》　がむしゃらに。必死《ひっし》で。
一梃《いっちょう》　梃《ちょう》は、斧《おの》や鋤鍬《すきくわ》、銃《じゅう》、蠟燭《ろうそく》などを数《かぞ》える言葉《ことば》。
妙法《みょうほう》　素晴《すば》らしい仏《ほとけ》の教《おし》え。南無妙法蓮華経《なむみょうほうれんげきょう》の「妙法《みょうほう》」。
自我《じが》の怪物《かいぶつ》　フロイトの精神分析論《せいしんぶんせきろん》や、映画《えいが》『禁断《きんだん》の惑星《わくせい》』（F・M・ウィルコックス監督《かんとく》　一九五六）に登場《とうじょう》する「イドの怪《かい》物《ぶつ》」を予見《よけん》させるかのような一節《いっせつ》。
上々吉《じょうじょうきち》　とてもめでたいこと。

幻《げん》妖《よう》チャレンジ！

黄泉《よみ》の穴《あな》

『出雲《いずもの》国《くに》風土記《ふどき》』より

〔原文《げんぶん》〕

宇賀郷郡家正北一十七里二十五歩造天下大神命誂坐神魂命御子綾門日女命尓時女神不肯逃隠之時大神伺求給斦此則是郷故云宇賀即北海濵有礒名脳礒高一丈許上生松芸至礒邑人之朝夕如往来又木枝人之如攀引自礒西方窟戸高廣名六尺許窟内在穴人不得入不知深浅也夢至此礒窟之邊者必死故俗人自古至今号黄泉之坂黄泉之穴也

〔読《よ》み下《くだ》し文《ぶん》〕

宇賀郷《うかのさと》。郡家《ぐんけ》の正北《せいほく》一　十七里《ひゃくじゅうななり》二十五歩《にじゅうごほ》。天下造《あめのしたつく》らしし大神命《おほかみのみこと》、神魂命《かむむすひのみこと》の御子《みこ》、綾門日女命《あやとひめのみこと》に誂《あとら》へ坐《ま》しき。その時《とき》、女神肯《めがみうべな》はずて逃《に》げ隠《かく》りし時《とき》、大神伺《おほかみうかか》ひ求《もと》め給《たま》ひし所《ところ》、此是《これこ》の郷《さと》なり。故《かれ》、宇賀《うか》と云《い》ひき。

即《すなは》ち、北《きた》の海《うみ》の浜《はま》に礒有《いそあ》り。名《な》は脳《なづき》の礒《いそ》。高《たか》さ一丈許《つゑばかり》。上《うへ》に生《お》ふる松《まつ》、芸《しげ》りて礒《いそ》に至《いた》る。邑人《むらびと》の朝夕《あさよひ》に往来《かよ》へるが如《ごと》く、又《また》、木《き》の枝《えだ》は人《ひと》の攀《よ》ぢ引《ひ》けるが如《ごと》し。礒《いそ》より西《にし》の方《かた》の窟戸《いはやと》、高《たか》さ広《ひろ》さ各六尺許《かくろくさかばかり》。窟《いはや》の内《うち》に穴在《あなあ》り。人《ひと》、入《い》ることを得《え》ず、深《ふか》き浅《あさ》きを知《し》らず。夢《いめ》に此《こ》の礒《いそ》の窟《いはや》の辺《ほとり》に至《いた》らば、必《かなら》ず死《し》ぬ。故《かれ》、俗人古《くにひといにしへ》より今《いま》に至《いた》るまで、黄泉《よみ》の坂《さか》、黄泉《よみ》の穴《あな》と号《い》ひき。

〔現代語訳《げんだいごやく》〕

宇賀《うか》の郷《さと》（島根県出雲市国富町《しまねけんいずもしくにとみちょう》の北側《きたがわ》、口宇賀町《くちうがちょう》、奥宇賀町《おくうがちょう》、河下町《かわしもちょう》、猪目町《いのめちょう》、別所町《べっしょちょう》、唐川町《からかわちょう》付近《ふきん》）。郡《ぐん》の役所《やくしょ》の真北《まきた》へ九《きゅう》キロほど行《い》った処《ところ》にある。この国《くに》をお造《つく》りになられた大神《おおかみ》オオクニヌシが、カミムスビ神《しん》の御子《みこ》であるアヤトヒメに求婚《きゅうこん》された。そのとき、女神《めがみ》はすぐには承諾《しょうだく》されず逃《に》げ隠《かく》れてしまわれたので、大神《おおかみ》が中《なか》を覗《のぞ》きうかがい、女神《めがみ》の姿《すがた》を探《さが》し求《もと》められた処《ところ》が、この郷《さと》なのだった。それゆえ、宇加《うか》という。

さて、北《きた》の海《うみ》の浜《はま》に磯《いそ》がある。名《な》は脳《なずき》の磯《いそ》という。高《たか》さは三《さん》メートルばかりである。磯《いそ》の上方《じょうほう》に根《ね》づいた松《まつ》は、枝《えだ》が伸《の》び繁《しげ》って磯《いそ》にまで届《とど》いている。その松並木《まつなみき》を遠方《えんぽう》から見《み》ると、村人《むらびと》たちが朝夕《あさゆう》、往来《おうらい》しているかのように見《み》え、また木《き》の枝《えだ》はたわんで、人《ひと》がよじ登《のぼ》ろうと下《した》から引《ひ》っぱっているかのように見《み》える。

磯《いそ》から西《にし》の方《ほう》の岩窟《がんくつ》（島根県出雲市猪目町《しまねけんいずもしいのめちょう》に実在《じつざい》する猪目洞窟《いのめどうくつ》を指《さ》す）は、高《たか》さと広《ひろ》さが一・八メートルほどである。岩窟《がんくつ》の内《うち》に穴《あな》がある。人《ひと》が中《なか》に入《はい》ることができないので、深《ふか》いか浅《あさ》いか奥行《おくゆ》きが分《わ》からない。夢《ゆめ》で、この磯《いそ》の岩窟《がんくつ》のあたりに来《き》た者《もの》は、必《かなら》ず死《し》ぬ。それゆえ地元《じもと》の人々《ひとびと》は、大昔《おおむかし》から今《いま》に至《いた》るまで、ここを死者《ししゃ》の国《くに》である黄泉《よみ》の坂《さか》、黄泉《よみ》の穴《あな》と呼《よ》んでいる。

（東雅夫《ひがしまさお》訳《やく》）

編者解説《へんじゃかいせつ》

東《ひがし》 雅夫《まさお》

この本《ほん》は、十代《じゅうだい》の皆《みな》さんを対象《たいしょう》にした、文豪怪談《ぶんごうかいだん》のアンソロジー（優《すぐ》れた作品《さくひん》をテーマなどに沿《そ》って精選《せいせん》し配列《はいれつ》した書物《しょもつ》。傑作選《けっさくせん》）です。

文豪《ぶんごう》とは、小説《しょうせつ》や詩歌《しいか》、戯曲《ぎきょく》など、いろいろな文学《ぶんがく》のジャンルで、ひときわ優《すぐ》れた作品《さくひん》を書《か》き残《のこ》し、世代《せだい》を超《こ》えて読《よ》み継《つ》がれてきた作家《さっか》たちのことです。

文字《もじ》に書《か》かれた言葉《ことば》の力《ちから》だけで、読《よ》む人《ひと》を感動《かんどう》させたり、号泣《ごうきゅう》させたり、ふるえあがらせたりする……これって、よく考《かんが》えてみると、凄《すご》いことではないでしょうか。

小説《しょうせつ》に登場《とうじょう》する架空《かくう》のキャラクターが、現実《げんじつ》の人間《にんげん》たちよりも、はるかに身近《みぢか》で切実《せつじつ》で魅力的《みりょくてき》に感《かん》じられる読書体験《どくしょたいけん》をしたことのある方《かた》も、きっと多《おお》いだろうと思《おも》います。

日本《にほん》には「言霊《ことだま》」という言葉《ことば》があります。言葉《ことば》には霊力《れいりょく》、不思議《ふしぎ》なパワーが宿《やど》っていると、私《わたし》たちの祖先《そせん》は信《しん》じていたのです。
その最《もっと》も身近《みぢか》な顕《あら》われが、文学《ぶんがく》という営《いとな》みなのだといってよいかもしれません。
つまり、文豪《ぶんごう》とは、卓越《たくえつ》した言霊使《ことだまづか》いであり、日本語《にほんご》の達人《たつじん》なのです。

日本語《にほんご》といえば、皆《みな》さんはふだん使《つか》っている日本語《にほんご》の文章《ぶんしょう》を見《み》て、不思議《ふしぎ》に感《かん》じたことはありませんか。たとえば英語《えいご》は、二十六文字《にじゅうろくもじ》のアルファベットだけで表記《ひょうき》されます。けれども日本語《にほんご》は、ひらがな、カタカナ、そして無数《むすう》の漢字《かんじ》を組《く》み合《あ》わせることで綴《つづ》られます。ときにはアルファベットや、最近《さいきん》では顔文字《かおもじ》（^o^）まで入《はい》りこんでいます。しかも漢字《かんじ》の横《よこ》にルビ（ふりがな）まで付《つ》いたりします（この本《ほん》も総《そう》ルビになっています）。世界《せかい》でも珍《めずら》しい、何《なん》でもあり、の言語《げんご》なのです。しかも、「言葉《ことば》」と書《か》いても「ことば」と書《か》いても「詞《ことば》」と書《か》いても「言《こと》の葉《は》」と書《か》いても「ワード」と書《か》いても意味《いみ》が通《つう》じてしまう、自分流《じぶんりゅう》にカスタマイズが可能《かのう》な、自由度《じゆうど》の高《たか》い言語《げんご》でもあります。眺《なが》めていて飽《あ》きません。
ひとつ、面白《おもしろ》い例《れい》を挙《あ》げてみましょう。

踵《くびす》を返《かえ》して海岸通《かいがんどおり》を、急《いそ》ぎ足《あし》に……

＊《すた》　＊《すた》　＊《すた》　（月落《つきお》ちて星《ほし》ばかり、異《おつ》だね。）

これは、明治《めいじ》～大正期《たいしょうき》に活躍《かつやく》した文豪《ぶんごう》・泉鏡花《いずみきょうか》が、明治《めいじ》二十六年《ねん》（一八九三）に発《はっ》表《ぴょう》したデビュー作《さく》「冠彌左衛門《かんむりやざえもん》」の一節《いっせつ》です。アスタリスクと呼《よ》ばれる星形《ほしがた》の印刷記号《いんさつきごう》に「すた」とルビを振《ふ》り、満天《まんてん》の星《スター》と、急《いそ》ぎ足《あし》の「すたすた」と、両方《りょうほう》の意味《いみ》を掛《か》け合《あ》わせているのが、お分《わ》かりでしょうか。まさに日本語《にほんご》でなければ不可能《ふかのう》な表現《ひょうげん》ですね。近代《きんだい》文学《ぶんがく》が誕生《たんじょう》してまだ間《ま》もない明治中期《めいじちゅうき》から、文豪《ぶんごう》たちは日本語《にほんご》の魅力《みりょく》と可能性《かのうせい》を自覚《じかく》し、ときには、こんなにも手《て》の込《こ》んだ言葉遊《ことばあそ》びに興《きょう》じていたのでした。

ところで、実《じつ》をいうと私自身《わたしじしん》、日本語《にほんご》の魅力《みりょく》と日本語《にほんご》で書《か》かれた文学《ぶんがく》の魅力《みりょく》に開眼《かいがん》したのは、ちょうど十代《じゅうだい》のはじめ、小学校高学年《しょうがっこうこうがくねん》の頃《ころ》でした。たまたま書店《しょてん》で見《み》つけた澁澤龍《しぶさわたつ》彦編纂《ひこへんさん》のアンソロジー『暗黒《あんこく》のメルヘン』に心惹《こころひ》かれるものを感《かん》じて、わけも分《わ》からぬままに読《よ》み始《はじ》めたのです。巻頭《かんとう》に載《の》っていたのが、これまた鏡花《きょうか》の短篇《たんぺん》「龍潭譚《りゅうたんだん》」――冒頭《ぼうとう》の部分《ぶぶん》を次《つぎ》に引用《いんよう》してみます。

> 日《ひ》は午《ご》なり。あらゝ木《ぎ》のたら〱坂《ざか》に樹《き》の蔭《かげ》もなし。寺《てら》の門《もん》、植木屋《うゑきや》の庭《には》、花屋《はなや》の店《みせ》など、坂下《さかした》を挾《さしはさ》みて町《まち》の入口《いりくち》にはあたれど、のぼるに従《したが》ひて、たゞ畑《はた》ばかりとなれり。番小屋《ばんごや》めきたるもの小《こ》だかき處《ところ》に見《み》ゆ。谷《たに》には菜《な》の花《はな》殘《のこ》りたり。路《みち》の右左《みぎひだり》、躑躅《つゝじ》の花《はな》の紅《くれなゐ》なるが、見渡《みわた》す方《かた》、見返《みかへ》る方《かた》、いまを盛《さかり》なりき。ありくにつれて汗少《あせすこ》しいでぬ。

呆然《ぼうぜん》としました。文語体《ぶんごたい》の文章《ぶんしょう》など、それまでまともに接《せっ》したことがなかったからです。「ゝ」とか「〱」とか見慣《みな》れない記号《きごう》もあって、まるで呪文《じゅもん》のようでした。でも、少《すこ》しずつ、分《わ》からないなりに、辞書《じしょ》を片手《かたて》に読《よ》み進《すす》めるうちに、呪文《じゅもん》のような言葉《ことば》の迷宮《めいきゅう》をうろうろ彷徨《さまよ》うのが、なんだか愉《たの》しくなってきたのです。「躑躅《つつじ》」という漢字《かんじ》など、文字《もじ》の形《かたち》からして迷路《めいろ》みたいで面白《おもしろ》いではないですか。全山《ぜんざん》を紅色《べにいろ》に染《そ》める満開《まんかい》の躑躅《つつじ》に誘《いざな》われて神隠《かみかく》しに遭《あ》う少年《しょうねん》の物語《ものがたり》に、それはいかにも相応《ふさわ》しいように思《おも》えたのでした。

これから、この本《ほん》をひもとく読者《どくしゃ》の皆《みな》さんにも、そんなふうに、日本《にほん》の言葉《ことば》と文学《ぶんがく》の面白《おも》さを味《あじ》わっていただけたら、とても嬉《うれ》しく思《おも》います。細《こま》かいところは、すぐに理解《りかい》できなくてもかまわないのです。自分《じぶん》なりのペースで読《よ》み進《すす》めるうちに、思《おも》わずニヤリとしたり、ヒヤリとしたりするような表現《ひょうげん》、見《み》たこともないような素敵《すてき》なシーンに出逢《であ》ったら、しめたもの。その作家《さっか》・作品《さくひん》とは、波長《はちょう》が合《あ》うかも知《し》れませんよ。

さて、シリーズ一巻目《いっかんめ》となる本書《ほんしょ》のテーマは「夢《ゆめ》」です。

一日《いちにち》の半分近《はんぶんちか》くを占《し》める眠《ねむ》りの時間《じかん》、程度《ていど》の差《さ》こそあれ、人《ひと》はいろいろな夢《ゆめ》を見《み》ます。ときには悪夢《あくむ》に魘《うな》されて飛《と》び起《お》きたりすることもあるでしょう。フランスの幻想作家《げんそうさっか》ネルヴァルの「夢《ゆめ》は第二《だいに》の人生《じんせい》である」、あるいは我《われ》らが江戸川乱歩《えどがわらんぽ》の「うつし世《よ》はゆめ／よるの夢《ゆめ》こそまこと」といった名文句《めいもんく》が思《おも》い出《だ》されます。

古代人《こだいじん》は、夢《ゆめ》を彼岸《ひがん》からのメッセージととらえて、神聖視《しんせいし》していたともいいます。私《わたし》たちにとって、最《もっと》も身近《みぢか》な（身近《みぢか》どころか脳内《のうない》の現象《げんしょう》ですからね）異世界《いせかい》である夢《ゆめ》は、古今東西《ここんとうざい》、数多《あまた》の文学者《ぶんがくしゃ》たちの関心《かんしん》を惹《ひ》き、また創作《そうさく》の源泉《げんせん》ともなってきました。

巻頭《かんとう》に収《おさ》めた**「夢十夜《ゆめじゅうや》」**の作者《さくしゃ》・**夏目漱石《なつめそうせき》**は、文豪《ぶんごう》の中《なか》の文豪《ぶんごう》というべき存在《そんざい》であり、特《とく》に二〇一六年《ねん》が没後百年《ぼつごひゃくねん》のメモリアル・イヤーに当《あ》たるため、近年《きんねん》ふたたび注目《ちゅうもく》を集《あつ》めています。『吾輩《わがはい》は猫《ねこ》である』や『坊《ぼっ》ちゃん』といった代表作《だいひょうさく》で国民的人気《こくみんてきにんき》を博《はく》する漱《そう》石《せき》ですが、その一方《いっぽう》で「夢十夜《ゆめじゅうや》」のように、夢《ゆめ》に託《たく》して幻想《げんそう》と怪奇《かいき》の世界《せかい》を思《おも》うさま描《えが》いた作品《さくひん》も手《て》がけているあたり、作家《さっか》としての懐《ふところ》の深《ふか》さを感《かん》じさせます。まさに大文豪《だいぶんごう》の風《ふう》格《かく》であり、このシリーズの幕開《まくあ》けに相応《ふさわ》しい作家《さっか》・作品《さくひん》といえるでしょう。

ちなみに「夢十夜《ゆめじゅうや》」が発表《はっぴょう》された明治《めいじ》四十一年《ねん》（一九〇八）は、若《わか》い作家《さっか》たちを中心《ちゅうしん》に、怪談《かいだん》への関心《かんしん》が文壇《ぶんだん》で高《たか》まりをみせた時期《じき》でした。そんな最中《さなか》、折《おり》しも七月《しちがつ》から八月《はちがつ》にかけて、お盆時季《ぼんじき》の新聞連載《しんぶんれんさい》をすることに。すでに「琴《こと》のそら音《おと》」（一九〇五）などの作品《さくひん》で、この分野《ぶんや》にもいち早《はや》く先鞭《せんべん》をつけていた漱石《そうせき》です。ひとつ、新時代《しんじだい》の文学的怪談《ぶんがくてきかいだん》を創造《そうぞう》してやろう！　という意気込《いきご》みで取《と》り組《く》んだと考《かんが》えても、あながち的外《まとはず》れではないでしょう。事実《じじつ》、「夢十夜《ゆめじゅうや》」は、近代日本《きんだいにほん》の怪談文芸《かいだんぶんげい》／幻想文学《げんそうぶんがく》の潮流《ちょうりゅう》にあって、ひとつの重要《じゅうよう》な起《き》点《てん》となり、後続《こうぞく》の作家《さっか》たちに大《おお》きな影響《えいきょう》を及《およ》ぼしてゆくのです。

漱石《そうせき》のもとには多《おお》くの門人《もんじん》が参集《さんしゅう》し、後《のち》に「漱石山脈《そうせきさんみゃく》」と呼《よ》ばれるほど多彩《たさい》な人材《じんざい》を輩《はい》出《しゅつ》しました。その中《なか》には「おばけずき」な気質《きしつ》の持《も》ち主《ぬし》も少《すく》なくなく、それぞれに師《し》の「夢十夜《ゆめじゅうや》」に触発《しょくはつ》された作品《さくひん》を発表《はっぴょう》しています。夢《ゆめ》という外枠《そとわく》を取《と》り払《はら》い、より大胆《だいたん》に超《ちょう》自然《しぜん》の世界《せかい》へ踏《ふ》み込《こ》んだ**内田百閒**《うちだひゃっけん》、逆《ぎゃく》に夢《ゆめ》そのものを濃密細緻《のうみつさいち》な散文詩《さんぶんし》として描《えが》き出《だ》すことに精魂《せいこん》をかたむけた**中勘助**《なかかんすけ》、そして**芥川龍之介**《あくたがわりゅうのすけ》もまた、師《し》のスタイルを踏襲《とうしゅう》しつつ、短《みじか》い後半生《こうはんせい》を予感《よかん》させるような凄絶《せいぜつ》にして甘美《かんび》な幻視《げんし》の光景《こうけい》を筆《ふで》にしているのでした。

その芥川《あくたがわ》と競《きそ》い合《あ》うようにして大正期《たいしょうき》の文運隆盛《ぶんうんりゅうせい》を支《ささ》えた、**谷崎潤一郎**《たにざきじゅんいちろう》、**佐藤春夫**《さとうはるお》、**志賀直哉**《しがなおや》の三文豪《さんぶんごう》が、文学上《ぶんがくじょう》の流派《りゅうは》もスタイルも全《まった》く異質《いしつ》でありながら、なぜか軌《き》を一《いっ》にして「病者《びょうしゃ》の見《み》る夢《ゆめ》」を描《えが》いた作品《さくひん》を遺《のこ》しているのは面白《おもしろ》いことだと思《おも》います。持《も》ち前《まえ》の神経症《しんけいしょう》・恐怖症《きょうふしょう》をオーバーアクションで嗤《わら》いのめしながら、夢《ゆめ》と現《うつつ》の不穏《ふおん》なあわいを往還《おうかん》する「**病蓐《びょうじょく》の幻想《げんそう》**」、その谷崎《たにざき》や芥川《あくたがわ》（当時《とうじ》すでに死者《ししゃ》）が夢中《むちゅう》に出没《しゅつぼつ》することで、作品《さくひん》の内《うち》と外《そと》とが絶妙《ぜつみょう》な揺《ゆ》らぎに陥《おちい》る「**山《やま》の日記《にっき》から**」、そこに谺《こだま》する犬《いぬ》の吠《ほ》え声《ごえ》が召喚《しょうかん》するかのような「**病中夢《びょうちゅうむ》**」の薄気味悪《うすきみわる》いゾンビ（生《い》ける屍体《したい》）幻想《げんそう》……。

激動《げきどう》の昭和《しょうわ》が始《はじ》まると同時《どうじ》に、新興《しんこう》の探偵小説文壇《たんていしょうせつぶんだん》に彗星《すいせい》のごとくデビューした**夢野《ゆめの》久作《きゅうさく》**の「**怪夢《かいむ》**」連作《れんさく》もまた、こうしてひと連《つら》なりに収載《しゅうさい》して見《み》ると、実《じつ》は「夢十夜《ゆめじゅうや》」の正《せい》系《けい》を継《つ》ぐ作品《さくひん》であったように思《おも》えてくるから不思議《ふしぎ》です。しかもその世界《せかい》は、後《のち》に畢生《ひっせい》の大作《たいさく》『ドグラ・マグラ』（一九三五）へと展開《てんかい》されるのでした。思《おも》えば、あの奇書《きしょ》もまた、壮大《そうだい》なる夢文学《ゆめぶんがく》の試《こころ》みとして捉《とら》えなおすことができそうではないですか。

「こんな夢《ゆめ》を見《み》た」に始《はじ》まる「夢十夜《ゆめじゅうや》」のスタイルは、後世《こうせい》の作家《さっか》たちをオマージュやパスティーシュ（共《とも》に先行作品《せんこうさくひん》の作風《さくふう》を真似《まね》て創作《そうさく》すること）の誘惑《ゆうわく》に駆《か》り立《た》ててやまないようです。その優《すぐ》れた一例《いちれい》として、〈どくとるマンボウ〉シリーズで一世《いっせい》を風靡《ふうび》した**北杜《きたもり》夫《お》**の「**夢一夜《ゆめいちや》**」を収録《しゅうろく》しました。

さて、本書《ほんしょ》を読《よ》み終《お》えた皆《みな》さんが就寝後《しゅうしんご》、悪夢《あくむ》に襲《おそ》われてはいけませんから、おしまいに、悪《わる》い夢《ゆめ》を喰《た》べてくれる獣《けもの》として有名《ゆうめい》な貘《ばく》にまつわる、怖《おそ》ろしくも愛《あい》すべき佳品《かひん》を収録《しゅうろく》しておきます。作者《さくしゃ》の**小泉八雲《こいずみやくも》**こと**ラフカディオ・ハーン**は、明治《めいじ》二十三年《ねん》（一八九〇）に来日後《らいにちご》、日本《にほん》の霊的風土《れいてきふうど》に魅《み》せられ、『怪談《かいだん》』（一九〇四）をはじめとする多《おお》くの著作《ちょさく》を執筆《しっぴつ》しました。幼《おさな》い頃《ころ》から夢見《ゆめみ》がちな少年《しょうねん》だった八雲《やくも》は、夢《ゆめ》と文学《ぶんがく》との関《かか》わりを探究《たんきゅう》した多《おお》くの文章《ぶんしょう》を遺《のこ》しています。なかでも米国時代《べいこくじだい》に書《か》かれた小品《しょうひん》を集《あつ》めた『きまぐれ草《ぐさ》』（一九一四）は、漱石《そうせき》の「夢十夜《ゆめじゅうや》」と双璧《そうへき》をなす夢《ゆめ》と幽霊《ゆうれい》の文学《ぶんがく》の先駆《せんく》であります。

なお、本《ほん》シリーズの各巻《かっかん》には、附録《ふろく》として**「幻妖《げんよう》チャレンジ！」**コーナーを設《もう》けました。これは、近世以前《きんせいいぜん》の古典文学《こてんぶんがく》に登場《とうじょう》する不思議《ふしぎ》な物語《ものがたり》や怖《こわ》い話《はなし》に直接《ちょくせつ》、触《ふ》れてほしいという願《ねが》いから設置《せっち》した「別館《べっかん》」です。本巻《ほんかん》には『古事記《こじき》』と並《なら》ぶ日本最古《にほんさいこ》の書物《しょもつ》（『出雲国《いずものくに》風土記《ふどき》』は七三三年成立《ねんせいりつ》）である『**風土記《ふどき》**』の中《なか》から、よく考《かんが》えるととても怖《こわ》い、夢《ゆめ》にまつわる小《ちい》さなエピソードを収録《しゅうろく》しました。編者《へんじゃ》による現代語訳《げんだいごやく》で内容《ないよう》を把握《はあく》し、原文《げんぶん》については「昔《むかし》の人《ひと》はこんな文章《ぶんしょう》を読《よ》み書《か》きしていたんだなー」と眺《なが》めていただくだけでも充《じゅう》分《ぶん》です。最初《さいしょ》はとっつきにくいと感《かん》じるでしょうが、ぜひチャレンジしてみてくださいね。

二〇一六年《ねん》十月《がつ》

著者《ちょしゃ》プロフィール（収録順《しゅうろくじゅん》）

夏目漱石《なつめそうせき》

（一八六七〜一九一六）小説家《しょうせつか》、評論家《ひょうろんか》、英文学者《えいぶんがくしゃ》。東《とう》京《きょう》生《う》まれ。東京帝国大学英文科卒《とうきょうていこくだいがくえいぶんかそつ》。松山中学《まつやまちゅうがく》、五高《ごこう》などで英語《えいご》を教《おし》え、英国《えいこく》に留学《りゅうがく》した。帰国後《きこくご》、一高《いちこう》、東《とう》大《だい》で教鞭《きょうべん》をとる。一九〇五年《ねん》『吾輩《わがはい》は猫《ねこ》である』を発表《はっぴょう》し大評判《だいひょうばん》となる。その後《ご》『坊《ぼっ》ちゃん』『草枕《くさまくら》』など次々《つぎつぎ》と話題作《わだいさく》を発表《はっぴょう》。一九〇七年《ねん》、東大《とうだい》を辞《じ》し、新聞社《しんぶんしゃ》に入《にゅう》社《しゃ》して創作《そうさく》に専念《せんねん》。『三四郎《さんしろう》』『それから』『行人《こうじん》』『こころ』など著書多数《ちょしょたすう》。大作《たいさく》『明暗《めいあん》』を執筆中《しっぴつちゅう》に胃潰瘍《いかいよう》が悪《あっ》化《か》し逝去《せいきょ》した。

内田百閒《うちだひゃっけん》

（一八八九〜一九七一）小説家《しょうせつか》、随筆家《ずいひつか》。岡山県生《おかやまけんう》まれ。東京大学独文科卒《とうきょうだいがくどくぶんかそつ》。漱石門下《そうせきもんか》の一員《いちいん》となり芥川《あくたがわ》龍之介《りゅうのすけ》、鈴木三重吉《すずきみえきち》らと親交《しんこう》を結《むす》ぶ。大学卒業後《だいがくそつぎょうご》は陸軍《りくぐん》士官学校《しかんがっこう》、海軍機関学校《かいぐんきかんがっこう》、法政大学《ほうせいだいがく》のドイツ語教授《ごきょうじゅ》を歴《れき》任《にん》。一九三四年《ねん》、大学《だいがく》を辞職《じしょく》して文筆生活《ぶんぴつせいかつ》に入《はい》った。初《しょ》期《き》の小説《しょうせつ》に『冥途《めいど》』『旅順入城式《りょじゅんにゅうじょうしき》』などがあり、『百鬼《ひゃっき》園随筆《えんずいひつ》』で独自《どくじ》の文学的世界《ぶんがくてきせかい》を確立《かくりつ》した。著作《ちょさく》に『続《ぞく》百鬼園随筆《ひゃっきえんずいひつ》』『百鬼園俳句帖《ひゃっきえんはいくちょう》』『御馳走帖《ごちそうちょう》』『ノラや』、小《しょう》説《せつ》『実説艸平記《じっせつそうへいき》』『阿房列車《あほうれっしゃ》』など。

中勘助《なかかんすけ》

（一八八五〜一九六五）小説家《しょうせつか》、詩人《しじん》、随筆家《ずいひつか》。東京生《とうきょうう》まれ。一高《いちこう》を経《へ》て東京大学国文科卒業《とうきょうだいがくこくぶんかそつぎょう》。夏目漱石《なつめそうせき》に師事《しじ》した。江戸《えど》の面影《おもかげ》を伝《つた》える商人町《しょうにんまち》に囲《かこ》まれた士族屋敷《しぞくやしき》に育《そだ》ち、その体験《たいけん》を優雅繊細《ゆうがせんさい》な文体《ぶんたい》で描《えが》いた長篇自伝小《ちょうへんじでんしょう》説《せつ》『銀《ぎん》の匙《さじ》』が評判《ひょうばん》になった。ほかの作品《さくひん》に『犬《いぬ》』『提《でー》婆達多《ばだった》』など。生涯《しょうがい》を通《とお》して文壇《ぶんだん》と距離《きょり》を置《お》き、孤高《ここう》の地位《ちい》を保《たも》った。

芥川龍之介《あくたがわりゅうのすけ》

（一八九二〜一九二七）小説家《しょうせつか》。東京《とうきょう》生《う》まれ。東京帝国《とうきょうていこく》大学英文科卒《だいがくえいぶんかそつ》。在学中《ざいがくちゅう》から創作《そうさく》を始《はじ》め、短篇《たんぺん》『鼻《はな》』が夏《なつ》目《め》漱石《そうせき》に認《みと》められる。その後《ご》、王朝《おうちょう》ものの『羅生門《らしょうもん》』『芋《いも》粥《がゆ》』『藪《やぶ》の中《なか》』、童話《どうわ》『杜子春《とししゅん》』などを次々《つぎつぎ》と発表《はっぴょう》し文壇《ぶんだん》のスターとなる。西欧《せいおう》の短篇小説《たんぺんしょうせつ》の手法《しゅほう》・様式《ようしき》を身《み》につけ、東西《とうざい》の文献資料《ぶんけんしりょう》に材《ざい》をとりながら、自身《じしん》の主題《しゅだい》を見事《みごと》に小説化《しょうせつか》した作品《さくひん》を多数発表《たすうはっぴょう》した。一九二五年頃《ねんごろ》より体調《たいちょう》がすぐれず、「唯《ただ》ぼんやりした不安《ふあん》」のなか、薬《やく》物自殺《ぶつじさつ》。

谷崎潤一郎《たにざきじゅんいちろう》

（一八八六～一九六五）小説家《しょうせつか》。東京生《とうきょうう》まれ。東京帝国《とうきょうていこく》大学国文科中退《だいがくこくぶんかちゅうたい》。在学中《ざいがくちゅう》より創作《そうさく》を始《はじ》め同人雑誌《どうじんざっし》「新《しん》思潮《しちょう》」（第二次《だいにじ》）を創刊《そうかん》。同誌《どうし》に発表《はっぴょう》した『刺青《しせい》』などの作品《さくひん》が高《たか》く評価《ひょうか》され作家《さっか》に。当初《とうしょ》は西欧的《せいおうてき》なスタイルを好《この》んだが、関東大震災《かんとうだいしんさい》を機《き》に関西《かんさい》へ移《うつ》り住《す》んだこととあって次第《しだい》に純日本的《じゅんにほんてき》なものへの指向《しこう》を強《つよ》め、伝統的《でんとうてき》な日本語《にほんご》による美《うつく》しい文体《ぶんたい》を確立《かくりつ》した。一九四九年《ねん》、文化《ぶんか》勲章受章《くんしょうじゅしょう》。主《おも》な作品《さくひん》に『痴人《ちじん》の愛《あい》』『春琴抄《しゅんきんしょう》』『卍《まんじ》』『細《ささめ》雪《ゆき》』『陰翳礼讃《いんえいらいさん》』など。

佐藤春夫《さとうはるお》

（一八九二～一九六四）詩人、小説家《しょうせつか》。和歌山県生《わかやまけんう》まれ。慶應義塾大学中退《けいおうぎじゅくだいがくちゅうたい》。与謝野寛《よさのひろし》、永井荷風《ながいかふう》らに師事《しじ》。一九一八年《ねん》の小説《しょうせつ》『田園《でんえん》の憂鬱《ゆううつ》』、一九二一年《ねん》の詩集《ししゅう》『殉情詩集《じゅんじょうししゅう》』などで注目《ちゅうもく》を集《あつ》めた。ほかの作品《さくひん》に『都会《とかい》の憂鬱《ゆううつ》』『晶子曼荼羅《あきこまんだら》』など多数《たすう》。新人《しんじん》に慕《した》われ、門下《もんか》に、井伏鱒二《いぶせますじ》、太宰治《だざいおさむ》、吉行淳之介《よしゆきじゅんのすけ》、稲垣足穂《いながきたるほ》、柴田錬《しばたれん》三郎《ざぶろう》、遠藤周作《えんどうしゅうさく》など多《おお》くの作家《さっか》がいる。一九六〇年《ねん》、文《ぶん》化勲章受章《かくんしょうじゅしょう》。

志賀直哉《しがなおや》

（一八八三～一九七一）小説家《しょうせつか》。宮城県生《みやぎけんう》まれ。学習《がくしゅう》院高等科《いんこうとうか》を経《へ》て東京帝国大学文学部中退《とうきょうていこくだいがくぶんがくぶちゅうたい》。在学中《ざいがくちゅう》に武者小路実篤《むしゃのこうじさねあつ》、里見弴《さとみとん》、有島武郎《ありしまたけお》、柳宗悦《やなぎむねよし》らと同人雑誌《どうじんざっし》「白樺《しらかば》」を創刊《そうかん》。父親《ちちおや》との対立《たいりつ》など実生活《じっせいかつ》の問題《もんだい》を見《み》すえた私小説《ししょうせつ》や心境小説《しんきょうしょうせつ》を多《おお》く発表《はっぴょう》した。一九四九年《ねん》、文《ぶん》化勲章受章《かくんしょうじゅしょう》。主《おも》な作品《さくひん》に『和解《わかい》』『城《き》の崎《さき》にて』『暗夜《あんや》行路《こうろ》』など。

夢野久作《ゆめのきゅうさく》

（一八八九～一九三六）福岡県《ふくおかけん》生《う》まれ。本名《ほんみょう》は杉山《すぎやま》。幼《よう》名《みょう》は直樹《なおき》。出家《しゅっけ》してから泰道《たいどう》と名《な》のる。一九二六年《ねん》、雑《ざっ》誌《し》「新青年《しんせいねん》」の懸賞小説公募《けんしょうしょうせつこうぼ》に入選《にゅうせん》。九州《きゅうしゅう》を拠点《きょてん》に小《しょう》説《せつ》・童話《どうわ》を発表《はっぴょう》、一九二九年《ねん》の『押絵《おしえ》の奇蹟《きせき》』が江戸川《えどがわ》乱歩《らんぽ》に認《みと》められる。怪奇色《かいきしょく》と幻想性《げんそうせい》の色《いろ》こい作風《さくふう》で日本《にほん》文学《ぶんがく》に独自《どくじ》の地歩《ちほ》を占《し》めている。主《おも》な作品《さくひん》に『瓶詰《びんづめ》の地《じ》獄《ごく》』『人間腸詰《にんげんそうせえじ》』など。晩年《ばんねん》に出版《しゅっぱん》した小説《しょうせつ》『ドグラ・マグラ』は、完成《かんせい》まで十年以上《ねんいじょう》をかけた複雑怪奇《ふくざつかいき》な大作《たいさく》で、奇書《きしょ》という評価《ひょうか》もある。

北杜夫《きたもりお》

（一九二七～二〇一一）東京青山《とうきょうあおやま》生《う》まれ。小説家《しょうせつか》、エッセイスト、精神科医《せいしんかい》。旧制松本高校《きゅうせいまつもとこうこう》を経《へ》て、東北大学《とうほくだいがく》医学部《いがくぶ》を卒業《そつぎょう》。一九六〇年《ねん》、半年間《はんとしかん》の船医《せんい》としての体《たい》験《けん》をもとに『どくとるマンボウ航海記《こうかいき》』を刊行《かんこう》。同年《どうねん》、『夜《よる》と霧《きり》の隅《すみ》で』で芥川賞《あくたがわしょう》を受賞《じゅしょう》。その後《ご》、『楡家《にれけ》の人《ひと》びと』『輝《かがや》ける碧《あお》き空《そら》の下《した》で』などの小説《しょうせつ》を発表《はっぴょう》する一《いっ》方《ぽう》、ユーモアあふれるエッセイを多数執筆《たすうしっぴつ》した。父親《ちちおや》である歌人《かじん》・斎藤茂吉《さいとうもきち》の生涯《しょうがい》をつづった「茂吉四部作《もきちよんぶさく》」により大佛次郎賞《おさらぎじろうしょう》受賞《じゅしょう》。

小泉八雲《こいずみやくも》

（一八五〇～一九〇四）本名《ほんみょう》ラフカディオ・ハーン。ギリシア生《う》まれの文学者《ぶんがくしゃ》。イギリスとフランスで教育《きょういく》を受《う》け、一八六九年《ねん》に渡米《とべい》し、各地《かくち》で新聞記者《しんぶんきしゃ》を務《つと》めた。一八九〇年来日《ねんらいにち》。松江中学《まつえちゅうがく》で教師《きょうし》を務《つと》め、小泉節子《こいずみせつこ》と結婚《けっこん》。熊本《くまもと》に転任後《てんにんご》、神戸《こうべ》に移《うつ》り執筆《しっぴつ》に専念《せんねん》。一八九五年日本《ねんにほん》に帰化《きか》し、小泉八雲《こいずみやくも》と改名《かいめい》する。その後《ご》、東京帝《とうきょうてい》国大学《こくだいがく》、早稲田大学《わせだだいがく》で英語《えいご》・英文学《えいぶんがく》を教《おし》えた。『心《こころ》』『怪《かい》談《だん》』『骨董《こっとう》』など日本《にほん》に関《かん》する随筆《ずいひつ》・物語《ものがたり》を英文《えいぶん》で発表《はっぴょう》した。

底本一覧

夏目漱石「夢十夜」　『漱石全集 第八巻』岩波書店
内田百閒「豹」　『内田百閒集成3』ちくま文庫
中勘助「ゆめ」　『中勘助全集 第二巻』岩波書店
芥川龍之介「沼」　『芥川龍之介全集 第六巻』岩波書店
谷崎潤一郎「病蓐の幻想」　『谷崎潤一郎全集 第四巻』中央公論新社
佐藤春夫「山の日記から」　『定本 佐藤春夫全集 第7巻』臨川書店
志賀直哉「病中夢」　『志賀直哉文庫 第3巻』中央公論新社
夢野久作「怪夢」　『夢野久作全集3』ちくま文庫
北杜夫「夢一夜」　『夢一夜・火星人記録』新潮文庫
小泉八雲／平井呈一訳「夢を啖うもの」　『骨董』岩波文庫
『出雲国風土記』より「黄泉の穴」　『風土記 上』角川ソフィア文庫

＊本シリーズでは、原文を尊重しつつ、十代の読者にとって少しでも読みやすいよう、文字表記をあらためました。
●右記の各書を底本とし、新漢字、現代仮名づかいにあらためました。ただし『出雲国風土記』については例外的に旧仮名づかいのままとしました。
●ふりがなは、すべての漢字に付けています。原則として底本などに付けられているふりがなは、そのまま生かし、それ以外の漢字には編集部の判断でふりがなを付しました。
●代名詞、副詞、接続詞、補助動詞などで、仮名にあらためても原文を損なうおそれが少ないと思われるものは、仮名にしました。
●作品の一部に、今日の人権意識に照らして不当・不適切と思われる表現・語句がふくまれていますが、発表当時の時代的背景と作品の文学的価値に鑑み、原文を尊重する立場からそのままにしました。

東雅夫（ひがし・まさお）
一九五八年、神奈川県生まれ。アンソロジスト、文芸評論家。元「幻想文学」編集長で、現在は怪談専門誌「幽」編集顧問。『遠野物語と怪談の時代』で日本推理作家協会賞を受賞。著書に『百物語の怪談史』『文学の極意は怪談である』、編纂書にちくま文庫版『文豪怪談傑作選』、平凡社ライブラリー版『文豪怪異小品集』ほか多数、監修書に岩崎書店版『怪談えほん』ほかがある。

山科理絵（やましな・りえ）
一九七七年、千葉県生まれ。絵師。和紙に日本画の岩絵の具や墨、鉛筆などで描く。武蔵野美術大学造形学部日本画学科卒業。百貨店、画廊、アートフェアなどでの個展や企画展を中心に作品を発表。絵本に『妖怪えほん ことりぞ』（京極夏彦文）、装画や挿絵に桐蔭学園幼稚部国語副読本『美しい日本語』、『私は幽霊を見た 現代怪談実話傑作選』（東雅夫編）、『ずうのめ人形』（澤村伊智著）など。

装丁－小沼宏之
編集協力・校正－上田宙
編集担当－北浦学

文豪ノ怪談 ジュニア・セレクション
夢 夏目漱石・芥川龍之介ほか

二〇一六年十一月二十五日 初版第一刷発行
二〇一八年 六 月 十 五日 初版第三刷発行

編 東雅夫
絵 山科理絵

発行者 小安宏幸
発行所 株式会社汐文社
〒102-0071
東京都千代田区富士見1-6-1
TEL 03-6862-5200
FAX 03-6862-5202
http://www.choubunsha.com

印刷 新星社西川印刷株式会社
製本 東京美術紙工協業組合

ISBN978-4-8113-2327-5